제인 오스틴 Jane Austen

1775년 12월 16일 영국 햄프셔주 스티븐턴에서 교구
목사 조지 오스틴의 8남매 가운데 일곱째 딸로 태어났다.
여성의 교육이 제한된 시대라서 제인 역시 여덟 살 무렵 약
2년간 콜리 부인 기숙학교와 수도원 기숙학교를 다닌 것
말고는 따로 정규 교육을 받은 적이 없다. 그러나 자녀들의
재능을 북돋아주는 데 적극적이었던 아버지와 지적이고
문학적인 집안 분위기에 힘입어 열한 살부터 꾸준히 습작을
했다. 1794년 짧은 서간체 소설인 『레이디 수전』을 쓰기
시작한 이후로 『오만과 편견』을 비롯한 6권의 장편소설과
미완성 소설을 포함한 3편의 중편소설을 남겼다. 1801년
제인의 가족은 오래 살던 곳을 떠나 바스로 이사했으며,
경제적인 어려움으로 여러 번 거주지를 옮겨야 했다.
1805년 아버지가 세상을 떠나자 다시 어머니, 언니와
사우샘프턴으로 이주했다가 1809년 셋째 오빠 에드워드가
소유한 초턴 코티지에 정착했다. 그곳에서 숨을 거두기
직전까지 8년간 왕성한 창작 활동을 이어갔다. 1817년
5월 오랫동안 앓던 병을 치료하려고 가까운 윈체스터에서
머물다가 7월 18일 마흔두 살의 나이로 세상을 떠나
윈체스터 성당에 묻혔다.

제인 오스틴의
문장들

제인 오스틴의 문장들

제인 오스틴

박명숙

엮고 옮김

마음산책

엮고 옮긴이 박명숙

서울대학교 사범대학 불어교육과를 졸업하고 프랑스 보르도 제3대학에서 언어학
학사와 석사학위를, 파리 소르본 대학에서 프랑스 고전주의 문학을 공부하고
'몰리에르' 연구로 불문학 박사학위를 받았다. 서울대학교와 배재대학교에서
강의했으며, 현재 출판기획자와 불어와 영어 전문번역가로 활동 중이다. 헨리
데이비드 소로의 『소로의 문장들』, 조지 버나드 쇼의 『버나드 쇼의 문장들』, 에밀
졸라의 『루공가의 행운』 『목로주점』 『제르미날』 『여인들의 행복 백화점』
『전진하는 진실』, 오스카 와일드의 『심연으로부터』 『오스카리아나』 『와일드가
말하는 오스카』 『거짓의 쇠락』, 버지니아 울프의 『여성과 글쓰기』 등 다수의 책을
우리말로 옮겼다.

제인 오스틴의 문장들

1판 1쇄 발행 2019년 10월 1일
1판 5쇄 발행 2025년 1월 5일

지은이 | 제인 오스틴
엮고 옮긴이 | 박명숙
펴낸이 | 정은숙
펴낸곳 | 마음산책

등록 | 2000년 7월 28일(제2000-000237호)
주소 | (우 04043) 서울시 마포구 잔다리로3안길 20
전화 | 대표 362-1452 편집 362-1451   팩스 | 362-1455
홈페이지 | www.maumsan.com
블로그 | blog.naver.com/maumsanchaek
트위터 | twitter.com/maumsanchaek
페이스북 | facebook.com/maumsan
인스타그램 | instagram.com/maumsanchaek
전자우편 | maum@maumsan.com

ISBN 978-89-6090-590-0 03840

* 책값은 뒤표지에 있습니다.

"누구나 가만히 귀를 기울이기만 하면,
자기 자신에게서
다른 누구보다 훌륭한 길잡이를 발견할 수 있답니다."

반짝반짝 빛나는 제인의 말, 말, 말

그녀의 삶은 그녀를 작가가 되게 했다.
그녀의 말은 그녀를 전설이 되게 했다.

〈비커밍 제인〉

제인 오스틴은 언니 커샌드라에게 보낸 1813년 2월 4일 자 편지에서 막 출간된 자신의 『오만과 편견』을 두고 이런 말을 했다.

나는 아주 자랑스럽고 충분히 만족해. 다만 이 소설은 지나치게 가볍고 밝고 반짝거려서 그늘이 필요한 것 같아.

하지만 우리는 『오만과 편견』을 "이쁜 내 새끼"라고 지칭했던(1813년 1월 29일 자 편지) 제인의 이 말이 자신의 작품에 대한 겸양의 표현이기보다는 어떤 그늘로도 가려지지 않을 애정과 자부심의 발로라는 것을 이젠 알고 있다. 『오만과 편견』이 출간된 지 200년이 훌쩍 지난 지금까지도 변함없이 수많은 사람들의 사랑을 받고 있다는 사실이 그런 그녀의 자부심이 옳았음을 입증해주고 있다. 당당히

고전문학의 반열에 올라 있는 제인 오스틴의 작품들은 그
어떤 문학작품보다 강력한 대중성을 확보한 채 오랫동안
수많은 영화와 TV 드라마, 라디오 그리고 다양한 리메이크와
각색물로 재생산되고 있으며 앞으로도 그럴 것이다. 어쩌면
저자인 제인 오스틴의 이름은 모르는 사람이라도 『오만과
편견』이나 『이성과 감성』 같은 제목은(그것이 영화든 소설이든)
한두 번쯤 들어보았을 터다. 아마도 많은 사람들이 영화를
먼저 보고 원작을 찾아 읽을 것이며, 단순히 멋진 배경과
잘생긴 남녀 주인공이 나오는 로맨스 소설쯤으로 생각하고
읽다가 어떤 이유로든 당혹감을 느꼈을지도 모른다. 반대로
소설을 먼저 읽고 제인 오스틴의 매력에 푹 빠진 사람이 그
즐거움을 배가하기 위해 영화를 찾아볼 수도 있을 것이다.
어떤 매체나 표현 방식을 통해 접하든 전 세계에 널리 퍼져
있는 제인 오스틴의 열렬한 팬 '제이나이트(Janeite)'들은
끊임없이 그녀를 만나왔고 앞으로도 만나게 될 것이다.

　우리는 훌륭한 문학작품이나 영화를 보면 유독 오래도록
기억에 남는 인상적인 명대사나 구절을 마음속에 담아두고
자꾸만 곱씹게 된다. 그런 말들은 대개 자생력이 강해서
사람들의 입에서 입으로, 글에서 글로 전해지면서 다양한
의미와 가치가 덧붙여지곤 한다. 그중 어떤 말들은 시간이
흐르면서 자연히 잊히기도 하고, 또 어떤 말들은 시간과
국경과 문화를 초월해 질긴 생명력을 이어가기도 한다. 제인
오스틴의 작품 속에서 만나는 그녀의 말들이 후자에 속함은
새삼 말할 것도 없다. 제인 오스틴이 셰익스피어와 더불어
영국인이 가장 사랑하는 작가이며 그녀의 작품들이 문학작품
역사상 가장 세련되고 우아한 영어로 쓰였다는 사실은

차치하고라도, 밤하늘의 별처럼 반짝거리면서 입안에서 탄산 알갱이가 터지듯 톡톡 튀는 상큼한 표현과 대사, 씁쓸함과 신랄함과 아이러니조차 품격 있는 언어에 담아낸 그녀의 말들은 수많은 이들의 마음을 사로잡기에 충분하다.

하지만 그 때문에 널리 퍼져나가고 여기저기에서 쉽게 만날 수 있는 제인 오스틴의 말들은 때로는 부정확하고 불분명해 아쉬움을 남기기도 한다. 그것은 우리가 접하는 그녀의 말들이 번역문이라는 어쩔 수 없는 한계에서 비롯되는 것일 터다. 제인 오스틴의 작품은 이미 대부분 번역되어 독자들은 다양한 번역본을 골라 읽을 수 있게 되었지만, 그 번역문들의 다양함 때문에 오히려 원문이 더 궁금해지기도 하는 것이다. 번역이란 어쩔 수 없이 옮긴이 개인의 '필터'를 통해 이루어지는 것이기에 열이면 열 각기 다른 번역문이 나올 수밖에 없다. 물론 제인 오스틴의 소설을 원문으로 읽는 것은 대부분의 사람들에게 더 많은 어려움을 안겨주게 될 것임은 부인할 수 없다. 번역가이자 한 사람의 독자로서 이러한 한계와 어려움을 늘 인식할 수밖에 없었고, 이 책은 그런 아쉬움들이 싹을 틔워 탄생한 것이다. 책을 읽다가 밑줄 긋고 싶게 만드는 흥미롭고 재치가 넘치는 말들. 어딘가에 적어두고 나만의 보물처럼 두고두고 음미하며 생각하고 싶은 말들. 혼자만 알고 있기 아까워 누군가와 함께 나누면서 즐기고 감탄하고 싶은 말들. 역자는 제인 오스틴의 반짝거리는 말들 중에서도 특별히 이런 말들을 추려 한 권의 책으로 엮었다. 그러나 역자 개인의 취향이 반영돼 있을 수도 있는 이런 선별 기준보다 더 중요하게 생각한 것은, 아무것도 모르고 봐도, 심지어 제인 오스틴이 누군지 모르고 봐도 마음에 와닿으면서 많은 이들의 공감을 이끌어낼 수 있는 말이어야 한다는 사실이었다. 즉 작품의 배경이 되는 시대상이나 문화의 차이를 거의 또는 전혀 알지 못한 채 봐도 즉각적으로 이해가 되면서 공감과 생각을 이끌어내는, 강력한 시의성과 보편성을 지닌 말들을 최우선으로 선별하여 우리말로 옮겼다. 옮긴이의 번역이 불완전하거나 마음에 들지 않을 경우에는 함께 실린 원문을 나름대로 번역해봄으로써 자신만의 제인 오스틴을 완성해보는 것도 이 책이 선사하는 또 다른 재미가 되지 않을까.

거기에 더하여 이 책의 2부에는 그동안 어디에서도 만날 수 없었던 제인 오스틴의 편지들을 실었다. 생전에 많은 편지를 썼으나 대부분이 사라지고 161통밖에 남아 있지 않은 그녀의 편지들 중에서 특별히 더욱 흥미롭고 의미가 있는 것들을 추려 엮었다. 편지가 전해주는 그녀의 명징하고도 즉각적인 목소리는 읽는 이로 하여금 마치 작가의 은밀한 사생활을 엿보는 특혜를 받은 것처럼 느끼게 한다. 언니나 동생 또는 가까운 친구와 수다를 떠는 느낌이 들게 하는 것이다. 또한 수많은 사람에게 사랑을 받는 작품들의 작가에 근본적인 호기심을 충족시켜주면서, 제인 오스틴 작품에 대한 이해도를 높여준다. 여기에 다 싣진 못했지만, 실제로 제인의 편지는 소설의 바탕이 된 '원재료'의 상당 부분을 보여주고 있다. 일례로 커샌드라와 제인의 사랑스러운 조화와 화합으로 이루어진 자매간의 유대는 『오만과 편견』의 제인과 엘리자베스 베넷 및 『이성과 감성』의 엘리너와 메리앤의 끈끈한 유대와 친밀감을 떠올리게 한다. 또한 조카인 패니 나이트에게 보낸 편지(1814년 11월 18일 자)에서 제인 오스틴이 "세상 그 어떤 것도 애정 없는 결혼보다는 낫거나 견딜 만하거든"이라고 강조한 말은 『오만과 편견』에서 제인이 엘리자베스에게 한 다음 말을 떠올린다. "아, 리지! 사랑 없는 결혼만은 절대 하면 안 돼." 『오만과 편견』에 등장하는 무도회는, 편지에서 알 수 있듯이 제인이 실제로 자주 참석했던 시골 마을의 무도회가 그 소재를 제공했음을 충분히 짐작할 수 있다. 또한 제인 오스틴의 편지들에서는, 소설을 읽는 것만으로도 품격과 교양이 낮은 것으로 간주되면서 비아냥거림을 견뎌야 했던 그 시절에 많은 소설을 탐독했던 독자이자 자기 작품의 출판에 적극 관여하고 그 반응을 살폈던 프로 작가 제인 오스틴의 면모를 엿볼 수 있다. 언니 커샌드라에게 보낸 편지(1796년 1월 14일 자)에서 "나는 금전적인 보수 같은 것은 생각지 않고 오직 명성만을 위해 글을 쓰기 때문이야"라고 당당하게 말하던 제인이 조카 패니 나이트에게 보낸 편지(1814년 11월 30일 자)에서는 "사람들은 책을 사기보다는 빌려 보고 칭찬하는 걸 더 좋아하는 것 같아. 그런데 나도 다른 사람들처럼 칭찬을 좋아하긴 하지만, 에드워드 오빠가 퓨터(돈)라고 부르는 것도 좋아한단 말이지"라고 하는 걸 보면서 그녀의 인간적인 솔직함이 어찌나 사랑스럽게 느껴지고 공감이 가던지! 스스로를 '팬시 작가'라고 칭하면서 자신의 이야기를 반복하는 우를 범하는 일이 없도록 경계했던 작가로서의 철저함과 신중함 및 나이가 들어감에 따라 세상을 바라보는 관점과 마음가짐이 달라지는 제인의 모습 또한 편지 속에 오롯이 담겨 있다.

제인 오스틴의 편지가 더욱더 귀한 자료로 평가받는 것은 우린 그녀에 대해 사실상 아는 것이 별로 없기 때문이다. 제인은 작가로서의 자의식과 자부심이 충만하긴 했지만 죽기 전까지 자신의 이름으로 책을 출간한 적이 단 한 번도 없다. 제인 오스틴의 동시대인들 중에는 자신의 이름으로 책을 출간하여 성공한 여성 작가들—프랜시스 버니, 마리아 에지워스, 앤 래드클리프 등—이 여럿 있었지만, 그들은 단지 여자라는 이유만으로 언론과 독자에게 종종 무시를 당하곤 했다. 따라서 많은 여성 작가들은 익명으로 출판을 하거나 가명을 사용했다. 제인 오스틴은 전자를 택했다. 일부 문학 애호가들 사이에서는 그녀의 존재가 어느 정도 알려져 있었지만, 제인은 죽을 때까지 자신이 저자라는 사실을 공개적으로 밝히지 않았다.

　제인은 1811년 처음 출간된 소설 『이성과 감성』에 이름 대신 '어떤 숙녀(By A Lady)'라는 필명을 사용했다. 『오만과 편견』(1813)은 '『이성과 감성』의 저자', 『맨스필드 파크』(1814)는 '『이성과 감성』 및 『오만과 편견』의 저자', 『에마』(1815)는 '『오만과 편견』의 저자'라는 이름으로 출간했다. 『노생거 사원』과 『설득』은 제인 사후인 1817년에 합본으로 '『오만과 편견』『맨스필드 파크』 등의 저자'로 출간되었다. 그리고 제인의 오빠 헨리 오스틴이 책에 '저자의 약전略傳'을 함께 실으면서 비로소 제인 오스틴이 저자라는 사실이 대중에게 공개되었다. 제인은 습작을 하던 어린 시절부터 자신이 쓴 글을 가족에게 큰 소리로 읽어주면서 그들의 반응과 애정 어린 비판을 듣는 것을 좋아했지만, 가족을 제외한 그 누구 앞에서도 자신이 소설의 저자라는 사실을 밝히지 않았다. 또한 소설을 쓴다는 사실을 가족 이외의 다른 사람들에게 알리거나 들키고 싶어 하지 않았다. 제인 오스틴의 이름이 대중에게 널리 알려지기 시작한 것은 그녀의 조카 제임스 에드워드 오스틴리가 1870년에 『제인

오스틴 회상록』을 펴낸 뒤였고, 이 책에서 저자는 제인
오스틴의 일상적 작업 방식을 들려주고 있다.

고모님이 어떻게 이 모든 걸 해낼 수 있었는지
나로서는 놀라울 따름이다. 그녀에게는 홀로 시간을
보낼 수 있는 독립적인 서재가 없었고, 대부분의
작업은 일상적으로 온갖 방해를 받을 수밖에 없는
공동 거실에서 이루어졌다. 그녀는 하인들이나
방문객들 또는 가족이 아닌 그 누구라도 자신이 하는
일을 눈치채지 못하도록 늘 주의를 기울였다.
그녀는 얼른 치워버리거나 압지로 덮어놓을 수 있도록
조그만 종이에 글을 썼다. 집의 정문과 거실 사이에는
문이 열릴 때마다 삐걱 소리를 내는 반회전문이
있었다. 하지만 그녀는 그 사소한 불편함을 바로잡는
것에 반대했다. 누가 올 때마다 미리 알 수 있도록
하기 위해서였다. (…) 여자들끼리 즐거운 모임이 있을
때조차도 그녀는 귀한 시간을 쪼개 조그만 마호가니
책상에 앉아 부지런히 펜을 놀리곤 했다. 그 시간
동안 패니 프라이스, 에마 우드하우스, 앤 엘리엇 같은
여성들이 아름답고 흥미로운 인물로 성장해나갔다.
나와 여동생들과 사촌들이 초턴을 방문할 때마다
이처럼 신비스러운 과정을 자주 방해했으리라는 것은
의심의 여지가 없다. 물론 우린 그때 어떤 해를 끼치고
있는지 짐작조차 하지 못했지만. 우리는 작가에게서
조바심이나 짜증의 징후를 전혀 느끼지 못했을 것이기
때문이다.

잘 알려진 대로 제인 오스틴은 스무 살 무렵 톰 르프로이라는 아일랜드 청년과의 만남에서 잠깐 동안의 설렘과 기대했던 청혼에 대한 실망을 겪은 뒤로 평생 결혼하지 않고 독신으로 살았다. 물론 결혼을 하지 않은 이유가 톰 르프로이와의 인연이 더 길게 이어지지 않았기 때문이라고 단정하긴 어렵다. 1802년에는 여섯 살 연하인 해리스 빅위더에게서 청혼을 받고 수락했으나 하루 만에 마음을 바꿔 거절하기도 했다. 제인의 가장 좋은 친구였던 언니 커샌드라 역시 1794년에 아버지의 제자였던 목사 톰 파울과 약혼했으나 그가 서인도제도에서 돌아오던 중에 황열병으로 죽자 그 뒤 평생을 독신으로 살았다. 제인의 작품과 편지 곳곳에서 엿볼 수 있는 것처럼 그녀는 당시 사회에서 결혼을 하지 않은 여성이 직면해야 하는 힘든 경제적 상황과 불안한 사회적 지위 및 선택의 제약을 누구보다 잘 알고 있으면서 그 문제점들을 직시했다. 그리고 결혼과 사랑, 사교, 가족, 우정, 독서 등의 다양한 틀 안에서 인간의 본질과 세상사를 예리하게 관찰한 뒤 유머와 아이러니를 곁들여 묘사한, 작지만 큰 자신만의 세계를 창조해냈다. 제인 오스틴을 두고 역사의식과 사회의식이 결여된 작가라는 비난을 하는 이들도 있지만, 영국의 섭정 왕자 조지의 사서였던 제임스 클라크에게도 당당히 밝혔듯이("저는 저만의 스타일을 고수하면서 저만의 방식대로 계속 글을 써야 합니다.") 제인 오스틴은 자신이 잘할 수 있는 것과 자신이 나아갈 길을 누구보다도 잘 알고 실천에 옮겼던 '영리한' 작가였고 거기에 그녀의 위대함이 있다. 어찌 보면 더없이 진부하고 통속적인 주제와 소재(결혼과 사랑이란!)를 가지고도 매력적인 이야기로 변모시킬 줄 아는, 황금 손을 지녔던 것 같은 작가 제인 오스틴! 그녀의 사각거리는 펜 끝에서는 모든 말들이 마치 동화 속 요정들이 금가루를 뿌려놓기라도 한 듯 금빛으로 반짝이며 살아 움직였을 것 같다. 제인 오스틴을 사랑해 마지않는 사람들, 제인 오스틴의 작품과 영화를 빼놓지 않고 본 사람들, 제인 오스틴의 작품을 더 이해하고 음미하고 싶은 사람들, 제인 오스틴의 명문과 말을 따로 소중하게 간직하고 싶은 사람들, 제인 오스틴이라는 작가를 더 잘 알고 싶은 사람들, 그리고 아직 제인 오스틴을 만나지 못한 사람들. 이 모든 이에게 『제인 오스틴의 문장들』을 가까운 곳에 두고 친구 하기를 권하고 싶다. 그러다 보면 어느 순간 200여 년의 시간과 공간을 훌쩍 뛰어넘어 나긋나긋하면서 약간은 하이 톤인 제인 오스틴의 낭랑한 목소리가 귓가에 들려올지도 모를 일이다!

2019년 9월 가을의 문턱에서
박명숙

차례

들어가며 7

I
제인 오스틴의 문장들

오직 당신만을 23

여자와 남자 77

결혼 이야기 101

인간에 대한 특별하면서도 보편적인 관찰 137

세상의 절반은 다른 절반을 이해하지 못한다 177

패션과 춤과 아름다움 203

가족, 사회, 우정 217

독서, 편지와 일기 쓰기 235

완벽한 행복 251

II
제인 오스틴의 편지

제인 오스틴 시대의 편지 265

편지 속 사람들 273

제인으로부터 279

감히 바라건대 세상에서 가장 커다란 축복이
너와 함께하기를.
너 스스로 그들의 사랑을 받을 자격이
충분히 있다고 느끼면서 말이지.

일러두기

1. 이 책은 제인 오스틴의 장편소설 『이성과 감성(Sense and Sensibility)』 『오만과 편견(Pride and Prejudice)』 『맨스필드 파크(Mansfield Park)』 『에마(Emma)』 『설득(Persuasion)』 『노생거 사원(Northanger Abbey)』, 중편소설 『샌디턴(Sanditon)』 『레이디 수전(Lady Susan)』 『왓슨 가족(The Watsons)』 그리고 그녀가 남긴 편지 161통 가운데 문장과 말들을 엄선해 원문과 함께 엮었다. 말미에는 제인 오스틴 작품의 숨은 이야기를 수록했다.

2. 모든 문장의 출전은 원문에 이탤릭체로 병기했다. 제인 오스틴의 편지는 대부분 언니인 커샌드라 오스틴에게 쓴 것으로 이는 따로 수신인을 밝히지 않았고 그 밖의 편지는 원문에 역시 표기했다. 제인 오스틴 사후 커샌드라 오스틴이 조카에게 그녀의 죽음을 알리고자 쓴 글은 편지 마지막에 덧붙였다. 편지의 주는 모두 옮긴이의 것이다.

3. 외국 인명, 지명, 작품명 및 독음은 외래어 표기법을 따르되 관용적인 표기와 동떨어진 경우 절충해서 실용적 표기를 따랐다. 국내에 소개된 작품은 번역된 제목을 따랐고 국내에 소개되지 않은 작품은 원어 제목을 독음대로 적거나 우리말로 옮겼다. 원문의 대문자는 따로 표시하지 않았으나 이탤릭체는 그대로 살려 표기했다.

4. 영화, 음악, 잡지, 신문 등은 〈 〉, 책 제목은 『 』로 묶었다.

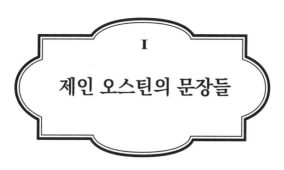

I

제인 오스틴의 문장들

"다정한 마음보다
매력적인 것은 없어."

오직 당신만을

젊은 여성이 소설의 여주인공이 될 운명이라면, 주변의
마흔 가구가 아무리 심술궂게 굴어도 막을 수 없다. 반드시
무슨 일이 일어나서 그녀가 가는 길에 남자 주인공을
던져놓고야 말기 때문이다.

But when a young lady is to be a heroine, the
perverseness of 40 surrounding families cannot
prevent her. Something must and will happen to
throw a hero in her way. *Northanger Abbey*

그녀는 자제력이라는 문제를 아주 쉽게 정리했다. 애정이
깊으면 자제력을 발휘하기란 불가능하고, 애정이 담담하면
자제력은 아무 쓸모가 없다는 것이었다.

The business of self-command she settled very
easily; with strong affections it was impossible, with
calm ones it could have no merit. *Sense and Sensibility*

"그래, 물론 그 남잔 상당히 매력적이니까 언니가 그 사람을
좋아하는 걸 허락할게. 언닌 더 멍청한 사람들도 좋아한 적이
있으니까."

"Well, he certainly is very agreeable, and I give you
leave to like him. You have liked many a stupider
person." *Pride and Prejudice*

"그 여잔 봐줄 만은 하지만 *내 마음이* 끌릴 정도로 예쁘진
않아. 지금 난 다른 남자들이 거들떠보지 않는 여자들을
우쭐하게 만들어주고 싶은 기분이 아니란 말이야."

"She is tolerable, but not handsome enough to
tempt *me*. I am in no humour at present to give
consequence to young ladies who are slighted by
other men." *Pride and Prejudice*

"남녀 사이의 끌림에는 대부분 감사하는 마음이나 허영심이
적잖이 포함돼 있기 때문에, 그대로 놔두는 건 효과적이지
않아. 언제나 *시작은* 자유롭게 할 수 있어. 약간의 호감은
충분히 자연스러운 거니까. 하지만 상대방으로부터 아무런
반응이 없는데도 진심으로 사랑에 빠질 수 있는 사람은 별로
없어. 여자는 열에 아홉은 자신이 느끼는 것보다 *더 많은*
애정을 표현하는 게 좋아. 빙리 씨가 네 언니를 좋아하는 건
확실해. 하지만 제인이 그에게 힘을 실어주지 않는다면 단지
좋아하는 걸로 그치고 말 거야."

"There is so much of gratitude or vanity in almost
every attachment, that it is not safe to leave any to
itself. We can all *begin* freely—a slight preference
is natural enough; but there are very few of us
who have heart enough to be really in love without
encouragement. In nine cases out of ten a woman
had better show *more* affection than she feels.

Bingley likes your sister undoubtedly; but he may
never do more than like her, if she does not help him
on." *Pride and Prejudice*

"여자가 남자한테 호감이 있고 그걸 굳이 숨기려고 하지
않는다면, 남자는 당연히 알아차릴 수밖에 없을 거야."

"If a woman is partial to a man, and does not
endeavour to conceal it, he must find it out."
Pride and Prejudice

"제인이 열다섯 살밖에 안 됐을 때 런던에 사는 내 동생
가드너의 집에 갔던 적이 있어요. 거기서 만난 한 남자가
제인한테 푹 빠진 거예요. 올케는 그가 런던을 떠나기
전에 제인에게 청혼을 할 거라고 장담했죠. 하지만 그러지
않았어요. 아마도 제인이 너무 어리다고 생각한 것 같아요.
그런데 글쎄, 딸애한테 시를 몇 편 써 보냈지 뭐예요. 아주
아름다운 시였어요."
"그의 사랑은 그렇게 끝났어요." 엘리자베스가 황급히
끼어들었다. "그런 식으로 끝나는 사랑은 아주 많답니다.
사랑을 끝내는 데 시가 효과적이라는 걸 누가 가장 처음
알아냈는지 모르겠어요!"
"저는 줄곧 시가 사랑의 양식이라고 믿어왔는데요."
다아시가 말했다.
"아름답고 견고하고 건강한 사랑이라면 그렇겠죠. 이미 강한

사랑은 어떤 것에서도 양분을 취할 수 있으니까요. 하지만
가볍고 미약한 애정 같은 건 한 편의 훌륭한 소네트로도
완전히 굶어 죽게 할 수 있다고 생각해요."

"When she was only fifteen, there was a man at my
brother Gardiner's in town so much in love with her
that my sister-in-law was sure he would make her
an offer before we came away. But, however, he did
not. Perhaps he thought her too young. However,
he wrote some verses on her, and very pretty they
were."

"And so ended his affection," said Elizabeth
impatiently. "There has been many a one, I fancy,
overcome in the same way. I wonder who first
discovered the efficacy of poetry in driving away
love!"

"I have been used to consider poetry as the *food* of
love," said Darcy.

"Of a fine, stout, healthy love it may. Everything
nourishes what is strong already. But if it be only a
slight, thin sort of inclination, I am convinced that
one good sonnet will starve it entirely away."

Pride and Prejudice

그녀는 자신이 그토록 대단한 남자에게 찬탄의 대상이 될
거라고는 짐작조차 하지 못했다.

She hardly knew how to suppose that she could be
an object of admiration to so great a man.

Pride and Prejudice

"다아시 씨, 저는 아주 이기적인 사람이에요. 제 마음의
평화를 위해서라면 당신 마음에 상처를 주는 것도 서슴지
않을 거예요. 당신이 가엾은 제 동생에게 베풀어준 유례없는
친절에 정말 감사드려요. 그 사실을 알고 난 뒤부터 제가
당신에게 얼마나 고맙게 생각하는지를 하루빨리 알려드리고
싶었어요. 다른 식구들이 그 일을 알았더라면 그들의 감사
인사도 함께 전했을 겁니다." (…)
"굳이 제게 인사를 하고 *싶으시다면*," 그가 대답했다. "오직
당신 이름으로만 해주십시오. 당신을 행복하게 해주고 싶다는
소망이 제가 그리하게 한 다른 이유들에 힘을 보탰음을
부인하진 않겠습니다. 하지만 당신 *가족*은 저에게 아무것도
빚진 것이 없습니다. 그분들을 존중하긴 하지만, 저는 오직
*당신만*을 생각했습니다."

"Mr. Darcy, I am a very selfish creature; and, for the
sake of giving relief to my own feelings, care not
how much I may be wounding yours. I can no longer
help thanking you for your unexampled kindness
to my poor sister. Ever since I have known it, I have
been most anxious to acknowledge to you how
gratefully I feel it. Were it known to the rest of my
family, I should not have merely my own gratitude to

express." (…)

"If you *will* thank me," he replied, "let it be for yourself alone. That the wish of giving happiness to you might add force to the other inducements which led me on, I shall not attempt to deny. But your *family* owe me nothing. Much as I respect them, I believe I thought only of *you*." *Pride and Prejudice*

"당신은 너그러운 분이니 내 마음을 가지고 장난을 치진 않으시겠지요. 당신 감정이 지난 4월과 달라진 것이 없다면 즉시 얘기해주십시오. 당신에 대한 *나의* 사랑과 소망은 그대로지만, 당신이 한마디만 하시면 이 문제는 영원히 함구하겠습니다."

"You are too generous to trifle with me. If your feelings are still what they were last April, tell me so at once. *My* affections and wishes are unchanged, but one word from you will silence me on this subject for ever." *Pride and Prejudice*

해리엇은 한번 사랑에 빠지면 언제나 그 속에 빠져 사는 타입이었다.

Harriet was one of those, who, having once begun, would be always in love. *Emma*

춤을 좋아한다면 사랑에 빠지는 길로 한 걸음 더 나아갈 수
있었다.

> To be fond of dancing was a certain step towards
> falling in love. *Pride and Prejudice*

"말을 적게 하면 안전하긴 하겠지만 매력은 없죠. 말 없는
사람을 사랑하긴 힘들거든요."

> "There is safety in reserve, but no attraction. One
> cannot love a reserved person." *Emma*

그들은 즉시 눈이 마주쳤고, 두 사람 다 뺨이 새빨개졌다.

> Their eyes instantly met, and the cheeks of both
> were overspread with the deepest blush. *Pride and
> Prejudice*

자신이 그를 모욕했다고 생각했던 엘리자베스는 그의
정중한 태도에 놀랐다. 그러나 그녀의 태도에는 다정함과
짓궂음이 섞여 있어서 누구라도 그녀에게 모욕감을 느끼기란
어려웠다. 다아시는 지금까지 어떤 여자에게도 그녀에게만큼
매료된 적이 없었다. 그는 진정으로, 그녀의 보잘것없는
사회적 배경이 아니었다면 자신이 어떤 위험에 처하게 되었을

거라고 생각했다.

> Elizabeth, having rather expected to affront him, was amazed at his gallantry; but there was a mixture of sweetness and archness in her manner which made it difficult for her to affront anybody; and Darcy had never been so bewitched by any woman as he was by her. He really believed, that were it not for the inferiority of her connections, he should be in some danger. *Pride and Prejudice*

그가 하는 말 하나하나가 더없이 적절했고, 그의 행동 하나하나마다 품위가 넘쳤다. 엘리자베스는 머릿속에 온통 그로 가득한 채 그곳을 떠났다.

> Whatever he said, was said well; and whatever he did, done gracefully. Elizabeth went away with her head full of him. *Pride and Prejudice*

다아시는 아무 대답도 하지 않았다. 그녀의 말이 들리지도 않는지 깊은 생각에 잠긴 채 방 안을 서성거렸다. 이마에는 주름이 잡혔고 낯빛은 어두웠다. 엘리자베스는 그 모습을 지켜보다가 바로 깨달았다. 그녀가 지닌 힘의 빛이 바래고 있었다. 가족의 명백한 약점과 지독한 불명예로 모든 게 무너져 내리고 있음이 분명했다. 그녀는 의아해하거나 그를 비난할 수도 없었다. 그의 자제력에 대한 믿음도 그녀의 마음에 어떤 위안을 주거나 괴로움을 덜어줄 수는 없었다. 그 반대로 이 모두는 그녀에게 스스로의 소망을 분명히 깨닫게 했을 뿐이었다. 그녀는 모든 사랑이 허사가 된 지금에야 그를 사랑할 수도 있었을 거라는 사실을 절절하게 느끼고 있었다.

Darcy made no answer. He seemed scarcely to hear her, and was walking up and down the room in earnest meditation, his brow contracted, his air gloomy. Elizabeth soon observed, and instantly understood it. Her power was sinking; everything *must* sink under such a proof of family weakness, such an assurance of the deepest disgrace. She could neither wonder nor condemn, but the belief of his self-conquest brought nothing consolatory to her bosom, afforded no palliation of her distress. It was, on the contrary, exactly calculated to make her understand her own wishes; and never had she so honestly felt that she could have loved him, as now, when all love must be vain. *Pride and Prejudice*

다음 날 엘리자베스는 제인에게 위컴 씨와 자신 사이에 무슨 일이 있었는지 이야기했다. 제인은 놀라움과 우려 속에 이야기를 들었다. 그녀는 빙리 씨가 높이 평가하는 다아시 씨가 그토록 형편없는 사람이라는 것을 믿기 어려워했다. 하지만 위컴 씨처럼 호감 가는 외모를 지닌 젊은 남자가 거짓말을 한다고 의심하는 것은 그녀의 성격과 맞지 않았다.

Elizabeth related to Jane the next day what had
passed between Mr. Wickham and herself. Jane
listened with astonishment and concern; she
knew not how to believe that Mr. Darcy could be so
unworthy of Mr. Bingley's regard; and yet, it was not
in her nature to question the veracity of a young man
of such amiable appearance as Wickham.

Pride and Prejudice

"그 남자도 알고 보면 아주 좋은 사람일지도 모르잖아."
"말도 안 돼! *그거야말로* 엄청나게 불행한 일이 될 거야!
미워하기로 한 사람이 알고 보면 좋은 사람이라니! 나한테
그런 끔찍한 일이 일어나길 바라지 말아줘."

"I dare say you will find him very agreeable."
"Heaven forbid! *That* would be the greatest
misfortune of all! To find a man agreeable whom one
is determined to hate! Do not wish me such an evil."

Pride and Prejudice

"그러니까 리지, (…) 네 언니의 연애가 끝난 것 같구나.
축하해야 할 일이다. 결혼하는 것 다음으로 미혼 여성들이
좋아하는 게 때때로 사랑이 깨지는 것 아니겠니. 생각할

거리도 주고, 남들하고 다른 특별함도 생기니까 말이지."

"So, Lizzy (…) your sister is crossed in love, I find.
I congratulate her. Next to being married, a girl
likes to be crossed a little in love now and then. It
is something to think of, and it gives her a sort of
distinction among her companions." *Pride and Prejudice*

나중에 엘리자베스와 단둘이 있게 되자 그녀는 그 문제에
관해 좀 더 이야기했다. "제인한테 좋은 혼처였던 것 같은데
일이 잘 안 되어서 유감이구나," 그녀가 말했다. "하지만 이런
건 아주 흔하게 일어나는 일이란다! 네가 말하는 빙리 씨 같은
남자는 예쁜 여자를 보면 쉽게 사랑에 빠지곤 하지. 그리고 몇
주가 지나 우연한 일로 헤어지고는 또 쉽게 그녀를 잊지. 이런
유의 변덕은 아주 흔한 일이야."
"나름대로 큰 위로가 되네요," 엘리자베스가 말했다. "하지만
우리한테는 해당이 안 되는 것 같아요. 우린 그런 우연 때문에
괴로운 게 아니거든요. 번듯한 자기 재산을 가진 젊은 남자가
간섭하는 친구들의 설득 때문에 며칠 전까지 열렬히 사랑하던
여자를 잊는다는 건 흔한 일은 아니죠."
"그런데 '열렬히 사랑한다'라는 표현은 너무 진부하고 좀
미심쩍기도 하고 워낙 모호해서 감이 잘 안 잡히는구나. 그런
말은 강렬한 진짜 사랑뿐만 아니라 만난 지 삼십 분밖에 안 된
사람에게 느끼는 호감에도 자주 쓰이니까 말이지. 그래, 빙리
씨의 사랑이 얼마나 열렬했는데?"
"여태 그렇게 앞날이 기대되는 사랑을 본 적이 없다니까요.

그분은 언니한테 푹 빠져서 다른 사람한테는 점점 소홀히 대했어요. 두 사람이 만날 때마다 더 확실하고 눈에 띄게 그랬고요. 자기 집에서 열린 무도회에서도 춤을 청하지 않아서 두세 여자의 기분을 상하게 했을 정도예요. 글쎄, 제가 두 번이나 말을 걸었는데도 대답도 안 하더라고요. 이보다 더 확실한 징후가 있을까요? 다른 사람들에 대한 예의조차 잊게 만드는 게 사랑의 본질 아닐까요?"

When alone with Elizabeth afterwards, she spoke more on the subject. "It seems likely to have been a desirable match for Jane," said she. "I am sorry it went off. But these things happen so often! A young man, such as you describe Mr. Bingley, so easily falls in love with a pretty girl for a few weeks, and when accident separates them, so easily forgets her, that these sort of inconsistencies are very frequent."

"An excellent consolation in its way," said Elizabeth, "but it will not do for *us*. We do not suffer by *accident*. It does not often happen that the interference of friends will persuade a young man of independent fortune to think no more of a girl whom he was violently in love with only a few days before."

"But that expression of 'violently in love' is so hackneyed, so doubtful, so indefinite, that it gives me very little idea. It is as often applied to feelings which arise from a half-hour's acquaintance, as to a real, strong attachment. Pray, how *violent was* Mr.

Bingley's love?"

"I never saw a more promising inclination; he was growing quite inattentive to other people, and wholly engrossed by her. Every time they met, it was more decided and remarkable. At his own ball he offended two or three young ladies, by not asking them to dance; and I spoke to him twice myself, without receiving an answer. Could there be finer symptoms? Is not general incivility the very essence of love?"

Pride and Prejudice

"리지, 넌 현명한 아이니까 누가 반대한다고 해서 사랑에 빠지진 않을 거야. 그래서 나도 이렇게 대놓고 얘기할 수 있는 거란다. 이건 진지하게 하는 얘긴데, 난 네가 정말로 조심했으면 좋겠다. 재산이 없는 상태에서 그와 사랑으로 얽히거나 그를 얽으려고 애쓰는 것은 아주 경솔한 일이 될 거야. 난 그 *사람을* 반대할 생각은 없다. 그는 아주 괜찮은 젊은이니까 말이야. 그가 예정대로 재산을 물려받을 수만 있다면 그보다 좋은 상대가 없다고 생각해. 하지만 지금 이런 상황에서는 그 사람하고 상상의 나래를 펼치는 일은 하지 않았으면 좋겠구나. 넌 분별력이 있는 아이니 우리 모두는 네가 그걸 잘 발휘하기를 바라고 있단다. 네 아버지도 너의 결단력과 올바른 처신을 기대하고 있으실 거고. 아버지를 실망시켜드리는 일은 없어야 할 거야."
"맙소사, 정말 심각하시네요, 외숙모."
"맞아, 그러니 너도 진지하게 생각해줬으면 좋겠구나."

"하지만 그런 거라면 전혀 걱정하실 필요가 없어요. 저와 위컴 씨 문제는 잘 알아서 할게요. 제가 막을 수만 있다면, 그 사람이 저를 사랑하는 일은 없게 할게요."

"엘리자베스, 넌 여전히 진지하지가 않구나."

"죄송해요, 다시 말씀드릴게요. 지금으로서는 제가 위컴 씨를 사랑하는 것 같진 않아요. 그래요, 그건 절대 아니에요. 하지만 그는 지금까지 제가 만난 누구보다도 매력적인 사람이라는 건 분명해요. 만약 그 사람이 정말로 저를 좋아하게 된다면, 아니, 그러지 않는 편이 낫겠네요. 그건 경솔한 일이 될 테니까요. 아! 다아시라는 *사람이* 정말 너무너무 원망스러워요! 아버지가 저를 그렇게 생각해주시는 건 더없이 명예로운 일이고, 그 믿음을 잃는다는 건 저로서는 너무 괴로울 거예요. 하지만 아버지는 위컴 씨를 좋아하고 계세요. 어쨌거나, 외숙모, 가족 중 누구 한 사람이라도 저 때문에 슬퍼하는 건 정말 싫어요. 하지만 사랑이 싹트는 곳이라면 어디에서나, 당장 가진 재산이 없다는 현실에 구애받지 않고 젊은이들이 서로 인연을 맺는 일이 매일같이 일어나는데, 유혹 앞에서 제가 어떻게 그렇게 많은 젊은이들보다 현명하게 처신하겠노라고 약속드릴 수 있겠어요? 아니, 그런 유혹에 저항하는 것이 현명한 일이라는 걸 어떻게 알 수 있을까요? 그러니까 제가 약속드릴 수 있는 건 절대 서두르지 않겠다는 것뿐이에요. 그의 첫 번째 관심 대상이 저라고 성급하게 믿지 않을게요. 적어도 그와 함께 있을 때 그런 걸 바라지는 않을 거예요. 전 지금 최선을 다하겠다고 말씀드리는 거예요."

"You are too sensible a girl, Lizzy, to fall in love

merely because you are warned against it; and, therefore, I am not afraid of speaking openly. Seriously, I would have you be on your guard. Do not involve yourself or endeavour to involve him in an affection which the want of fortune would make so very imprudent. I have nothing to say against *him*; he is a most interesting young man; and if he had the fortune he ought to have, I should think you could not do better. But as it is, you must not let your fancy run away with you. You have sense, and we all expect you to use it. Your father would depend on *your* resolution and good conduct, I am sure. You must not disappoint your father."

"My dear aunt, this is being serious indeed."

"Yes, and I hope to engage you to be serious likewise."

"Well, then, you need not be under any alarm. I will take care of myself, and of Mr. Wickham too. He shall not be in love with me, if I can prevent it."

"Elizabeth, you are not serious now."

"I beg your pardon, I will try again. At present I am not in love with Mr. Wickham; no, I certainly am not. But he is, beyond all comparison, the most agreeable man I ever saw—and if he becomes really attached to me—I believe it will be better that he should not. I see the imprudence of it. Oh! *that* abominable Mr. Darcy! My father's opinion of me does me the greatest

honour, and I should be miserable to forfeit it. My
father, however, is partial to Mr. Wickham. In short,
my dear aunt, I should be very sorry to be the means
of making any of you unhappy; but since we see
every day that where there is affection, young people
are seldom withheld by immediate want of fortune
from entering into engagements with each other,
how can I promise to be wiser than so many of my
fellow-creatures if I am tempted, or how am I even to
know that it would be wisdom to resist? All that I can
promise you, therefore, is not to be in a hurry. I will
not be in a hurry to believe myself his first object.
When I am in company with him,
I will not be wishing. In short, I will do my best."

Pride and Prejudice

"외숙모, 지금 생각해보면 저는 정말로 사랑에 빠졌던 게 아닌
것 같아요. 진정으로 순수하고 마음을 달뜨게 하는 사랑을
한 거라면, 지금쯤 그 사람 이름조차 듣기 싫고 그에게 온갖
나쁜 일이 일어나길 빌어야겠죠. 하지만 저는 그 사람한테
여전히 좋은 감정을 갖고 있고, 킹 양한테도 아무런 유감이
없어요. 그녀를 전혀 미워하지 않을 뿐만 아니라 그녀가 아주
좋은 여자라는 생각까지 들어요. 이런 건 사랑이 아니잖아요.
미리 조심을 했던 게 주효했던 것 같아요. 제가 그 남자한테
정신없이 빠져들었더라면 주변 사람들에게 좀 더 관심을
끌 수 있었겠죠. 하지만 전 남들한테 주목을 받지 못했다고

해서 전혀 아쉽게 생각하지 않아요. 사람들의 관심거리가
된다는 것은 때로 값비싼 대가를 치르게 하니까요. 키티하고
리디아는 그의 마음이 바뀐 것에 저보다 더 마음 아파 하고
있어요. 걔네는 아직 어려서 세상 이치를 잘 모르는 데다,
잘생긴 젊은 남자들도 그렇지 못한 남자들처럼 먹고살아야 할
무언가가 필요하다는 뼈아픈 사실을 받아들이지 못하거든요."

"I am now convinced, my dear aunt, that I have never
been much in love; for had I really experienced
that pure and elevating passion, I should at present
detest his very name, and wish him all manner of
evil. But my feelings are not only cordial towards *him*
they are even impartial towards Miss King. I cannot
find out that I hate her at all, or that I am in the least
unwilling to think her a very good sort of girl. There
can be no love in all this. My watchfulness has been
effectual; and though I certainly should be a more
interesting object to all my acquaintances were I
distractedly in love with him, I cannot say that I
regret my comparative insignificance. Importance
may sometimes be purchased too dearly. Kitty and
Lydia take his defection much more to heart than I
do. They are young in the ways of the world, and not
yet open to the mortifying conviction that handsome
young men must have something to live on as well
as the plain." *Pride and Prejudice*

그녀는 위컴 씨와 더없이 우호적으로 작별 인사를 나누었다.
그의 쪽에서 좀 더 다정했다. 그가 지금 다른 여자를 만난다고
해서, 엘리자베스가 처음으로 그의 관심을 끌고 마땅히
그의 관심을 받을 만했던 사람이었다는 것을, 처음으로
그의 말에 귀 기울이고, 그에게 연민을 느끼고, 그가 찬사를
보냈던 사람이라는 걸 잊을 수는 없었다. (…) 그녀는
그와 헤어지면서, 그가 결혼을 하든 안 하든 자신에게는
언제까지나 다정함과 유쾌함의 모범으로 남을 거라고 굳게
믿었다.

> The farewell between herself and Mr. Wickham was
> perfectly friendly; on his side even more. His present
> pursuit could not make him forget that Elizabeth had
> been the first to excite and to deserve his attention,
> the first to listen and to pity, the first to be admired;
> (…) and she parted from him convinced that,
> whether married or single, he must always be her
> model of the amiable and pleasing. *Pride and Prejudice*

엘리자베스에겐 어떤 계획도 이보다 반가울 수는 없었다.
그녀는 너무나 기꺼이 감사한 마음으로 초대를 수락했다. "아,
제가 너무너무 사랑하는 외숙모," 그녀는 한껏 들떠서 외쳤다.
"너무 좋아요! 너무나 행복해요! 제게 새로운 활력과 힘을
주시는군요. 이제 실망이니 우울이니 하는 것들과는 영영
안녕이에요. 암벽과 산에 비하면 남자가 다 뭐예요?"

No scheme could have been more agreeable to Elizabeth, and her acceptance of the invitation was most ready and grateful. "Oh, my dear, dear aunt," she rapturously cried, "what delight! what felicity! You give me fresh life and vigour. Adieu to disappointment and spleen. What are young men to rocks and mountains?" *Pride and Prejudice*

"애써보았지만 헛수고였습니다. 도저히 안 될 것 같습니다. 내 감정을 억누를 수가 없습니다. 부디 내가 얼마나 열렬히 당신을 찬미하고 사랑하는지를 말할 수 있게 해주십시오."

"In vain I have struggled. It will not do. My feelings will not be repressed. You must allow me to tell you how ardently I admire and love you." *Pride and Prejudice*

그는 애정을 느끼거나 존중할 수도 없는 여자를 위해 이 모든 것을 감수했던 것이다. 그녀의 심장은 그가 이 모든 일을 한 것은 그녀를 위해서였다고 속삭이고 있었다.

He had done all this for a girl whom he could neither regard nor esteem. Her heart did whisper that he had done it for her. *Pride and Prejudice*

엘리자베스는 그가 그런 결합을 기피하는 것은 당연하다고
생각했다. 더비셔에서 그녀가 확신했던 그의 마음, 그녀가
자신을 바라봐주기를 바랐던 그의 소망이 이 같은 충격을
이기고 살아남을 수 있으리라는 기대는 합리적으로 하기
어려웠다. 그녀는 자신이 초라하게 느껴지고 슬펐으며, 알 수
없는 회한에 사로잡혔다. 이제 더 이상 그에게 존중의 대상이
될 수 없다고 생각하니 그것을 더욱 간절히 바라게 되었다.
또한 그의 소식을 들을 가능성이 거의 없는 이때에 그의
소식이 궁금해졌다. 자신들이 다시 만날 가능성이 없다는
생각이 들자 그녀는 그와 함께라면 행복해질 수 있으리라는
확신을 갖게 되었다.

From such a connection she could not wonder
that he would shrink. The wish of procuring her
regard, which she had assured herself of his feeling
in Derbyshire, could not in rational expectation
survive such a blow as this. She was humbled, she
was grieved; she repented, though she hardly knew
of what. She became jealous of his esteem, when
she could no longer hope to be benefited by it. She
wanted to hear of him, when there seemed the least
chance of gaining intelligence. She was convinced
that she could have been happy with him, when it
was no longer likely they should meet. *Pride and Prejudice*

"이제," 그녀가 말했다. "첫 만남이 끝나서 아주 마음이 편해.

난 내 힘을 아니까 그 사람이 다시 온다고 해도 절대 당황하지
않을 거야. 그가 화요일에 우리 집에서 정찬을 먹는 것도
좋아. 그땐 우리 둘 다 평범하고 무심한 지인으로 만나는
것뿐이라는 사실을 사람들이 다 알게 될 테니까."
"그래, 아주 무심하지, 정말로," 엘리자베스가 웃으며
대꾸했다. "하지만 제인 언니, 그래도 조심해."
"리지, 설마 지금 내가 위태로워 보일 정도로 나약하다고
생각하는 건 아니겠지?"
"언닌 지금 아주 위태로워 보여. 그 어느 때 못지않게 그
사람을 사랑에 빠지게 할 수 있을 만큼."

> "Now," said she, "that this first meeting is over, I
> feel perfectly easy. I know my own strength, and I
> shall never be embarrassed again by his coming.
> I am glad he dines here on Tuesday. It will then be
> publicly seen that, on both sides, we meet only as
> common and indifferent acquaintance."
> "Yes, very indifferent indeed," said Elizabeth,
> laughingly. "Oh, Jane, take care."
> "My dear Lizzy, you cannot think me so weak, as to
> be in danger now?"
> "I think you are in very great danger of making him
> as much in love with you as ever." *Pride and Prejudice*

"당신은 기쁘게 해줄 가치가 있는 여성에게 기쁨을
선사한다는 나의 자만이 얼마나 하찮은 것이었는지를 알게

해주었습니다."

"You showed me how insufficient were all my
pretensions to please a woman worthy of being
pleased." *Pride and Prejudice*

"농담이지, 리지. 어떻게 그럴 수가 있어! 다아시 씨랑 약혼을
했다고! 아냐, 그럴 리가 없어, 거짓말하지 마. 그건 있을 수
없는 일이야."
"이야기를 이렇게 기막히게 시작하게 되다니! 내 말을 믿어줄
사람은 언니뿐이라고 생각했는데. 언니가 믿지 않으면 아무도
내 말을 믿으려 하지 않을 거라고. 하지만 정말이야, 거짓이
아니라니까. 내가 말하는 건 모두가 사실이야. 그 사람은 아직
나를 사랑하고 있고, 우린 약혼했어."
제인은 믿지 못하겠다는 듯이 그녀를 바라보았다. "하지만
리지! 어떻게 그럴 수가 있어. 네가 그 사람을 얼마나
싫어하는지 내가 잘 아는데."
"언니는 아무것도 몰라. 그 일은 다 잊어버려야 해. 내가 지금
사랑하는 것처럼 그 사람을 언제나 사랑했던 건 아닐 거야.
하지만 이런 경우엔 기억력이 좋은 건 용서받을 수 없어. 난
이 순간부터 지난 일을 몽땅 잊을 거야."

"You are joking, Lizzy. This cannot be!—engaged to
Mr. Darcy! No, no, you shall not deceive me. I know it
to be impossible."
"This is a wretched beginning indeed! My sole

46

dependence was on you; and I am sure nobody else will believe me, if you do not. Yet, indeed, I am in earnest. I speak nothing but the truth. He still loves me, and we are engaged."

Jane looked at her doubtingly. "Oh, Lizzy! it cannot be. I know how much you dislike him."

"You know nothing of the matter. *That* is all to be forgot. Perhaps I did not always love him so well as I do now. But in such cases as these, a good memory is unpardonable. This is the last time I shall ever remember it myself." *Pride and Prejudice*

곧 다시 장난기가 발동한 엘리자베스는 다아시 씨에게서 어떻게 자신과 사랑에 빠졌는지를 듣고 싶어 했다.

"처음에 어떻게 시작이 된 거예요?" 그녀가 물었다. "일단 시작되고 나서는 서서히 빠져들었다는 건 알겠어요. 하지만 처음에 어떤 계기로 시작이 된 거죠?"

"어떤 계기가 된 시간이나 표정이나 말을 꼭 집어서 말할 순 없어요. 너무 오래전 일이라. 하지만 사랑이 시작되었다는 걸 알기 전부터 난 이미 당신한테 푹 빠져 있었던 것 같아요."

Elizabeth's spirits soon rising to playfulness again, she wanted Mr. Darcy to account for his having ever fallen in love with her.

"How could you begin?" said she. "I can comprehend your going on charmingly, when you had once made a beginning; but what could set you off in the first place?"

"I cannot fix on the hour, or the look, or the words, which laid the foundation. It is too long ago. I was in the middle before I knew that I *had* begun."

Pride and Prejudice

"당신은 일찌감치 제 미모를 타박했고, 예의로 말하자면 전 언제나 불손함에 가까운 태도로 *당신*을 대했죠. 당신하고 이야기할 때도 당신한테 상처를 주려는 생각이 늘 있었고요. 그러니까 이제 솔직하게 말해보세요. 제가 무례해서 저한테 반하신 건가요?"

"당신을 좋아한 건 당신의 발랄함 때문이었습니다."

"무례함이라고 해도 좋아요. 그게 그거니까요. 사실 당신은 깍듯하게 예의와 격식을 차리고 주제넘게 오지랖을 부리는 사람들한테 질린 거예요. 먼저 말을 걸어오면서 *당신한테* 잘 보이려는 생각으로 꽉 차 있는 여자들에게 염증을 느낀 거라고요. 그런데 전 *그런 여자들*하고 달라서 당신의 흥미와 관심을 끈 거죠. 하지만 당신이 본래 심성이 고운 사람이 아니었다면 똑같은 이유로 절 미워했을 거예요. 당신은 애써 자신을 감추려고 했지만 당신 감정은 언제나 고귀하고 정당했어요. 그리고 당신에게 열렬히 구애한 사람들을 철저히 경멸했지요. 이런, 당신이 할 말을 제가 다 해버렸네요. 그런데 모든 걸 따져볼 때 이게 맞는 것 같아요. 분명한 건, 당신은 저의 장점이 뭔지는 알지 못했다는 거예요. 하지만 사랑에 빠질 때 그런 걸 따지는 사람은 아무도 없죠."

"My beauty you had early withstood, and as for my manners—my behaviour to *you* was at least always bordering on the uncivil, and I never spoke to you without rather wishing to give you pain than not. Now be sincere; did you admire me for my impertinence?"

"For the liveliness of your mind, I did."

"You may as well call it impertinence at once. It was very little less. The fact is, that you were sick of civility, of deference, of officious attention. You were disgusted with the women who were always speaking, and looking, and thinking for *your* approbation alone. I roused, and interested you, because I was so unlike *them*. Had you not been really amiable, you would have hated me for it; but in spite of the pains you took to disguise yourself, your feelings were always noble and just; and in your heart, you thoroughly despised the persons who so assiduously courted you. There—I have saved you the trouble of accounting for it; and really, all things considered, I begin to think it perfectly reasonable. To be sure, you knew no actual good of me—but nobody thinks of *that* when they fall in love."

Pride and Prejudice

"우리 집에 처음 방문했을 때, 그리고 그 뒤에 여기서 정찬을 먹었을 때 왜 저를 그렇게 피하셨나요? 특히 우리 집을 처음 방문해서는 저를 전혀 좋아하지 않는 것처럼 군 이유가 뭐예요?"

"당신이 심각한 얼굴로 아무 말도 하지 않아서 용기가 나지 않았습니다."

"하지만 전 너무 당황스러워서 그랬던 거예요."

"저도 마찬가지였습니다."

"정찬을 먹으러 왔을 때는 좀 더 편하게 이야기할 수도 있지 않았나요?"

"당신에 대한 사랑이 덜했다면, 그랬을 겁니다."

"What made you so shy of me, when you first called, and afterwards dined here? Why, especially, when you called, did you look as if you did not care about me?"

"Because you were grave and silent, and gave me no encouragement."

"But I was embarrassed."

"And so was I."

"You might have talked to me more when you came to dinner."

"A man who had felt less, might." *Pride and Prejudice*

아! 그녀는 지금까지 그를 향해 키워왔던 온갖 불쾌한 감정과 그에게 내뱉었던 불손한 언사들을 진심으로 후회했다. 그동안 자신이 한 짓들이 부끄럽기 짝이 없었다. 그러나 그녀는

그가 자랑스러웠다. 그가 연민과 명예를 위해 스스로를
극복해냈다는 사실이 자랑스러웠다.

> Oh! how heartily did she grieve over every
> ungracious sensation she had ever encouraged,
> every saucy speech she had ever directed towards
> him. For herself she was humbled; but she was
> proud of him. Proud that in a cause of compassion
> and honour, he had been able to get the better of
> himself. *Pride and Prejudice*

'솔직히 말하면, 전 너무 화가 나 있어서 편지를 쓸
수가 없었어요. 외숙모가 실제보다 과장해서 생각하고
계셨으니까요. 하지만 이젠 마음대로 생각하셔도 돼요.
공상의 고삐를 풀고, 그 일과 관련해서 상상의 나래를
마음껏 펼치세요. 제가 이미 결혼했다고 믿는 것만 아니라면
별로 틀리지 않을 거예요. (…) 저는 세상에서 가장 행복한
사람이에요. 다른 사람들도 이런 얘기를 많이 했겠지만,
저만큼 이 말이 어울리는 사람도 없을 거예요. 심지어 저는
제인 언니보다도 행복해요. 언니는 미소를 지을 뿐이지만,
저는 소리 내서 웃거든요.'

> 'To say the truth, I was too cross to write. You
> supposed more than really existed. But now suppose
> as much as you choose; give a loose rein to your
> fancy, indulge your imagination in every possible

flight which the subject will afford, and unless you believe me actually married, you cannot greatly err. (⋯) I am the happiest creature in the world. Perhaps other people have said so before, but not one with such justice. I am happier even than Jane; she only smiles, I laugh.' *Pride and Prejudice*

그들은 출발했다. 처음에는 메리앤이 앞섰으나 걸음을 헛디디는 바람에 갑자기 넘어졌다. 그녀를 도우려고 걸음을 멈출 수 없었던 마거릿은 어쩔 수 없이 서둘러 내려가 무사히 기슭에 이르렀다.

메리앤이 사고를 당했을 때, 총을 든 한 신사가 주위를 뛰노는 포인터 두 마리를 데리고 그녀와 몇 야드 떨어지지 않은 곳에서 언덕을 지나고 있었다. 그는 총을 내려놓고 그녀를 도우러 달려왔다. 그녀는 스스로 몸을 일으켰지만 넘어지면서 발을 삔 탓에 똑바로 서 있기가 어려웠다. 신사는 그녀를 돕겠다고 청했다. 하지만 그녀가 예의를 차리느라 불가피한 것을 거절하자 지체 없이 그녀를 들어 안고는 재빨리 언덕을 달려 내려왔다. 정원 입구 문은 마거릿이 미리 열어둔 터였다. 그는 정원을 통과해 그녀를 곧장 집 안으로 데리고 들어갔다. 마거릿도 막 도착한 참이었다. 그는 메리앤을 거실 의자에 내려놓고 나서야 손길을 거두었다. (⋯) 그런 다음 거센 빗줄기 속에서 그곳을 떠남으로써 자신을 더욱더 흥미로운 존재가 되게 했다.

They set off. Marianne had at first the advantage, but

a false step brought her suddenly to the ground; and
Margaret, unable to stop herself to assist her, was
involuntarily hurried along, and reached the bottom
in safety.

A gentleman carrying a gun, with two pointers
playing round him, was passing up the hill and
within a few yards of Marianne, when her accident
happened. He put down his gun and ran to her
assistance. She had raised herself from the ground,
but her foot had been twisted in her fall, and she was
scarcely able to stand. The gentleman offered his
services; and perceiving that her modesty declined
what her situation rendered necessary, took her up
in his arms without farther delay, and carried her
down the hill. Then passing through the garden, the
gate of which had been left open by Margaret, he
bore her directly into the house, whither Margaret
was just arrived, and quitted not his hold till he
had seated her in a chair in the parlour. (···) he then
departed, to make himself still more interesting, in
the midst of an heavy rain. *Sense and Sensibility*

이성적인 두 사람 사이에서는 대개 몇 시간 동안 쉬지
않고 힘들게 이야기하다 보면 공통된 주제가 바닥이 나게
마련이지만, 연인들의 경우에는 그렇지가 않다. 연인들
사이에서는 어떤 주제라도 적어도 스무 번 이상은 이야기해야

주제가 바닥나고 대화를 했다고 할 수 있다.

> For though a very few hours spent in the hard labor
> of incessant talking will despatch more subjects than
> can really be in common between any two rational
> creatures, yet with lovers it is different. Between
> THEM no subject is finished, no communication
> is even made, till it has been made at least twenty
> times over. *Sense and Sensibility*

"그의 마음을 알 수만 있다면, 모든 게 쉬워질 텐데."

> "If I could but know HIS heart, everything would
> become easy." *Sense and Sensibility*

"그분을 좀 더 잘 알게 되면 어머니도 좋아하실 거예요."
엘리너가 말했다.
"좋아한다고!" 그녀의 어머니가 미소를 지으며 대꾸했다.
"애정보다 못한 감정은 인정할 수 없다."
"하지만 그분을 존경하실 순 있죠."
"난 존경과 사랑을 따로 떼어 생각해본 적이 없어서 말이지."

> "I think you will like him," said Elinor, "when you
> know more of him."
> "Like him!" replied her mother with a smile. "I feel

no sentiment of approbation inferior to love."

"You may esteem him."

"I have never yet known what it was to separate esteem and love." *Sense and Sensibility*

"난 모든 면에서 나와 취향이 맞지 않는 남자하고는 행복해질 수 없어요. 그는 나하고 모든 감정을 공유해야 해요. 똑같은 책, 똑같은 음악을 함께 좋아할 수 있어야 한다고요."

"I could not be happy with a man whose taste did not in every point coincide with my own. He must enter into all my feelings; the same books, the same music must charm us both." *Sense and Sensibility*

"세상을 더 많이 알아갈수록, 내가 진정으로 사랑할 수 있는 사람을 결코 만나지 못할 거라는 생각이 자꾸만 들어요. 난 바라는 게 너무 많은 것 같아요!"

"The more I know of the world, the more am I convinced that I shall never see a man whom I can really love. I require so much!" *Sense and Sensibility*

"언제부터 그 사실을 알고 있었던 거야, 언니? 그 사람이 언니한테 편지를 쓴 거야?"

"넉 달 됐어. 작년 11월에 루시가 바턴 파크에 처음 왔을 때 비밀로 해달라면서 자기가 약혼한 사실을 말해준 거야." (…)

"넉 달이라니! 하지만 언닌 그 사람을 사랑했잖아!"

"그래. 하지만 난 그 사람만을 사랑했던 건 아니야. 내겐 다른 사람들의 마음이 편한 것도 중요해. 그래서 내가 얼마나 괴로운지를 알지 못하게 해서 다행이라고 생각해. 그리고 이젠 나도 별다른 감정의 동요 없이 그 일을 생각하고 말할 수 있게 됐어. 나는 네가 나 때문에 힘들어하는 게 싫어. 이젠 나도 그다지 많이 괴롭지 않고 말이지. 많은 것들이 나를 지탱해주잖아. 내가 경솔하게 굴어서 이런 실망감을 맛본 것도 아닌 데다, 다른 사람들까지 힘들게 하지 않으면서 나 혼자 최대한 잘 견뎌왔다고 생각해."

"How long has this been known to you, Elinor? has he written to you?"

"I have known it these four months. When Lucy first came to Barton Park last November, she told me in confidence of her engagement." (…)

"Four months! and yet you loved him!"

"Yes. But I did not love only him; and while the comfort of others was dear to me, I was glad to spare them from knowing how much I felt. Now, I can think and speak of it with little emotion. I would not have you suffer on my account; for I assure you I no longer suffer materially myself. I have many things to support me. I am not conscious of having provoked the disappointment by any imprudence of my own, I have borne it as much as possible without spreading it farther." *Sense and Sensibility*

"그때는 사랑이 뭔지 몰랐으니까요. 하긴 언제 제대로 안 적이 있긴 했을까요? 이런 의문을 가지는 것도 당연합니다. 내가 진정으로 사랑을 했었다면, 허영심과 탐욕 때문에 내 감정을 희생했겠습니까?"

"I did not THEN know what it was to love. But have I ever known it? Well may it be doubted; for, had I really loved, could I have sacrificed my feelings to vanity, to avarice?" *Sense and Sensibility*

내가 이 편지를 쓰는 것은 단지 당신에게 작별 인사를 하기 위해서입니다. 마법은 벗겨졌습니다. 당신의 참모습을 알게 되었거든요. (…) 내가 당신을 얼마나 사랑했는지 잘 알 겁니다. 지금 내 기분이 어떨지도 마음속으로 헤아려볼 수 있겠지요. 하지만 난 나를 사랑한 적도 없으면서 내 고통을 야기한 것을 자랑스럽게 생각할 여자한테 내 기분을 설명할 만큼 나약한 사람이 아닙니다.

I write only to bid you farewell, the spell is removed; I see you as you are. (…) You know how I have loved you; you can intimately judge of my present feelings, but I am not so weak as to find indulgence in describing them to a woman who will glory in having excited their anguish, but whose affection they have never been able to gain. *Lady Susan*

실제로 나이틀리 씨는 에마 우드하우스의 결점들을 알아보는 몇 안 되는 사람 중 하나이자, 그것을 그녀에게 말할 수 있는 유일한 사람이었다.

Mr. Knightley, in fact, was one of the few people who could see faults in Emma Woodhouse, and the only one who ever told her of them. *Emma*

"분명해," 그녀가 말했다. "무기력하고 나른하고 바보가 된 기분에다, 가만히 앉아서 뭔가를 하는 것도 싫고, 이 집의 모든 게 따분하고 재미없어! 난 분명 사랑에 빠진 거야. 적어도 몇 주 동안이라도 그렇지 않다면 난 세상에서 제일 이상한 인간일 거야."

"I certainly must," said she. "This sensation of listlessness, weariness, stupidity, this disinclination to sit down and employ myself, this feeling of every thing's being dull and insipid about the house!—I must be in love; I should be the oddest creature in the world if I were not for a few weeks at least." *Emma*

에마는 자신이 사랑에 빠졌음을 여전히 조금도 의심하지
않았다. 다만 그 사랑의 정도에 대해서는 생각이 달라졌다.
처음에는 그를 많이 사랑한다고 생각했다. 하지만 시간이 좀
더 지나자 그저 조금 사랑하는 것뿐이라고 생각하게 되었다.

Emma continued to entertain no doubt of her being
in love. Her ideas only varied as to the how much. At
first, she thought it was a good deal; and afterwards,
but little. *Emma*

그녀는 자나 깨나 그를 생각했고, 그림을 그리거나 일을
하면서도 자신들의 사랑이 무르익다가 끝나는 과정을 수도
없이 즐겁게 그려보았으며, 흥미로운 대화를 상상하고 우아한
편지들을 꾸며내보았지만, 상상 속 그의 모든 고백은 그녀가
*그를 거절하는 것*으로 끝이 났다. 그들의 사랑은 언제나 우정
속으로 잦아들었다. 그들의 이별은 다정하고 매력적이겠지만,
어쨌거나 그들은 이별하게 되어 있었다. 이런 사실을 깨닫게
되자 에마는 자신이 대단히 사랑에 빠진 건 아니라는 것을
알게 되었다. 자신은 아버지를 결코 떠나지 않을 것이며,
결혼은 절대 하지 않을 거라고 벌써부터 확고하게 결심을 한
터였지만, 사랑의 감정이 강렬하다면 분명 자신이 예견할 수
있는 것보다 훨씬 더 깊은 마음의 갈등을 야기했을 것이다.

Though thinking of him so much, and, as she sat
drawing or working, forming a thousand amusing
schemes for the progress and close of their

attachment, fancying interesting dialogues, and inventing elegant letters; the conclusion of every imaginary declaration on his side was that she *refused him*. Their affection was always to subside into friendship. Every thing tender and charming was to mark their parting; but still they were to part. When she became sensible of this, it struck her that she could not be very much in love; for in spite of her previous and fixed determination never to quit her father, never to marry, a strong attachment certainly must produce more of a struggle than she could foresee in her own feelings. *Emma*

"생각해보면 난 *희생*이란 말을 전혀 쓰지 않잖아." 그녀는 혼잣말을 했다. "내 영리한 답변이나 교묘한 거절의 말 어디에서도 희생을 할 거라고 암시한 적은 없어. 내 행복에 그 사람이 꼭 필요하다고 생각하진 않는다는 거지. 그리고 이대로가 더 나아. 지금보다 많은 사랑을 느껴야 한다고 나 자신을 설득시키는 일 따위는 하지 않을 거야. 이만하면 충분히 사랑하는 거라고. 더 사랑하게 되면 오히려 좋지 않을 거야."

"I do not find myself making any use of the word *sacrifice*," said she. "In not one of all my clever replies, my delicate negatives, is there any allusion to making a sacrifice. I do suspect that he is not really necessary to my happiness. So much the better. I certainly will not persuade myself to feel more than I do. I am quite enough in love. I should be sorry to be more." *Emma*

"세월이 지나 시간이 흐르면 당신이 변할 거라고 한 것은," 존 나이틀리가 말했다. "시간과 함께 상황도 변하기 마련이라는 말을 하고 싶었기 때문이야. 시간과 상황은 함께 가는 거라고 생각하니까. 시간이 흐르면 일상의 반경 내에 있지 않은 애정에 대한 관심은 점차 줄어들기 마련이지."

"When I talked of your being altered by time, by the progress of years," said John Knightley, "I meant to imply the change of situation which time usually brings. I consider one as including the other. Time will generally lessen the interest of every attachment not within the daily circle." *Emma*

"다정한 마음보다 매력적인 것은 없어," 나중에 그녀는 혼잣말을 했다. "어떤 것도 그에 비할 순 없는 거야. 정감 있고 솔직한 태도에서 우러나오는 따뜻하고 다정한 마음은 세상 어떤 똑똑한 머리보다 매력적일 거야. 분명 그럴 거야."

"There is no charm equal to tenderness of heart," said she afterwards to herself. "There is nothing to

be compared to it. Warmth and tenderness of heart,
with an affectionate, open manner, will beat all the
clearness of head in the world, for attraction, I am
sure it will." *Emma*

"당신은 내가 어떤 점을 부러워하는지 묻지 않을 모양이군.
마치 호기심을 갖지 않기로 작정한 것 같아. 사실 그게 현명한
거야. 하지만 나는 현명하게 굴 수가 없어. 에마, 난 당신이
묻지 않을 얘기를 해야 할 것 같아. 그러고는 이내 괜히
말했다고 후회할지도 모르지만."

"You will not ask me what is the point of envy. You
are determined, I see, to have no curiosity. You are
wise, but *I* cannot be wise. Emma, I must tell you
what you will not ask, though I may wish it unsaid
the next moment." *Emma*

"친구로서!" 나이틀리 씨는 에마의 말을 반복해 말했다. "에마,
내가 두려워하는 말이 바로 그거야. 아니, 난 아무것도 바라는
게 없어. 그러니까 이대로 있어줘, 그래, 내가 왜 망설여야
하지? 마음을 숨기기에는 이미 너무 멀리 와버렸는데. 에마,
당신 제안을 받아들일게. 이상하게 보일지 모르지만, 당신
제안을 받아들이고 친구로서 당신한테 나를 맡길게. 그러니까
말해줘, 난 내가 원하는 걸 얻을 가능성이 전혀 없는 건가?"
그는 말을 멈추고 질문에 어울리는 진지한 표정을 지어

보였다. 그의 눈빛에 담긴 표현은 그녀를 압도했다.

"너무나 소중한 나의 에마," 그가 말했다. "지금 이 대화가 어떻게 끝나든 당신은 언제나 내겐 가장 소중한 사람으로 남아 있을 거야. 나의 가장 소중한, 가장 사랑하는 에마, 내게 즉시 말해줘. '가능성이 없다'라고 말해야 한다면 그렇게 말해줘."

에마는 정말로 아무 말도 할 수가 없었다.

"아무 말도 하지 않는군," 그는 격앙된 목소리로 외쳤다. "정말 단 한 마디도! 그렇다면 지금은 더 이상 묻지 않을게."

에마는 이 순간의 혼란스러움으로 금방이라도 주저앉아버릴 것만 같았다. 어쩌면 그녀가 느끼는 가장 두드러진 감정은 지극히 행복한 꿈에서 깨어날지 모른다는 두려움이 아니었을까.

"As a friend!" repeated Mr. Knightley. "Emma, that I fear is a word. No, I have no wish. Stay, yes, why should I hesitate? I have gone too far already for concealment. Emma, I accept your offer. Extraordinary as it may seem, I accept it, and refer myself to you as a friend. Tell me, then, have I no chance of ever succeeding?"

He stopped in his earnestness to look the question, and the expression of his eyes overpowered her.

"My dearest Emma," said he, "for dearest you will always be, whatever the event of this hour's conversation, my dearest, most beloved Emma, tell me at once. Say 'No,' if it is to be said."

She could really say nothing.

"You are silent," he cried, with great animation;
"absolutely silent! at present I ask no more."
Emma was almost ready to sink under the agitation
of this moment. The dread of being awakened
from the happiest dream, was perhaps the most
prominent feeling. *Emma*

"내가 지금보다 당신을 덜 사랑했다면, 사랑에 대해 더 많은
말을 할 수 있었을 거야."

"If I loved you less, I might be able to talk about it
more." *Emma*

그는 말을 타고 빗속을 달려 집으로 갔다. 그리고 식사를 마친
뒤 곧바로 걸어왔다. 한없이 사랑스럽고 세상에서 가장 귀한
존재, 모든 결함에도 불구하고 흠잡을 데 없는 그녀가 새로
알게 된 사실을 어떻게 견디고 있는지 확인하기 위해서였다.

He had ridden home through the rain; and had
walked up directly after dinner, to see how this
sweetest and best of all creatures, faultless in spite of
all her faults, bore the discovery. *Emma*

그녀는 어린 나이에 어쩔 수 없이 신중해야 했고, 나이가
들어가면서 연애 감정을 알게 되었다. 부자연스러운 시작의
자연스러운 결과였다.

> She had been forced into prudence in her youth,
> she learned romance as she grew older: the natural
> sequel of an unnatural beginning. *Persuasion*

앤은 얼굴을 붉힐 나이는 지났기를 바랐지만, 마음이
흔들리는 나이는 아직 지나지 않은 듯했다.

> Anne hoped she had outlived the age of blushing;
> but the age of emotion she certainly had not. *Persuasion*

그녀는 그를 보았다. 그들이 만났다. 그들이 또다시 같은 방에
있었던 것이다.
하지만 이내 그녀는 이성적으로 생각하면서 마음을
가라앉히려고 애썼다. 모든 걸 포기한 뒤로 8년, 무려 8년
가까운 세월이 흘렀다. 그 세월의 간극이 아스라이 먼
곳으로 쫓아버린 마음의 동요가 다시 시작되려고 하다니 이
얼마나 터무니없는 일이란 말인가! 8년 동안 무슨 일이든
안 일어났을까? 온갖 사건들, 변화, 멀어짐, 이사 같은 모든
일들이 있을 수 있고, 과거의 기억은 잊혔다. 그건 너무나
자연스럽고, 너무나 명백한 일이었다! 8년이라는 세월은
그녀가 살아온 삶의 3분의 1 가까이를 차지하는 시간이었다.

그러나 아아! 차분하게 온갖 생각을 다 해본 뒤에 그녀가
깨달은 사실은, 자신에게 아직 남아 있는 감정에 8년이라는
시간은 아무것도 아닐 수 있다는 것이었다.

She had seen him. They had met. They had been
once more in the same room.
Soon, however, she began to reason with herself, and
try to be feeling less. Eight years, almost eight years
had passed, since all had been given up. How absurd
to be resuming the agitation which such an interval
had banished into distance and indistinctness!
What might not eight years do? Events of every
description, changes, alienations, removals—all,
all must be comprised in it, and oblivion of the
past—how natural, how certain too! It included
nearly a third part of her own life. Alas! with all her
reasoning, she found, that to retentive feelings eight
years may be little more than nothing. *Persuasion*

그는 그녀를 열렬히 사랑했었고, 그 뒤로 지금까지 그녀에
버금간다고 생각하는 여자를 한번도 본 적이 없었다. 그러나
자연스레 생기는 호기심 때문이 아니라면 그녀를 다시 만나고
싶은 생각은 추호도 없었다. 그에 대한 그녀의 영향력은 영영
사라져버렸다.

He had been most warmly attached to her, and had

never seen a woman since whom he thought her equal; but, except from some natural sensation of curiosity, he had no desire of meeting her again. Her power with him was gone for ever. *Persuasion*

그들은 서로 대화도 하지 않았고, 통상적인 예의를 차리는 것 말고는 어떤 교류도 하지 않았다. 한때는 서로에게 그토록 소중한 존재들이었는데! 이젠 아무것도 아니었다!

They had no conversation together, no intercourse but what the commonest civility required. Once so much to each other! Now nothing! *Persuasion*

그들만큼 서로에게 솔직하고, 취향이 비슷하고, 그렇게 서로 공감하고, 그렇게 사랑하는 얼굴을 한 이들은 없었을 것이다. 그런데 이제 그들은 서로에게 낯선 사람이나 마찬가지였다. 아니, 더 가까워질 수가 없으니 낯선 사람보다 못했다. 서로에게서 영영 멀어진 것이었다.

There could have been no two hearts so open, no tastes so similar, no feelings so in unison, no countenances so beloved. Now they were as strangers; nay, worse than strangers, for they could never become acquainted. It was a perpetual estrangement. *Persuasion*

무엇보다 끔찍한 것은 그의 차가운 공손함과 지나치게 깍듯한
태도였다.

His cold politeness, his ceremonious grace, were
worse than anything. *Persuasion*

지금 이 불확실한 상태의 결말이 좋든 나쁘든 그녀는 영원히
그를 사랑할 것이었다. 두 사람이 끝내 헤어지게 되더라도
그녀는 결혼을 했을 때만큼이나 다른 남자들에게 아무런
관심을 두지 않을 터였다.

Be the conclusion of the present suspense good or
bad, her affection would be his for ever. Their union,
she believed, could not divide her more from other
men, than their final separation. *Persuasion*

"더 이상 가만히 듣고 있을 수가 없군요. 손에 닿는
수단으로 당신에게 말해야겠습니다. 당신은 내 영혼을
갈가리 찢어놓았어요. 나는 지금 반쪽은 죽어가면서도
다른 반쪽으로는 희망을 놓지 못하고 있습니다. 내가 너무
늦었다고, 그런 소중한 감정은 영영 사라져버렸다고 말하진
말아주십시오. 나는 지금, 8년하고도 반년 전에 당신이 내
마음을 찢어놓았을 때보다 더 많이, 당신 마음보다 더 간절한
마음으로 또다시 당신을 사랑하고 있습니다. 남자가 여자보다
빨리 잊는다고, 남자의 사랑이 더 빨리 죽어버린다고도

말하지 마십시오. 난 오직 당신만을 사랑해왔습니다. 내가
부당하고 나약하고 분개했을지는 몰라도, 당신에 대한
사랑만은 변한 적이 없습니다."

"I can listen no longer in silence. I must speak to you
by such means as are within my reach. You pierce
my soul. I am half agony, half hope. Tell me not that
I am too late, that such precious feelings are gone
for ever. I offer myself to you again with a heart even
more your own than when you almost broke it, eight
and a half years ago. Dare not say that a man forgets
sooner than woman, that his love has an earlier
death. I have loved none but you. Unjust I may have
been, weak and resentful I have been, but never
inconstant." *Persuasion*

이런 편지를 읽고 쉽게 정신을 차리기는 힘들 터였다. 삼십 분
정도 홀로 있으면서 곰곰 생각하다 보면 마음이 진정될 수도
있었을 것이다. 그러나 겨우 십 분밖에 지나지 않아 방해를
받고 이런저런 상황의 제약이 더해져 도무지 마음을 안정시킬
수가 없었다. 아니, 시시각각 새로운 동요가 일었다. 그것은
온몸과 마음을 압도하는 행복이었다.

Such a letter was not to be soon recovered from.
Half an hour's solitude and reflection might have
tranquillized her; but the ten minutes only which

now passed before she was interrupted, with all the restraints of her situation, could do nothing towards tranquillity. Every moment rather brought fresh agitation. It was overpowering happiness. *Persuasion*

앤은 살짝 웃으면서 물었다. "내 눈에서 그게 보이나요?"
"응, 보여. 앤 양의 얼굴이 간밤에 세상에서 가장 매력적인 사람하고 함께 있었다고 말하고 있는걸. 지금 이 순간에도 앤 양은 세상 그 누구보다 그 사람한테 더 관심이 있다고 말하지."

Anne half smiled and said, "Do you see that in my eye?"
"Yes, I do. Your countenance perfectly informs me that you were in company last night with the person whom you think the most agreeable in the world, the person who interests you at this present time more than all the rest of the world put together."
Persuasion

"형이 당신에 대해 세세하게 묻더군요. 심지어 당신 외모가 변했는지도 궁금해했어요. 내 눈에는 당신이 결코 변할 수 없다는 건 생각도 못한 채 말이죠."
앤은 그의 말을 웃으며 들어 넘겼다. 뭐라고 하기에는 너무나 기분 좋은 실언이었기 때문이다. 스물여덟 살 먹은 여자가 더 젊었을 때의 매력을 하나도 잃지 않았음을 확인받는 것은 굉장히 기분 좋은 일이다. 하지만 그의 말을 이전에 했던 말과 비교해보고, 그 사실이 그의 열렬한 사랑이 되살아나게 한 원인이 아니라 그 결과라는 걸 느끼자 앤에게는 그러한 찬사가 이루 말할 수 없을 만큼 더욱더 소중하게 여겨졌다.

"He enquired after you very particularly; asked even if you were personally altered, little suspecting that to my eye you could never alter."
Anne smiled, and let it pass. It was too pleasing a blunder for a reproach. It is something for a woman to be assured, in her eight-and-twentieth year, that she has not lost one charm of earlier youth; but the value of such homage was inexpressibly increased to Anne, by comparing it with former words, and feeling it to be the result, not the cause of a revival of his warm attachment. *Persuasion*

그는 사랑에 빠졌다. 그것도 아주 깊이 빠진 것이다. 게다가 그 사랑은 세심하기보다는 열렬했으며, 적극적이고 낙관적인 성향을 기반으로 작동하는 것이라, 그에게는 그녀의 사랑이 유보될수록 더욱더 대단한 것이라고 여기게 했다. 그리하여 그는 그녀가 자신을 사랑하지 않을 수 없게 만드는 행복과 영광을 누리리라 결심했다.

He was in love, very much in love; and it was a love

which, operating on an active, sanguine spirit, of
more warmth than delicacy, made her affection
appear of greater consequence because it was
withheld, and determined him to have the glory,
as well as the felicity, of forcing her to love him.

Mansfield Park

"당신은 인간에게 어떻게 저런 정도로까지 존재할 수 있을까
싶은 훌륭한 성품을 지니고 있어요. 당신에게는 마치 천사
같은 면모가 있다는 얘깁니다. 단지 눈으로 보는 것뿐만
아니라, 사실 아무도 그런 걸 본 적이 없으니까요, 머릿속으로
상상할 수 있는 경지를 넘어서는 어떤 것 말입니다."

"You have qualities which I had not before supposed
to exist in such a degree in any human creature.
You have some touches of the angel in you beyond
what—not merely beyond what one sees, because
one never sees anything like it—but beyond what one
fancies might be." *Mansfield Park*

"그 사람이 널 행복하게 해줄 거야, 패니. 그가 널 행복하게
해줄 거라는 걸 난 알아. 넌 그를 모든 걸 다 가진 남자로
만들어줄 테고 말이지."

"He will make you happy, Fanny; I know he will

make you happy; but you will make him everything."

Mansfield Park

어느 유명 작가가 주장한 것처럼 신사가 사랑을 고백하기
전에 젊은 숙녀가 사랑에 빠지는 것이 정당화될 수 없다면,
신사가 먼저 그녀의 꿈을 꾸었는지 알기도 전에 젊은 숙녀가
신사의 꿈을 꾸는 것은 매우 부적절한 일일 터다.

If it be true, as a celebrated writer has maintained,
that no young lady can be justified in falling in love
before the gentleman's love is declared, it must be
very improper that a young lady should dream of a
gentleman before the gentleman is first known to
have dreamt of her. *Northanger Abbey*

"진정으로 사랑에 빠지면 다른 사람의 관심 따위는 별로
달갑지 않은 법이지. 사랑하는 사람하고 관련이 없는 건 죄다
시시하고 재미없어지잖아!"

"Where the heart is really attached, I know very
well how little one can be pleased with the attention
of anybody else. Everything is so insipid, so
uninteresting, that does not relate to the beloved
object!" *Northanger Abbey*

"사랑하는 캐서린, 마음을 줄 때는 조심하도록 해라."

"Dearest Catherine, beware how you give your heart." *Northanger Abbey*

자제력이라는 측면에서 수없이 굳은 결심을 했음에도 그녀는 에드먼드가 그녀에게 쓰기 시작했던 종이쪽지를 움켜쥐었다. 그리고 그것이 마치 그녀가 결코 손에 넣을 수 없는 보물이라도 되는 양 더없이 애틋한 마음으로 다음 말들을 읽어나갔다. "너무나 소중한 나의 패니, 부디 이 선물을 받아주길 바라." 그녀는 그 쪽지가 선물의 가장 소중한 부분이기라도 한 것처럼 금줄과 함께 서랍에 넣은 뒤 서랍을 잠갔다. 그녀가 그에게서 받았던 것 중에서 편지와 비슷한 것은 그 쪽지가 유일했다. 앞으로 또 다른 쪽지를 받을 일은 결코 없을 터였다. 그것을 준 계기나 그 표현에 있어서 이토록 마음에 쏙 드는 쪽지를 다시 받는다는 것은 불가능했다. 세상에서 가장 유명한 작가의 펜 끝에서도 이보다 귀한 두 줄짜리 글귀가 탄생한 적은 없었다. 대상 인물에게 지극한 애정을 가진 전기 작가의 탐구도 이보다 완벽한 찬사를 받은 적은 없었다. 여성의 사랑이 품은 열정은 전기 작가의 열정을 훌쩍 뛰어넘는 법이다. 그녀에게는 쪽지가 전달하고자 하는 내용과 상관없이 그의 필적 자체가 곧 축복이었다. 그 누구도 에드먼드의 더없이 평범한 필체 같은 글씨를 쓴 적은 없었다! 급히 서둘러 썼음에도 이 표본 같은 글씨에서는 어떤 결점도 찾을 수 없었다. "너무나 소중한 나의 패니"라는 처음 네 단어의 유려함과 그 배치에서도 지극한 행복이 느껴져서 그녀는 그것을 언제까지라도 바라볼 수 있을 것 같았다.

After making all these good resolutions on the side of self-government, she seized the scrap of paper on which Edmund had begun writing to her, as a treasure beyond all her hopes, and reading with the tenderest emotion these words, "My very dear Fanny, you must do me the favour to accept" locked it up with the chain, as the dearest part of the gift. It was the only thing approaching to a letter which she had ever received from him; she might never receive another; it was impossible that she ever should receive another so perfectly gratifying in the occasion and the style. Two lines more prized had never fallen from the pen of the most distinguished author—never more completely blessed the researches of the fondest biographer. The enthusiasm of a woman's love is even beyond the biographer's. To her, the handwriting itself, independent of anything it may convey, is a blessedness. Never were such characters cut by any other human being as Edmund's commonest handwriting gave! This specimen, written in haste as it was, had not a fault; and there was a felicity in the flow of the first four words, in the arrangement of "My very dear Fanny," which she could have looked at for ever. *Mansfield Park*

불편한 일이 생길 때마다
남자들은 언제나 곧잘 빠져나가곤 한다.

여자와 남자

"남들이 우리한테 고의로 상처를 준다고 함부로 생각해서는 안 돼. 활기찬 젊은 남자가 언제나 신중하고 사려 깊을 거라고 기대해서도 안 되는 거고. 우린 종종 자신의 허영심에 속기도 하지. 여자들은 남자들의 찬사가 그 이상을 의미한다고 상상하곤 하거든."

"We must not be so ready to fancy ourselves intentionally injured. We must not expect a lively young man to be always so guarded and circumspect. It is very often nothing but our own vanity that deceives us. Women fancy admiration means more than it does." *Pride and Prejudice*

"아! 정말이지," 에마가 소리쳤다. "남자들은 여자가 청혼을 거절할 수 있다는 사실을 이해하지 못하는 것 같아요. 여자는 상대가 누구라도 상관없이 언제나 청혼을 수락할 거라고 생각한다니까요."

"Oh! to be sure," cried Emma, "it is always incomprehensible to a man that a woman should ever refuse an offer of marriage. A man always imagines a woman to be ready for anybody who asks her." *Emma*

"완전히 잘못 짚으셨습니다. 제 마음은 좀 더 기분 좋은 일로 바빴답니다. 예쁜 여성의 얼굴에서 고운 두 눈이 선사하는 커다란 기쁨에 대해 생각하고 있었거든요."

"Your conjecture is totally wrong, I assure you. My mind was more agreeably engaged. I have been meditating on the very great pleasure which a pair of fine eyes in the face of a pretty woman can bestow."
Pride and Prejudice

"여자들의 상상력은 속도가 아주 빠르죠. 한순간에 찬탄에서 사랑으로, 사랑에서 결혼으로 건너뛰거든요."

"A lady's imagination is very rapid; it jumps from admiration to love, from love to matrimony, in a moment." *Pride and Prejudice*

불편한 일이 생길 때마다 남자들은 언제나 곧잘 빠져나가곤 한다.

If there is anything disagreeable going on men are always sure to get out of it. *Persuasion*

'이 남자는 여자들한테 지나치게 친절한 편인데 과연 한 여자와 사랑에 빠질 수 있을까?' 에마는 생각했다. '그렇게

생각할 수도 있겠지만, 세상에는 사랑하는 방식이 백 가지도
더 되니까, 뭐.'

'This man is almost too gallant to be in love,' thought
Emma. 'I should say so, but that I suppose there may
be a hundred different ways of being in love.' *Emma*

"분명히 말하지만, 난 그치들을 전혀 알은체하지 않을 거야.
남자들을 공손하게 대하고 싶은 마음이 눈곱만큼도 없거든.
그랬다간 남자들 버릇만 나빠진단 말이지."

"I shall not pay them any such compliment, I assure
you. I have no notion of treating men with such
respect. That is the way to spoil them." *Northanger Abbey*

"남자가 마음만 먹으면 언제든 할 수 있는 게 한 가지 있어,
에마. 그건 자신의 의무를 이행하는 거야. 묘책과 수완에
의해서가 아니라 활력과 결단력을 통해서 말이지."

"There is one thing, Emma, which a man can
always do, if he chooses, and that is, his duty; not
by manoeuvring and finessing, but by vigour and
resolution." *Emma*

에드워드 경의 일생일대 목표는 유혹적인 남자가 되는 것이었다. 그는 그것을 자신의 의무로 여겼다. 자신이 출중한 외모의 장점을 지니고 있음을 잘 알고 있으면서, 뛰어난 재능 또한 지녔다고 자부했기 때문이다. 그는 자신이 러브레이스 같은 부류처럼 위험한 남자가 될 소질이 다분하다고 믿었다. 에드워드 경이라는 이름 자체도 매혹적인 무언가를 어느 정도 포함하고 있다고 생각했다.

그러나 여성에게 대체로 친절하게 굴면서 세심한 배려를 아끼지 않는 것과 예쁜 아가씨들에게 유창한 달변을 늘어놓는 것은 그가 연기해야 하는 역할 중에서 가장 하수에 속하는 것일 뿐이었다. 그는 헤이우드 양이나 어느 정도의 미모를 갖춘 젊은 여성에게는 기회가 있을 때마다 극찬과 열광적인 표현과 함께 접근할 자격이 자신에게 있다고(사회에 대한 그 자신의 관점에 따르면) 믿었다.

Sir Edward's great object in life was to be seductive. With such personal advantages as he knew himself to possess, and such talents as he did also give himself credit for, he regarded it as his duty. He felt that he was formed to be a dangerous man, quite in the line of the Lovelaces. The very name of Sir Edward, he thought, carried some degree of fascination with it.

To be generally gallant and assiduous about the fair, to make fine speeches to every pretty girl, was but the inferior part of the character he had to play. Miss Heywood, or any other young woman

with any pretensions to beauty, he was entitled
(according to his own view of society) to approach
with high compliment and rhapsody on the slightest
acquaintance. *Sanditon*

"젊은 숙녀들은 연약한 화초나 마찬가지야. 그러니까 알아서
건강과 안색에 각별한 신경을 써야 해."

"Young ladies are delicate plants. They should take
care of their health and their complexion." *Emma*

스물아홉 살 먹은 여자가 10년 전보다 더 아름다운 경우가
가끔 있다. 대체로 병에 걸리거나 걱정거리가 많았던 게
아니라면 매력을 조금도 잃지 않은 인생의 시기가 그때이기
때문이다.

It sometimes happens that a woman is handsomer
at twenty-nine than she was ten years before;
and, generally speaking, if there has been neither
ill health nor anxiety, it is a time of life at which
scarcely any charm is lost. *Persuasion*

"몰랜드 양, 여성의 이해력을 저보다 높이 평가하는 사람은
아마 없을 겁니다. 제가 보기에는, 여성은 천성적으로

이해력을 너무 많이 타고나서 여성들 스스로도 그 절반도 쓸
필요가 없다고 생각할 정도지요."

> "Miss Morland, no one can think more highly of the
> understanding of women than I do. In my opinion,
> nature has given them so much, that they never find
> it necessary to use more than half." *Northanger Abbey*

"그녀에 대한 그의 사랑은 진짜였어요. 남자는 그런 여자를
헌신적으로 사랑했던 기억을 쉽게 잊지 못합니다! 남자는
그래서는 안 돼요. 남자는 그러지 않습니다."

> "His attachment to her was indeed attachment. A
> man does not recover from such a devotion of the
> heart to such a woman! He ought not; he does not."
>
> *Persuasion*

"게다가 버트럼 양은 약혼까지 했어. 그 점을 명심하렴,
사랑하는 동생. 그녀의 선택은 이미 끝났어."
"알아요, 그래서 그 아가씨가 더 마음에 드는걸요. 약혼한
여자는 그렇지 않은 여자보다 언제나 더 매력적이거든요.
스스로에게 만족하니까요. 더 이상 걱정할 일도 없으니,
아무런 의심 없이 자신의 기분 좋은 매력을 마음껏 발산할
수 있다고 느낄 테고요. 약혼한 여성과는 모든 게 안전하죠.
누구에게도 어떤 해도 입힐 수 없거든요."

"And besides, Miss Bertram is engaged. Remember that, my dear brother. Her choice is made."

"Yes, and I like her the better for it. An engaged woman is always more agreeable than a disengaged. She is satisfied with herself. Her cares are over, and she feels that she may exert all her powers of pleasing without suspicion. All is safe with a lady engaged; no harm can be done." *Mansfield Park*

그는 그녀의 온화하고 겸손하며 상냥한 성격에 대해 열을 올리며 상세히 설명했다. 상냥함은 남자가 여자를 판단할 때 모든 여자가 지녀야 할 가치의 필수적인 한 부분이 된다. 때로는 상냥하지 않은 여자를 사랑하는 경우도 있긴 하지만, 그런 성격이 존재하지 않는다고는 절대 믿을 수 없다는 것이다.

The gentleness, modesty, and sweetness of her character were warmly expatiated on; that sweetness which makes so essential a part of every woman's worth in the judgment of man, that though he sometimes loves where it is not, he can never believe it absent. *Mansfield Park*

"네, 여자들은 남자들이 우릴 잊는 것처럼 그렇게 빨리 남자를 잊어버리지 않습니다. 그건 아마도 우리가 잘나서가 아니라 우리의 운명 때문인 것 같네요. 우리도 어쩔 수 없는 거지요.
우린 조용히 집에 틀어박혀 살아가면서 스스로의 감정에
잠식당합니다. 하지만 남자들은 억지로라도 무언가를 하게끔
되어 있지요. 남자들은 언제나 직업과 추구하는 바가 있고,
이런저런 일들을 하다 보면 즉시 세상으로 다시 돌아갈 수
있지요. 그리고 끊임없이 생겨나는 할 일들과 변화 덕분에
아픈 기억 따위는 금세 희미해질 테고요."

"We certainly do not forget you as soon as you forget
us. It is, perhaps, our fate rather than our merit.
We cannot help ourselves. We live at home, quiet,
confined, and our feelings prey upon us. You are
forced on exertion. You have always a profession,
pursuits, business of some sort or other, to take you
back into the world immediately, and continual
occupation and change soon weaken impressions."

Persuasion

"아니, 아닙니다, 그런 건 남자의 본성이 아닙니다. 본래
남자가 여자보다 마음이 더 잘 변하고, 자신이 사랑하거나
사랑했던 사람을 더 쉽게 잊는다는 건 수긍하기 힘듭니다.
오히려 그 반대지요. 난 우리의 신체 구조와 정신 구조
사이에는 유사점이 많다고 생각합니다. 신체가 튼튼할수록
감정도 견고한 법이지요. 험한 세파와 악천후를 이겨낸
몸이니까요."

"No, no, it is not man's nature. I will not allow it to be more man's nature than woman's to be inconstant and forget those they do love, or have loved. I believe the reverse. I believe in a true analogy between our bodily frames and our mental; and that as our bodies are the strongest, so are our feelings; capable of bearing most rough usage, and riding out the heaviest weather." *Persuasion*

"어쩌면 남자들의 감정이 더 강할지도 모르겠어요," 앤이 대답했다. "하지만 같은 식으로 비유하자면 여자들의 감정은 더 섬세하다고 할 수 있을 거예요. 남자는 체질적으로 여자보다 강하지만 더 오래 살진 못하죠. 그래서 내가 남자들의 애정을 그런 식으로 말한 거랍니다."

"Your feelings may be the strongest," replied Anne, "but the same spirit of analogy will authorise me to assert that ours are the most tender. Man is more robust than woman, but he is not longer lived; which exactly explains my view of the nature of their attachments." *Persuasion*

"내가 우리 여자들 것이라고 주장하는 특권(별로 부러워할 만한 것은 아니니 탐내시지 않아도 돼요)은 남자들보다 더 오래도록 사랑한다는 사실이에요. 사랑하는 대상이나 사랑에 대한 희망이 사라져버린 뒤에도 말이죠!"

> "All the privilege I claim for my own sex (it is not
> a very enviable one: you need not covet it), is that
> of loving longest, when existence or when hope is
> gone!" *Persuasion*

"어쨌거나 엘리엇 양," (…) "내가 말했다시피 우린 이
문제에 절대 의견 일치를 보지 못할 겁니다. 그 어떤 남자나
여자라 해도 그럴 겁니다. 하지만 모든 역사가 여성에게
불리하다는 말만은 꼭 해야겠군요. 모든 이야기나 산문,
시가 다 그렇습니다. (…) 그리고 지금까지 난 어떤 책이건
펼치기만 하면 여성의 변심에 관한 이야기를 읽을 수
있었습니다. 노래든 속담이든 모든 것이 여성의 지조 없음을
이야기하지요. 하지만 엘리엇 양은 이 모든 게 남자들에 의해
쓰였다고 말할지도 모르겠군요."
"아마도 그럴 겁니다. 네, 그래요, 그러니 책에서 예를 드는 건
하지 말았으면 합니다. 남자들은 우리한테 자신들의 이야기를
한다는 이점을 가지고 있었으니까요. 교육도 훨씬 많이
받았고요. 펜을 든 것도 남자들이었지요. 그러니 책을 통해
무언가를 입증하는 건 인정할 수가 없습니다."
"그럼 어떻게 입증할 수 있을까요?"
"아마 결코 할 수 없을 거예요. 그런 문제에 무언가를
입증할 수 있을 거라는 기대는 하지 않는 게 좋아요. 그건
입증 자체가 불가능한 의견 차이일 뿐이니까요. 어쩌면
우린 애초부터 각자의 성에 얼마간의 편견을 갖고 있는

건지도 모르겠어요. 그리고 그 편견에 근거하여 자신이 속한 사회에서 일어나는 모든 일들을 그것에 유리하게 해석하는 것이지요."

"Well, Miss Elliot," (…) "as I was saying we shall never agree, I suppose, upon this point. No man and woman, would, probably. But let me observe that all histories are against you—all stories, prose and verse. (…) and I do not think I ever opened a book in my life which had not something to say upon woman's inconstancy. Songs and proverbs, all talk of woman's fickleness. But perhaps you will say, these were all written by men."

"Perhaps I shall. Yes, yes, if you please, no reference to examples in books. Men have had every advantage of us in telling their own story. Education has been theirs in so much higher a degree; the pen has been in their hands. I will not allow books to prove anything."

"But how shall we prove anything?"

"We never shall. We never can expect to prove anything upon such a point. It is a difference of opinion which does not admit of proof. We each begin, probably, with a little bias towards our own sex; and upon that bias build every circumstance in favour of it which has occurred within our own circle." *Persuasion*

"왜 그런 생각을 제 머릿속에 심으려 하죠? 만약
영혼이 있다는 걸 믿는다면, 제 영혼은 말이에요, 아주
독립적이랍니다."
"당신 마음도 독립적이었으면 좋겠군요. 나한텐 그거면
충분해요."
"제 마음이라고요! 대체 마음하고 무슨 상관이 있으신데요?
당신들 남자들은 마음이라곤 없는 줄 알았는데요."
"우리 남자들은 마음은 없어도 눈은 있죠. 그래서 보는
것만으로도 충분히 고통스럽답니다."

"Why do you put such things into my head? If I
could believe it—my spirit, you know, is pretty
independent."
"I wish your heart were independent. That would be
enough for me."
"My heart, indeed! What can you have to do with
hearts? You men have none of you any hearts."
"If we have not hearts, we have eyes; and they give
us torment enough." *Northanger Abbey*

"자신이 사랑하는 여자를 다른 남자가 사모한다고 해서
상처받는 남자는 없어요. 그 사실이 고통이 되게 하는 건 그
여자뿐이죠."

"No man is offended by another man's admiration of
the woman he loves; it is the woman only who can

make it a torment." *Northanger Abbey*

"알겠어요. 그러니까 이사벨라는 제임스를 사랑하면서
프레더릭하고 바람을 피우는 거군요."
"오! 아니에요, 바람을 피우다니요. 한 남자와 사랑에 빠진
여자는 다른 남자랑 바람을 피울 수 없죠."
"어쩌면 어느 하나만 할 때처럼 사랑을 잘하지도, 바람을
제대로 피우지 못할 수도 있죠. 남자들은 각각 조금씩
포기해야 할 테고요."

"I understand: she is in love with James, and flirts
with Frederick."
"Oh! no, not flirts. A woman in love with one man
cannot flirt with another."
"It is probable that she will neither love so well,
nor flirt so well, as she might do either singly. The
gentlemen must each give up a little." *Northanger Abbey*

"정말 신기해," 빙리가 말했다. "어떻게 아가씨들이 그렇게
하나같이 끈기 있게 높은 교양을 쌓을 수 있는 건지."
"여자들이 모두 교양이 높다니! 찰스 오빠, 그게 무슨
말이야?"
"그래, 모두 다 말이야. 여자들은 다들 그림 그리기, 칸막이
덮개 만들기, 지갑 뜨개질 같은 것에 능하잖아. 난 이 모든 걸
할 줄 모르는 여자를 본 적이 거의 없어. 처음 이야기를 듣는

여성에 대해서도 아주 교양이 높다는 말을 듣지 못했던 적이 없고 말이지."

"자네가 늘어놓는 별 볼일 없는 교양 리스트는," 다아시가 말했다. "아주 일리가 있어. 요즘은 지갑을 짜거나 칸막이 덮개를 만드는 것밖에 할 줄 모르는 여자들한테 교양이 높다는 말을 많이 하지. 하지만 난 아가씨들이 대체로 교양이 높다는 자네 말에는 동의할 수가 없네. 내가 아는 여자들 중에서 정말로 교양이 높다고 할 만한 사람은 기껏해야 여섯 명 정도밖에 안 되거든."

"제 생각도 그래요." 빙리 양이 맞장구를 쳤다.

"그렇다면," 엘리자베스가 말했다. "다아시 씨가 교양이 높다고 생각하시는 여성은 아주 많은 걸 할 줄 알아야겠네요."

"그렇습니다, 아주 많은 걸 할 줄 알아야 합니다."

"그럼요! 지당한 말씀이에요," 그의 충실한 조수가 외쳤다. "정말로 교양이 높다는 소리를 들으려면 흔히 보는 수준을 월등히 뛰어넘어야 하죠. 음악, 노래, 그림, 춤 그리고 외국어에도 정통해야겠지요. 이 모든 것 말고도 태도, 걸음걸이, 어조, 말투 그리고 어법도 남달라야 할 거고요. 그렇지 않으면 반쪽짜리 교양밖에 안 되는 거죠."

"이 모든 것을 갖춰야 할 뿐만 아니라," 다아시가 덧붙여 말했다. "광범위한 독서로 정신을 고양해 좀 더 중요한 무언가를 더해야겠지요."

"그토록 완벽한 여성을 고작 여섯 명밖에 알지 못하신다는 게 더 이상 놀랍지도 않네요. 솔직히 한 *사람*이라도 알긴 하시는지 의문이 드는걸요."

"It is amazing to me," said Bingley, "how young

ladies can have patience to be so very accomplished as they all are."

"All young ladies accomplished! My dear Charles, what do you mean?"

"Yes, all of them, I think. They all paint tables, cover screens, and net purses. I scarcely know anyone who cannot do all this, and I am sure I never heard a young lady spoken of for the first time, without being informed that she was very accomplished."

"Your list of the common extent of accomplishments," said Darcy, "has too much truth. The word is applied to many a woman who deserves it no otherwise than by netting a purse or covering a screen. But I am very far from agreeing with you in your estimation of ladies in general. I cannot boast of knowing more than half-a-dozen, in the whole range of my acquaintance, that are really accomplished."

"Nor I, I am sure," said Miss Bingley.

"Then," observed Elizabeth, "you must comprehend a great deal in your idea of an accomplished woman."

"Yes, I do comprehend a great deal in it."

"Oh! certainly," cried his faithful assistant, "no one can be really esteemed accomplished who does not greatly surpass what is usually met with. A woman must have a thorough knowledge of music, singing, drawing, dancing, and the modern languages, to

deserve the word; and besides all this, she must possess a certain something in her air and manner of walking, the tone of her voice, her address and expressions, or the word will be but half-deserved."
"All this she must possess," added Darcy, "and to all this she must yet add something more substantial, in the improvement of her mind by extensive reading."
"I am no longer surprised at your knowing *only* six accomplished women. I rather wonder now at your knowing *any*." *Pride and Prejudice*

"아무리 세상에서 가장 완벽한 남자라 할지라도, 자신이 좋아하게 된 여자라면 누구나 당연히 자기를 마음에 들어 할 거라고 생각해서는 안 되는 거예요."

"Let him have all the perfections in the world, I think it ought not to be set down as certain that a man must be acceptable to every woman he may happen to like himself." *Mansfield Park*

"똑똑한 여자들에게 익숙해진 남자는 쾌활하고 소탈한 아가씨들에겐 별 매력을 느끼지 못하는 법이야. 서로 너무나 다른 부류의 여자들이거든. 너하고 크로퍼드 양이 날 너무 까다로운 남자로 만들었어."

"Good-humoured, unaffected girls will not do for
a man who has been used to sensible women.
They are two distinct orders of being. You and Miss
Crawford have made me too nice." *Mansfield Park*

"난 여자들의 마음을 갖고 노는 남자를 좋게 생각할 수가
없어요. 그 여자들은 옆에서 구경하는 사람이 짐작하는
것보다 더 많이, 훨씬 큰 고통을 겪었을 거라고요."

"I cannot think well of a man who sports with any
woman's feelings; and there may often be a great
deal more suffered than a stander-by can judge of."
Mansfield Park

아름답고 상냥하면서 가난하고 의존적인 처지에 있는 여자가
남자의 마음을 움직이는 데는 남자에게 별다른 상상력이
필요치 않다.

Beauty, sweetness, poverty and dependence do not
want the imagination of a man to operate upon.
Sanditon

"여자가 순결을 잃는다는 건 돌이킬 수 없는 일이야. 한발을
잘못 내딛으면 끝없는 파멸을 초래하게 되지. 여자의 평판은

좋을수록 더욱 취약한 법이야. 특히 나쁜 남자들을 상대할
때는 아무리 행동을 조심해도 지나치지 않아."

"Loss of virtue in a female is irretrievable; that
one false step involves her in endless ruin; that
her reputation is no less brittle than it is beautiful;
and that she cannot be too much guarded in her
behaviour towards the undeserving of the other sex."
Pride and Prejudice

남편과 아내는 반대해 봤자 소용없는 때를 대체로 잘 알고
있다.

Husbands and wives generally understand when
opposition will be vain. *Persuasion*

"이번 일에서 그가 보여준 행동은," 엘리너가 대답했다.
"처음부터 끝까지 모두가 그의 이기심에 근거한 것이었어.
처음에 네 애정을 가지고 논 것도, 그 뒤에 그가 애정을
느꼈을 때 고백을 미룬 것도, 그리고 마지막으로 그가 바턴을
떠난 것도 모두가 그의 이기심 때문이었다고.
그에게는 모든 면에서 자신의 쾌락이나 편안함이 주된
원칙이었던 거야."
"언니 말이 맞아. 그는 내 행복 따위는 안중에도 없었던 거야."

"The whole of his behaviour," replied Elinor, "from the beginning to the end of the affair, has been grounded on selfishness. It was selfishness which first made him sport with your affections; which afterwards, when his own were engaged, made him delay the confession of it, and which finally carried him from Barton. His own enjoyment, or his own ease, was, in every particular, his ruling principle."

"It is very true. MY happiness never was his object."

Sense and Sensibility

"난 여태 그렇게 훌륭한 청년을 본 적이 없어요," 존 경이 거듭 말했다. "지난 크리스마스 때 파크에서 작은 무도회가 열렸는데, 거기서 그 친구가 저녁 여덟 시부터 새벽 네 시까지 춤을 추었지 뭐요. 한번도 자리에 앉지 않고 말이지."

"정말 그랬단 말이에요?" 메리앤이 눈을 반짝이며 소리쳤다. "우아하고 생생하게요?"

"그랬다니까. 그러고는 아침 여덟 시에 일어나 말을 타고 사냥을 하러 나가더라고."

"그게 바로 제가 좋아하는 거예요. 젊은 남자라면 마땅히 그래야죠. 무엇을 추구하건 적당히 하거나 지치는 법 없이 열성적으로 해야 하는 거라고요."

"이런, 이런, 앞으로 어떤 일이 일어날지 알 것 같군," 존 경이 말했다. "눈에 빤히 보여. 메리앤 양은 이제 그 친구를 낚으려 하겠지. 가엾은 브랜던은 안중에도 없이 말이지."

"그런 표현은요, 존 경," 메리앤은 발끈하며 대꾸했다.

"제가 가장 싫어하는 거예요. 재치를 자랑한답시고
사용하는 상투적인 표현들은 아주 질색이에요. 그중에서도
'남자를 낚는다'거나 '정복한다' 같은 표현들이 가장
끔찍하고요. 역겹고 저속해요. 처음에 생겨났을 때는
기발하다고 여겨졌을지 몰라도 이미 한참 전에 그 참신함이
사라져버렸다고요."

"He is as good a sort of fellow, I believe, as ever lived,"
repeated Sir John. "I remember last Christmas at a
little hop at the park, he danced from eight o'clock
till four, without once sitting down."

"Did he indeed?" cried Marianne with sparkling
eyes, "and with elegance, with spirit?"

"Yes; and he was up again at eight to ride to covert."

"That is what I like; that is what a young man ought
to be. Whatever be his pursuits, his eagerness in
them should know no moderation, and leave him no
sense of fatigue."

"Aye, aye, I see how it will be," said Sir John, "I see
how it will be. You will be setting your cap at him
now, and never think of poor Brandon."

"That is an expression, Sir John," said Marianne,
warmly, "which I particularly dislike. I abhor every
commonplace phrase by which wit is intended; and
'setting one's cap at a man,' or 'making a conquest,'
are the most odious of all. Their tendency is gross
and illiberal; and if their construction could ever be

deemed clever, time has long ago destroyed all its ingenuity." *Sense and Sensibility*

"결혼은 책략이 필요한
일종의 거래 같은 거예요."

결혼 이야기

가문과 미모와 지성을 겸비한 앤 엘리엇이 열아홉 살의
나이에 스스로를 내던지려 하고 있었다. 열아홉 살의 나이에,
내세울 거라곤 자기 자신밖에 없고, 앞으로 부를 이룰
가능성도 없으며, 지극히 불확실한 직업에 운을 맡긴 채 훗날
진급을 보장해줄 아무런 연줄도 없는 젊은이와 약혼을 하려는
것이다. 이는 사실상 자신의 인생을 내던지는 일이며, 장차
후회막급할 일이었다! 젊디젊은 데다 아직 남자를 제대로
만나보지도 못한 앤 엘리엇이 인맥도 재산도 없는 낯선
남자에게 채여가게 생긴 것이었다. 아니, 더 정확히 말해 그런
남자 때문에 마냥 지치고 불안하며 젊음을 낭비하게 하는
막막한 기다림을 시작하려 하고 있었다! 그럴 수는 없었다.
어머니 같은 사랑과 권리를 지닌 누군가가 우정에서 우러나온
정당한 개입으로 이의를 제기할 수만 있다면 이 일을 막을
수도 있을 터였다.

Anne Elliot, with all her claims of birth, beauty, and
mind, to throw herself away at nineteen; involve
herself at nineteen in an engagement with a young
man, who had nothing but himself to recommend
him, and no hopes of attaining affluence, but in
the chances of a most uncertain profession, and
no connexions to secure even his farther rise in
the profession, would be, indeed, a throwing away,
which she grieved to think of! Anne Elliot, so young;
known to so few, to be snatched off by a stranger
without alliance or fortune; or rather sunk by
him into a state of most wearing, anxious, youth-

killing dependence! It must not be, if by any fair
interference of friendship, any representations from
one who had almost a mother's love, and mother's
rights, it would be prevented. *Persuasion*

레이디 러셀은 모든 면에서 두 사람의 결혼을 반대했다. 이런
감정들에서 비롯된 반대는 앤이 물리칠 수 있는 것 이상으로
강력했다. 앤이 비록 어리고 순한 성격이긴 했지만, 자신의
언니가 다정한 말 한마디나 따뜻한 눈길로 누그러뜨려주지
않았던 아버지의 적의쯤은 충분히 견뎌낼 수 있었을지도
몰랐다. 하지만 자신이 언제나 좋아했고 의지해왔던 레이디
러셀이 확고한 생각으로 너무나 다정하고 끈질기게 충고하는
것을 모른 체할 수는 없었다. 마침내 그녀에게 설득당한 앤은
자신들의 약혼이 잘못된 것이라고, 경솔하고 부적절하며
성사될 가능성도 거의 없고, 그럴 만한 가치도 없는 것이라고
믿기에 이르렀다. 그러나 파혼을 한 것은 단순히 이기적인
신중함 때문만은 아니었다. 자신의 행복보다 그의 행복을
더 많이 생각하지 않았더라면 쉽사리 그를 포기하지 못했을
터였다. 무엇보다 그를 위해 신중하게 따져서 자신을
희생했다는 믿음이 그들이 이별하는, 결정적으로 이별하는
고통 속에서 그녀에게 허락된 커다란 위안이었다.

She deprecated the connexion in every light. Such
opposition, as these feelings produced, was more
than Anne could combat. Young and gentle as she
was, it might yet have been possible to withstand

her father's ill-will, though unsoftened by one kind
word or look on the part of her sister; but Lady
Russell, whom she had always loved and relied on,
could not, with such steadiness of opinion, and such
tenderness of manner, be continually advising her in
vain. She was persuaded to believe the engagement
a wrong thing: indiscreet, improper, hardly capable
of success, and not deserving it. But it was not a
merely selfish caution, under which she acted, in
putting an end to it. Had she not imagined herself
consulting his good, even more than her own,
she could hardly have given him up. The belief of
being prudent, and self-denying, principally for his
advantage, was her chief consolation, under the
misery of a parting, a final parting. *Persuasion*

그들의 교제가 시작되고 끝난 건 고작 몇 달 사이의 일이었다.
그러나 그 때문에 감당해야 했던 앤의 고통은 몇 달로
끝나지 않았다. 그녀의 애착과 후회는 오랫동안 젊은 시절의
즐거움에 그늘을 드리웠고, 그 오랜 후유증으로 그녀는 한창
때의 젊음과 활기를 일찌감치 잃어버렸다.

A few months had seen the beginning and the end of
their acquaintance; but not with a few months ended
Anne's share of suffering from it. Her attachment
and regrets had, for a long time, clouded every

enjoyment of youth, and an early loss of bloom and spirits had been their lasting effect. *Persuasion*

이제 그의 목표는 결혼하는 것이었다. 그는 부자였고 다시 뭍으로 돌아왔으니, 적절히 끌리는 상대가 나타나는 즉시 정착할 의향이 얼마든지 있었다. 실제로 그는 주위를 둘러보면서, 명료한 이성과 재빠른 심미안으로 아주 빠르게 사랑에 빠질 준비가 되어 있었다. 그는 머스그로브 자매가 자신의 마음을 사로잡을 수만 있다면 둘 중 어느 쪽이든 괜찮았다. 요컨대 그의 앞에 나타나는 유쾌한 젊은 여성이라면 누구라도 상관없었다. 앤 엘리엇만 아니면 되는 것이다. 이것이 자기 누나의 추측에 답하면서 그가 마음속에 감춰둔 유일한 예외 사항이었다.

It was now his object to marry. He was rich, and being turned on shore, fully intended to settle as soon as he could be properly tempted; actually looking round, ready to fall in love with all the speed which a clear head and a quick taste could allow. He had a heart for either of the Miss Musgroves, if they could catch it; a heart, in short, for any pleasing young woman who came in his way, excepting Anne Elliot. This was his only secret exception, when he said to his sister, in answer to her suppositions.

Persuasion

가드너 부인은 위컴이 떠난 일을 두고 조카를 다독이면서 그녀가 잘 견디고 있다고 칭찬했다.

"그런데 엘리자베스," 가드너 부인이 말을 이었다. "킹 양은 어떤 아가씨야? 우리 친구가 돈을 목적으로 그녀를 만나는 거라면 슬플 것 같아서 말이야."

"하지만 외숙모, 결혼하는 데 돈을 따지는 것과 신중하게 행동하는 것의 차이가 대체 뭔가요? 어디까지가 신중한 거고, 어디서부터가 탐욕스러운 걸까요? 지난 크리스마스 때 외숙모는 제가 그 남자하고 결혼할까 봐 걱정하셨지요. 경솔한 짓이라고 하면서요. 그런데 지금은 그 사람이 고작 1만 파운드를 가진 여자랑 결혼하려고 한다고 해서 돈을 밝히는 남자인 양 말씀하시네요."

Mrs. Gardiner then rallied her niece on Wickham's desertion, and complimented her on bearing it so well.

"But my dear Elizabeth," she added, "what sort of girl is Miss King? I should be sorry to think our friend mercenary."

"Pray, my dear aunt, what is the difference in matrimonial affairs, between the mercenary and the prudent motive? Where does discretion end, and avarice begin? Last Christmas you were afraid of his marrying me, because it would be imprudent; and now, because he is trying to get a girl with only ten thousand pounds, you want to find out that he is mercenary." *Pride and Prejudice*

그녀는 이제 그가 기질과 재능 면에서 자신에게 가장 잘
어울리는 남자라는 것을 깨닫게 되었다. 그의 이해력과
성격은 그녀하고는 달랐지만 그녀의 모든 소망을
충족시켜주었을 것이다. 그들의 결합은 두 사람 모두에게
득이 되었을 터였다. 그녀의 여유로움과 발랄함은 그의
마음을 부드럽게 해주고 태도를 개선했을 것이다. 또한
그녀는 그의 판단력과 학식과 세상에 대한 지식으로 분명
더욱 커다란 혜택을 누렸을 것이다.

> She began now to comprehend that he was exactly
> the man who, in disposition and talents, would most
> suit her. His understanding and temper, though
> unlike her own, would have answered all her wishes.
> It was an union that must have been to the advantage
> of both; by her ease and liveliness, his mind might
> have been softened, his manners improved; and
> from his judgement, information, and knowledge of
> the world, she must have received benefit of greater
> importance. *Pride and Prejudice*

"아, 리지! 사랑 없는 결혼만은 절대 하면 안 돼."

> "Oh, Lizzy! do anything rather than marry without
> affection." *Pride and Prejudice*

"모든 남자들이 자길 가장 사랑하는 여자와 결혼할 수 있는 건 아니야."

"It is not every man's fate to marry the woman who loves him best." *Emma*

"자고로 남자라면 자기가 데려가는 여자에게 그녀가 살던 집보다 더 좋은 집을 선사하고 싶기 마련이지. 그녀의 애정을 듬뿍 받는 남자가 그럴 능력이 된다면, 그는 분명 세상에서 가장 행복한 사람일 거야."

"A man would always wish to give a woman a better home than the one he takes her from; and he who can do it, where there is no doubt of *her* regard, must, I think, be the happiest of mortals." *Emma*

"그는 신사고, 저는 신사의 딸입니다. 그 점에서 우리는 동등합니다."

"He is a gentleman; I am a gentleman's daughter; so far we are equal." *Pride and Prejudice*

"물론 그 사람은 부자니까 넌 제인보다 좋은 옷과 마차를 가질 수 있겠지. 하지만 그런 것들이 널 행복하게 할 수 있을까?"

"He is rich, to be sure, and you may have more fine clothes and fine carriages than Jane. But will they make you happy?" *Pride and Prejudice*

"그가 오만하고 불손한 남자라는 건 우리 모두가 알고 있지. 하지만 네가 진정으로 그 사람을 사랑한다면 그런 건 아무런 문제가 안 돼."

"We all know him to be a proud, unpleasant sort of man; but this would be nothing if you really liked him." *Pride and Prejudice*

위컴과 리디아가 어떻게 웬만한 수입으로 살아갈 수 있을지 그녀는 상상이 되지 않았다. 하지만 단지 열정이 그들의 장점을 능가한다는 이유만으로 함께 살게 된 남녀에게 영속적인 행복을 기대하기란 어렵다는 것은 충분히 짐작할 수 있었다.

How Wickham and Lydia were to be supported in tolerable independence, she could not imagine. But how little of permanent happiness could belong to a couple who were only brought together because their passions were stronger than their virtue, she could easily conjecture. *Pride and Prejudice*

"돈 때문에 결혼하는 건 세상에서 가장 나쁜 짓이라고
생각해요."

"To marry for money I think the wickedest thing in
existence." *Northanger Abbey*

"우리가 함께 있을 수만 있다면, 그 무엇도 날 아프게 할 수
없어요. 난 하나도 불편한 게 없답니다."

"As long as we could be together, nothing ever
ailed me, and I never met with the smallest
inconvenience." *Persuasion*

부유한 독신 남성에게 아내가 필요하다는 것은 누구나
인정하는 진리다. 그런 남자가 이웃에 새로 이사를 오면, 그의
기분이나 생각에는 아랑곳없이 주변 가족들의 마음속에는
이런 진리가 확고하게 자리를 잡는다. 그리하여 그는 그들의
딸들 중 누군가가 차지하게 될 정당한 재산으로 간주된다.

It is a truth universally acknowledged, that a single
man in possession of a good fortune, must be in
want of a wife. However little known the feelings or
views of such a man may be on his first entering
a neighbourhood, this truth is so well fixed in
the minds of the surrounding families, that he is

considered the rightful property of some one or other of their daughters. *Pride and Prejudice*

"하지만 솔직히 말하면 오빠의 편지를 읽자마자 이건 아주 어리석고 무모한 짓이라는 생각이 들었어. 두 사람 모두에게 좋은 일이 아닌 것 같아. 둘이 같이 살게 되면 어떻게 먹고살 건데? 물론 둘 다 가진 게 조금은 있겠지. 하지만 요즘 가족을 부양하는 건 만만찮은 일이야. 로맨스 작가들이 아무리 어쩌고저쩌고 떠들어도 돈 없이 할 수 있는 건 아무것도 없어."

"But I confess, as soon as I read his letter, I thought it a very foolish, imprudent business, and not likely to promote the good of either; for what were you to live upon, supposing you came together? You have both of you something, to be sure, but it is not a trifle that will support a family nowadays; and after all that romancers may say, there is no doing without money." *Northanger Abbey*

"당신이 *어떻게* 자기 아이들을 그렇게 흉볼 수가 있어요? 당신은 날 화나게 하는 게 재미있나 봐요. 내 가엾은 신경이 측은하지도 않은지, 원."
"그럴 리가 있소. 내가 당신 신경을 얼마나 끔찍이 아끼는데. 내 오랜 친구이지 않소. 20년 넘게 당신이 각별하게 신경 얘길

하는 걸 들어왔는걸."

"How *can* you abuse your own children in such a
way? You take delight in vexing me. You have no
compassion for my poor nerves."
"You mistake me, my dear. I have a high respect for
your nerves. They are my old friends. I have heard
you mention them with consideration these last
twenty years at least." *Pride and Prejudice*

"결혼 생활에서 행복은 순전히 운에 달린 거야. 서로의
기질을 속속들이 알거나 기질이 원래부터 비슷했다고 해서
더 행복해지는 건 아니라고. 기질이란 건 시간이 갈수록 계속
달라질 수밖에 없기 때문에 결국엔 서로 부딪히게 되지. 평생
같이 살 사람이라면 단점은 되도록 모르는 게 좋아."

"Happiness in marriage is entirely a matter of
chance. If the dispositions of the parties are ever
so well known to each other or ever so similar
beforehand, it does not advance their felicity in the
least. They always continue to grow sufficiently
unlike afterwards to have their share of vexation;
and it is better to know as little as possible of the
defects of the person with whom you are to pass
your life." *Pride and Prejudice*

좋은 남자라면 애정 없는 결혼이 얼마나 비참하고 용서받을
수 없는 일이며, 얼마나 절망적이고 나쁜 것인지를 느껴야만
한다.

A good man must feel, how wretched, and how
unpardonable, how hopeless, and how wicked it was
to marry without affection. *Mansfield Park*

그녀는 모든 중요한 마음의 준비를 끝낸 터였다. 집과 구속과
평온하기만 한 삶에 대한 증오와, 좌절된 사랑의 고통과
결혼할 상대에 대한 경멸이 그녀가 결혼을 결심한 이유였다.

In all the important preparations of the mind she
was complete: being prepared for matrimony by an
hatred of home, restraint, and tranquillity; by the
misery of disappointed affection, and contempt of
the man she was to marry. *Mansfield Park*

굉장한 결혼식이었다. 신부의 드레스는 우아했고, 두 명의
신부 들러리는 신부보다 적당히 못나 보였다. 신부의
아버지는 신부를 신랑에게 인도했다. 신부의 어머니는
과도하게 흥분할 때를 대비해 손에 방향염芳香鹽을 들고
있었다. 신부의 이모는 울려고 애쓰고 있었다. 그랜트 박사는
인상적으로 주례사를 읽었다.

It was a very proper wedding. The bride was
elegantly dressed; the two bridesmaids were duly
inferior; her father gave her away; her mother stood
with salts in her hand, expecting to be agitated; her
aunt tried to cry; and the service was impressively
read by Dr. Grant. *Mansfield Park*

레이디 수전이 두 번째 선택에서 행복한지 아닌지를 어떻게
알 수 있을까? 질문의 어느 쪽에 있어서건 누가 그녀의
대답을 믿겠는가? 세상은 대개 개연성에 근거해 판단하는
법이다. 하지만 그녀는 자신의 남편과 스스로의 양심 말고는
아무것도 거리낄 게 없었다.

Whether Lady Susan was or was not happy in
her second choice, I do not see how it can ever be
ascertained; for who would take her assurance of it
on either side of the question? The world must judge
from probabilities; she had nothing against her but
her husband, and her conscience. *Lady Susan*

"하지만 너도 알다시피 우린 결혼을 해야만 해. 나는 혼자서도
얼마든지 잘 지낼 수 있어. 우리가 언제까지나 젊을 수만
있다면, 약간의 친구와 가끔씩 열리는 즐거운 무도회만으로도
충분할 거야. 하지만 아버지는 우리를 먹여살릴 능력이 없어.
그러니 나이가 들어 가난하게 살면서 세상의 웃음거리가

된다면 너무 서글프지 않겠니."

> "But you know we must marry. I could do very
> well single for my own part; a little company, and a
> pleasant ball now and then, would be enough for me,
> if one could be young forever; but my father cannot
> provide for us, and it is very bad to grow old and be
> poor and laughed at." *The Watsons*

"페널러피 언니가 그렇게 초조해한다니 유감이야," 에마가
말했다. "하지만 언니의 계획이나 생각은 마음에 들지 않아.
난 페널러피 언니가 정말 걱정돼. 언닌 성격이 너무 남자 같고
무모한 데가 있는 것 같아. 단지 상황 때문에 결혼에 목매면서
남자를 쫓아다닌다는 건 나한테는 충격적인 일이야. 이해가
안 돼. 가난은 물론 커다란 해악이야. 하지만 교육을 받고
생각이 있는 여자에겐 가난이 문제가 되어서는 안 돼. 적어도
가장 큰 문제가 되어서는 안 되는 거야. 나라면 사랑하지 않는
남자와 결혼하느니 학교 교사(이보다 나쁜 건 생각할 수가
없어)가 되는 편을 택하겠어."

> "I am sorry for her anxieties," said Emma; "but I do
> not like her plans or her opinions. I shall be afraid of
> her. She must have too masculine and bold a temper.
> To be so bent on marriage, to pursue a man merely
> for the sake of situation, is a sort of thing that shocks
> me; I cannot understand it. Poverty is a great evil;

but to a woman of education and feeling it ought not,
it cannot be the greatest. I would rather be teacher
at a school (and I can think of nothing worse) than
marry a man I did not like." *The Watsons*

"나라면 학교 선생이 되느니 다른 뭐라도 할 거야," 그녀의
언니가 말했다. "난 학교에 있어봤잖아, 에마. 그래서 그들이
어떤 삶을 사는지 잘 알아. 넌 학교에 가본 적도 없잖아. 나도
너만큼이나 마음에 들지 않는 사람하고는 결혼하고 싶지
않아. 하지만 세상에는 그런 사람이 그렇게 많을 거라곤
생각지 않아. 난 넉넉한 수입이 있는 유쾌한 사람이라면
누구라도 좋아할 수 있을 것 같아."

"I would rather do anything than be teacher at
a school," said her sister. "I have been at school,
Emma, and know what a life they lead; you never
have. I should not like marrying a disagreeable man
any more than yourself; but I do not think there are
many very disagreeable men; I think I could like any
good-humoured man with a comfortable income."

The Watsons

"엄마, 그런 뜻으로 한 말이 아니잖아요. 브랜던 대령님이
자연의 순리대로 돌아가시게 될까 봐 친구들이 염려할 만큼
늙지 않으셨다는 건 잘 알아요. 앞으로 20년쯤 더 사실지도

모르죠. 하지만 서른다섯은 결혼하고는 아무 상관없는
나이라고요."

"그래," 엘리너가 말했다. "서른다섯 살과 열일곱 살이라면
결혼하고 상관없는 편이 낫겠지. 하지만 만약 스물일곱에
미혼인 여성이 있다면, 브랜던 대령님이 서른다섯 살이라는
사실이 그 여자와 결혼하는 데 전혀 반대 이유가 될 수 없다고
생각해."

"스물일곱 살 먹은 여자라면," 잠시 뒤 메리앤이 말을
이었다. "또다시 애정을 느끼거나 불러일으키기를 바랄 수는
없겠지. 자기 집이 불편하거나 재산이 별로 없다면, 앞날을
대비하거나 아내로서의 안정감을 위해 간병인 역할을 감수할
수는 있겠지만. 그러니까 대령님이 그런 여자와 결혼하는
건 하나도 이상한 게 아니야. 그건 편의를 위한 계약이고,
모두에게 만족스러울 테니까. 하지만 내가 보기엔 그건
결혼이라고 할 수 없어. 아무 의미가 없는 거라고. 단지
각자가 상대를 이용해 이득을 얻고자 하는 상업적 거래에
불과한 거야."

"Mamma, you are not doing me justice. I know very
well that Colonel Brandon is not old enough to make
his friends yet apprehensive of losing him in the
course of nature. He may live twenty years longer.
But thirty-five has nothing to do with matrimony."

"Perhaps," said Elinor, "thirty-five and seventeen
had better not have anything to do with matrimony
together. But if there should by any chance happen
to be a woman who is single at seven and twenty, I

should not think Colonel Brandon's being thirty-five any objection to his marrying HER."

"A woman of seven and twenty," said Marianne, after pausing a moment, "can never hope to feel or inspire affection again, and if her home be uncomfortable, or her fortune small, I can suppose that she might bring herself to submit to the offices of a nurse, for the sake of the provision and security of a wife. In his marrying such a woman therefore there would be nothing unsuitable. It would be a compact of convenience, and the world would be satisfied. In my eyes it would be no marriage at all, but that would be nothing. To me it would seem only a commercial exchange, in which each wished to be benefited at the expense of the other." *Sense and Sensibility*

"내가 일반적인 원칙으로 삼고 있는 건, 해리엇, 여자가 남자를 받아들여야 할지 말지 *확신이 서지 않는다면* 남자를 딱 잘라 거절해야 한다는 거야. '네'라고 하는 게 망설여진다면, '아니요'라고 분명히 말해야 하는 거야. 확신할 수 없는 감정과 반쪽짜리 마음으로 시작하는 결혼 생활은 안전하지 않아."

"I lay it down as a general rule, Harriet, that if a woman *doubts* as to whether she should accept a man or not, she certainly ought to refuse him. If she can hesitate as to 'Yes,' she ought to say 'No' directly. It is not a state to be safely entered into with doubtful feelings, with half a heart." *Emma*

"문득 궁금해지네요, 우드하우스 양. 당신처럼 매력적인 여성이 왜 결혼을 안 하는지, 어째서 결혼할 생각을 안 하는지 말예요!"
에마는 웃음을 터뜨리고는 대답했다.
"해리엇, 내가 매력적이라고 해서 결혼을 할 수 있는 건 아니야. 결혼을 하려면 매력적이라고 느끼게 되는 누군가를, 적어도 한 명은 만나야 하니까. 그리고 난 지금 당장 결혼할 생각도 없을뿐더러, 앞으로도 결혼할 마음이 거의 없어."
"아! 하지만 그렇게 말씀하셔도 전 믿기가 힘든걸요."
"결혼할 마음이 생기려면 지금까지 봐왔던 사람들보다 월등히 잘난 사람을 만나야 할 거야. (…) 그런데 설령 그런 사람이 있다고 해도 난 만나고 싶은 마음이 없어. 결혼할 마음이 생기지 않는 게 더 좋거든. 결혼한다고 지금보다 나아질 리가 없으니까. 내가 만약 결혼을 한다면 반드시 후회하게 될 거야."
"맙소사! 여자가 그런 말을 하는 걸 들으니까 너무 이상해요!"
"나한테는 여자들이 결혼을 결심하게 되는 통상적인 동기가 없거든. 물론 내가 정말로 사랑에 빠진다면 그때는 다른 문제가 되겠지만! 하지만 지금까지 난 사랑에 빠져본 적이 없어. 그건 내가 살아가는 방식이나 내 천성하고 맞지 않아. 앞으로도 그럴 일은 없을 거라고 생각하고. 그러니까 사랑도 없이 지금 내 상황을 바꾸려고 하는 건 바보짓이겠지."

"I do so wonder, Miss Woodhouse, that you should not be married, or going to be married! so charming as you are!"

Emma laughed, and replied,

"My being charming, Harriet, is not quite enough to induce me to marry; I must find other people charming—one other person at least. And I am not only, not going to be married, at present, but have very little intention of ever marrying at all."

"Ah! so you say; but I cannot believe it."

"I must see somebody very superior to any one I have seen yet, to be tempted; (⋯) and I do *not* wish to see any such person. I would rather not be tempted. I cannot really change for the better. If I were to marry, I must expect to repent it."

"Dear me! it is so odd to hear a woman talk so!"

"I have none of the usual inducements of women to marry. Were I to fall in love, indeed, it would be a different thing! but I never have been in love; it is not my way, or my nature; and I do not think I ever shall. And, without love, I am sure I should be a fool to change such a situation as mine." *Emma*

"하지만 어쨌거나 노처녀가 될 거잖아요! 그건 너무 끔찍한 일이에요!"

"걱정하지 마, 해리엇. 난 가난한 노처녀가 되진 않을 테니까.

많은 사람들이 독신을 우습게 보는 건 오직 가난 때문이야!
수입이 쥐꼬리만 한 독신 여성은 사람들의 웃음거리가
되는 불쾌한 노처녀가 될 수밖에 없어! 아이들에게도
놀림거리가 되고 말이지. 하지만 부유한 독신 여성은 언제나
존중받으면서, 다른 사람들처럼 분별 있고 기분 좋은
사람으로 여겨지지. 이런 식의 구분이 처음에는 세상의
순수함과 상식에 반하는 것처럼 보일지 몰라도 사실은
그렇지가 않아. 터무니없이 적은 수입은 사람 마음을
위축시키고 성격을 비뚤어지게 하거든. 근근이 입에 풀칠만
하면서 어쩔 수 없이 아주 좁은 범위 내에서 대체로 열등한
사람들하고만 어울리다 보면 편협하고 꼬인 사람이 되기
십상이야."

"But still, you will be an old maid! and that's so
dreadful!"
"Never mind, Harriet, I shall not be a poor old
maid; and it is poverty only which makes celibacy
contemptible to a generous public! A single woman,
with a very narrow income, must be a ridiculous,
disagreeable old maid! the proper sport of boys and
girls, but a single woman, of good fortune, is always
respectable, and may be as sensible and pleasant
as anybody else. And the distinction is not quite so
much against the candour and common sense of the
world as appears at first; for a very narrow income
has a tendency to contract the mind, and sour the
temper. Those who can barely live, and who live

"하지만 당신은 어쩌실 셈이죠? 나이가 들면 뭘 하면서 시간을 보내실 건가요?"

"내가 아는 나 자신은 말이야, 해리엇, 적극적이고 바지런한 편인 데다 독립적으로 살아가기 위한 많은 것들을 갖추고 있다고 생각해. 나로서는 마흔 살이나 쉰 살이 된다고 해서 스물한 살 때보다 할 일이 줄어든다는 게 이해가 되지 않아. 난 말이지, 그때가 돼도 여자가 손과 정신을 사용해서 통상적으로 하는 일들을 지금하고 똑같이 할 수 있을 거야. 어떤 변화가 있다고 해도 지금과 크게 달라지진 않을 거라고. 가령 그림을 덜 그리게 되면 책을 더 읽으면 되는 거야. 음악을 더 이상 할 수 없게 되면 카펫 짜는 일을 하면 돼. 사실 취미로 삼거나 애정을 쏟을 대상이 줄어드는 데서 가장 큰 열등감을 느낄 수 있겠지만, 결혼을 *하지 않을 거라면* 그런 게 큰 문제가 되지 않도록 신경을 써야 하는 거야."

"But what shall you do? how shall you employ yourself when you grow old?"

"If I know myself, Harriet, mine is an active, busy mind, with a great many independent resources; and I do not perceive why I should be more in want of employment at forty or fifty than one and twenty. Woman's usual occupations of hand and mind will be as open to me then as they are now; or with no important variation. If I draw less, I shall read more; if I give up music, I shall take to carpet-work. And as for objects of interest, objects for the affections, which is in truth the great point of inferiority, the want of which is really the great evil to be avoided in *not* marrying." *Emma*

"이런 경우에는 어떤 의무나 명예나 보은報恩도," 엘리자베스가 대꾸했다. "제게 선택을 강요할 수 없습니다. 저와 다아시 씨의 결혼은 그 어떤 원칙도 위배하지 않을 것입니다. 그분 가족의 분개나 세상의 분노로 말씀드리자면, 저와의 결혼 때문에 그분들이 분노한다고 해도, 그것은 제겐 단 한 순간도 고려 대상이 되지 않을 것입니다. 그리고 이 세상은 그런 경멸에 동참할 만큼 분별없는 곳이 아니라고 생각합니다."

"Neither duty, nor honour, nor gratitude," replied Elizabeth, "have any possible claim on me, in the present instance. No principle of either would be violated by my marriage with Mr. Darcy. And with regard to the resentment of his family, or the indignation of the world, if the former *were* excited by his marrying me, it would not give me one moment's concern—and the world in general would have too much sense to join in the scorn." *Pride and Prejudice*

사람들은 여자가 재혼을 하지 않는 것보다 재혼을 하는 것에
대해 부당하게 못마땅해하는 경향이 있다.

> The public (⋯) is rather apt to be unreasonably
> discontented when a woman does marry again, than
> when she does not. *Persuasion*

"사랑하는 얼리셔에게,
내가 존슨 경을 끔찍이 싫어하는 건 그가 최근에 일으킨 통풍
발작 때문만은 아니야. 게다가 지금 내가 네 남편을 얼마나
혐오하는지 넌 상상도 못할 거야. 아파트에 간병인처럼 너를
가둬두다니! 사랑하는 얼리셔, 그렇게 늙은 남자랑 결혼한 건
너의 크나큰 실수였어! 엄격하고, 통제하기 힘들고, 통풍까지
앓을 만큼 나이가 든 데다, 늙어서 매력이라곤 없으면서
죽기에는 아직 이른 나이의 남자잖아."

> "My dear Alicia,
> There needed not this last fit of the gout to make
> me detest Mr. Johnson, but now the extent of my
> aversion is not to be estimated. To have you confined
> as nurse in his apartment! My dear Alicia, of what
> a mistake were you guilty in marrying a man of his
> age! just old enough to be formal, ungovernable, and
> to have the gout; too old to be agreeable, too young to
> die." *Lady Susan*

"난 아직도 가끔씩 결혼하는 것에 회의적이 되곤 해. 그의
연로한 부친이 돌아가신다면 내가 망설일 이유가 없겠지.
하지만 레지널드 경의 변덕에 좌우되어야 하는 상태는
자유로운 내 영혼과는 맞지 않아. 만약 결혼을 미루기로
마음먹는다면 난 얼마든지 핑곗거리를 만들어낼 수 있어.
남편을 잃은 지 열 달도 채 안 됐으니까."

"I am still doubtful at times as to marrying; if the old
man would die I might not hesitate, but a state of
dependance on the caprice of Sir Reginald will not
suit the freedom of my spirit; and if I resolve to wait
for that event, I shall have excuse enough at present
in having been scarcely ten months a widow."

Lady Susan

"누님은 젊은 사람으로서의 의심과 경험 부족을
이해해주시겠지요. 내가 좀 신중한 성격이다 보니 내 행복을
두고 성급한 모험을 하고 싶진 않아서요. 하지만 나만큼
결혼 생활을 높이 평가하는 사람도 없을 겁니다. 난 '하늘이
마지막으로 주는 최고의 선물'이라는 어느 시인의 신중한
말만큼 아내라는 축복을 적절하게 표현한 건 없다고 봅니다."

"You will allow for the doubts of youth and
inexperience. I am of a cautious temper, and
unwilling to risk my happiness in a hurry. Nobody
can think more highly of the matrimonial state than

myself. I consider the blessing of a wife as most
justly described in those discreet lines of the poet—
'Heaven's *last* best gift.'" *Mansfield Park*

"난 젊은이들이 결혼에 대해 하는 말들을 별로 믿지 않아.
젊은 사람이 결혼할 마음이 없다고 공언하는 건 아직 임자를
못 만났기 때문이라고 생각하거든."

"I pay very little regard to what any young person
says on the subject of marriage. If they profess a
disinclination for it, I only set it down that they have
not yet seen the right person." *Mansfield Park*

"그는 정말 이상적인 남자야," 제인이 말했다. "똑똑하고,
유쾌하고, 활달해. 게다가 난 그렇게 매너가 좋은 사람은
아직까지 본 적이 없어! 어쩜 그렇게 여유롭고 예의 바를 수가
있는지!"
"게다가 잘생기기까지 했고," 엘리자베스가 맞장구를 쳤다.
"무릇 남자는 되도록 그렇게 잘생겨야 해. 그러니까 그 남잔
완벽한 거야."

"He is just what a young man ought to be," said she,
"sensible, good-humoured, lively; and I never saw
such happy manners!—so much ease, with such
perfect good breeding!"

"He is also handsome," replied Elizabeth, "which a young man ought likewise to be, if he possibly can. His character is thereby complete." *Pride and Prejudice*

세상에는 막대한 재산을 가진 남자들도, 그들에게 걸맞은 아름다운 여자들도 별로 많지 않은 법이다.

There certainly are not so many men of large fortune in the world as there are pretty women to deserve them. *Mansfield Park*

"그럼 엘리엇 씨는 순전히 돈을 보고 결혼한 건가요? 어쩌면 그런 일을 지켜보면서 처음으로 그를 제대로 알게 되었을지도 모르겠네요."
스미스 부인은 여기서 잠시 머뭇거렸다. "아! 그런 일이야 뭐, 워낙 비일비재해서 말이지. 이런 세상에서 살다 보면, 남자나 여자가 돈 보고 결혼하는 건 너무 흔한 일이라 생각만큼 놀랍지도 않아."

"Mr Elliot married then completely for money? The circumstances, probably, which first opened your eyes to his character."
Mrs Smith hesitated a little here. "Oh! those things are too common. When one lives in the world, a man or woman's marrying for money is too common to

strike one as it ought." *Persuasion*

"분명히 말씀드리지만 저는 두 번 청혼받기 위해 자신의 행복을 걸 만큼 대담한 여자가 아닙니다. 그런 여자들이 정말 있는지도 모르겠지만요. 전 지금 진심으로 청혼을 거절하는 겁니다. 당신은 *저*를 행복하게 해줄 수 없어요. 저 역시 당신을 행복하게 해줄 수 있는 여자가 절대 아니고 말이죠."

"I do assure you that I am not one of those young ladies (if such young ladies there are) who are so daring as to risk their happiness on the chance of being asked a second time. I am perfectly serious in my refusal. You could not make *me* happy, and I am convinced that I am the last woman in the world who could make you so." *Pride and Prejudice*

"콜린스 씨, 그런 칭찬은 필요 없습니다. 저에 대한 판단은 저 스스로 하게 해주셔야 합니다. 저에게 찬사를 바치시는 길은 제 말을 믿는 것입니다. 저는 당신이 아주 행복하고 풍족하게 사셨으면 합니다. 그래서 당신의 청혼을 거절함으로써 제가 할 수 있는 한 그 반대의 경우를 방지하고자 하는 것입니다."

"Indeed, Mr. Collins, all praise of me will be unnecessary. You must give me leave to judge for myself, and pay me the compliment of believing what I say. I wish you very happy and very rich, and by refusing you hand, do all in my power to prevent your being otherwise." *Pride and Prejudice*

"친애하는 사촌, 당신이 제 청혼을 거절하는 것은 단지 관례적인 말일 뿐이라고 저는 확신합니다. 그렇게 믿는 이유를 간략하게 말씀드리죠. 저는 제 청혼이 당신이 받아들이기에 합당한 것이 아니라거나, 제가 제공할 수 있는 결혼 생활이 매우 바람직한 것과는 거리가 있다고 생각지 않습니다. 내 상황이나 드 버그가家와의 연줄 그리고 당신 집안과의 관계가 모두 내게 매우 유리하게 작용하니까요. 게다가 베넷 양이 굉장히 매력적인 분이긴 하지만 또다시 청혼을 받으리라는 보장이 없다는 것도 고려해야만 할 겁니다. 불행히도 당신이 물려받을 유산은 아주 미미해서 당신의 사랑스러움과 상냥함도 그다지 효력을 발휘하지 못할 테고요. 그러니까 전 당신이 진심으로 제 청혼을 거절한다고 생각할 수가 없습니다. 단지 우아한 여성들이 으레 그러는 것처럼 불안감을 조성해서 저의 애정을 더욱더 커지게 하려는 소망에서 비롯된 것으로 여길 것입니다."
"콜린스 씨, 분명히 말씀드리지만 저는 점잖은 남자분을 괴롭히는 우아한 관례 따위를 따를 생각이 없습니다. 오히려 제 말이 진심이라고 믿어주시는 게 저에 대한 찬사가 될 것입니다. 제게 청혼을 해주신 데는 거듭거듭 감사드리지만, 저는 결단코 수락할 수 없습니다. 제 마음이 한사코 그것을 거부합니다. 이보다 더 솔직하게 말할 수 있을까요? 그러니 이젠 저를 당신을 애태우려는 우아한 여자로 보지 말고,

마음에서 우러나오는 진실을 이야기하는 이성적인 존재로
여겨주시기 바랍니다."
"당신의 매력은 정말 한결같군요!" 그는 다소 어색하지만
용기를 내어 소리쳤다. "훌륭한 당신 부모님께서 확실히
허락만 하신다면 제 청혼은 분명 받아들여질 거라고
믿습니다."

"You must give me leave to flatter myself, my
dear cousin, that your refusal of my addresses is
merely words of course. My reasons for believing
it are briefly these: It does not appear to me that
my hand is unworthy your acceptance, or that the
establishment I can offer would be any other than
highly desirable. My situation in life, my connections
with the family of de Bourgh, and my relationship
to your own, are circumstances highly in my favour;
and you should take it into further consideration,
that in spite of your manifold attractions, it is by no
means certain that another offer of marriage may
ever be made you. Your portion is unhappily so
small that it will in all likelihood undo the effects of
your loveliness and amiable qualifications. As I must
therefore conclude that you are not serious in your
rejection of me, I shall choose to attribute it to your
wish of increasing my love by suspense, according to
the usual practice of elegant females."
"I do assure you, sir, that I have no pretensions

whatever to that kind of elegance which consists in tormenting a respectable man. I would rather be paid the compliment of being believed sincere. I thank you again and again for the honour you have done me in your proposals, but to accept them is absolutely impossible. My feelings in every respect forbid it. Can I speak plainer? Do not consider me now as an elegant female, intending to plague you, but as a rational creature, speaking the truth from her heart."

"You are uniformly charming!" cried he, with an air of awkward gallantry; "and I am persuaded that when sanctioned by the express authority of both your excellent parents, my proposals will not fail of being acceptable." *Pride and Prejudice*

한마디로 온 가족이 두 사람의 결혼을 크게 기뻐했다. 여동생들은 기대했던 것보다 1, 2년 일찍 *사교계에 진출할* 수 있으리라는 희망을 품었다. 남동생들은 샬럿이 노처녀로 죽을지도 모른다는 걱정을 덜었다. 샬럿 자신은 오히려 차분했다. 그녀는 자신의 목적을 달성했고, 그것을 차분히 생각할 시간을 가질 수 있었다. 전반적으로 만족스럽다는 생각이 들었다. 물론 콜린스 씨는 분별 있거나 매력적인 상대는 아니었다. 그와의 교제는 지루했고, 그녀에 대한 그의 애정은 환상이 분명했다. 그렇다고 해도 그는 그녀의 남편이 될 것이었다. 그녀는 남자나 결혼 생활을 대단한 것으로 여기진 않았지만, 결혼은 언제나 그녀의 목표였다. 결혼은 교육은 잘 받았지만 재산은 부족한 미혼 여성에게는 앞날의 유일한 대비책이었다. 결혼이 행복을 가져다줄는지는 알 수 없었지만 가난에 대한 최선의 예방책이라는 것은 틀림없었다. 그녀가 지금 획득한 것은 바로 이러한 예방책이었다. 한번도 예뻤던 적이 없는 그녀로서는 스물일곱의 나이에 결혼이라는 행운을 거머쥐었음을 느끼고 있었다.

The whole family, in short, were properly overjoyed on the occasion. The younger girls formed hopes of *coming out* a year or two sooner than they might otherwise have done; and the boys were relieved from their apprehension of Charlotte's dying an old maid. Charlotte herself was tolerably composed. She had gained her point, and had time to consider of it. Her reflections were in general satisfactory. Mr. Collins, to be sure, was neither sensible nor agreeable; his society was irksome, and his attachment to her must be imaginary. But still he would be her husband. Without thinking highly either of men or matrimony, marriage had always been her object; it was the only provision for well-educated young women of small fortune, and however uncertain of giving happiness, must be their pleasantest preservative from want. This preservative she had now obtained; and at the age of twenty-seven, without having ever been handsome,

"나는 낭만적인 사람이 아니야. 한번도 그랬던 적이 없어.
내가 바라는 건 단지 안락한 가정뿐이야. 콜린스 씨의
성품과 사회적 배경과 직업을 고려해볼 때, 다른 사람들이
결혼하면서 큰소리치는 것만큼 나도 그 사람하고 행복해질 수
있을 거라는 생각이 들었어."

> "I am not romantic, you know; I never was. I ask only
> a comfortable home; and considering Mr. Collins's
> character, connection, and situation in life, I am
> convinced that my chance of happiness with him
> is as fair as most people can boast on entering the
> marriage state." *Pride and Prejudice*

"살다 보면 누구나 언젠가는 한번쯤 속기 마련이잖아요."
"결혼 문제에 있어서는 늘 그런 건 아니란다, 메리."
"결혼 문제에서는 특히 더 그렇죠. (…) 남자건 여자건
결혼하면서 한번쯤 속지 않는 사람은 백에 하나도 안 될걸요.
앞으로 제가 처하게 될 입장에서 생각해보면 정말 그런 것
같아요. 그럴 수밖에 없을 것 같고요. 결혼이라는 것은 모든
거래 중에서, 상대에게는 많은 것을 기대하면서도 스스로는
가장 정직하지 않은 모습을 보이는 거래라는 걸 생각하면
말이죠."

"Everybody is taken in at some period or other."

"Not always in marriage, dear Mary."

"In marriage especially. (⋯) there is not one in a hundred of either sex who is not taken in when they marry. Look where I will, I see that it is so; and I feel that it *must* be so, when I consider that it is, of all transactions, the one in which people expect most from others, and are least honest themselves."

Mansfield Park

"결혼은 책략이 필요한 일종의 거래 같은 거예요. 결혼하면서 사회적 배경으로 어떤 이득이나 상대방의 소양素養이나 훌륭한 성품을 믿고 기대에 부풀었다가는, 나중에 완전히 속은 걸 알고는 정반대의 상황을 참고 견뎌야 했던 사람들을 난 많이 알아요. 이런 게 속은 게 아니면 뭐겠어요?"

"It is a manoeuvring business. I know so many who have married in the full expectation and confidence of some one particular advantage in the connexion, or accomplishment, or good quality in the person, who have found themselves entirely deceived, and been obliged to put up with exactly the reverse. What is this but a take in?" *Mansfield Park*

"이기적으로 구는 건 언제나 용서해줘야 해요.
치유될 가망이 없거든요."

인간에 대한 특별하면서도 보편적인 관찰

"잘나가는 사람이 겸손하기란 매우 힘든 법이죠."

"It is very difficult for the prosperous to be humble."
Emma

"나는 고집이 세서 절대 다른 사람들에게 휘둘리지 않아요.
남들이 나를 겁주려고 할 때마다 용기가 더 샘솟거든요."

"There is a stubbornness about me that never can
bear to be frightened at the will of others. My courage
always rises at every attempt to intimidate me." *Pride
and Prejudice*

"어느 달에는 일이 잘 안 풀리는가 싶다가도 다음 달에는
어김없이 나아지곤 하더군요."

"If things are going untowardly one month, they are
sure to mend the next." *Emma*

"나는 언제나 최고의 대우를 받아야 해요. 그렇지 않으면 결코
참을 수 없을 테니까요."

"I always deserve the best treatment, because I
never put up with any other." *Emma*

"올바른 행동은 모두에게 존중받게 마련이야."

"Respect for right conduct is felt by every body."
Emma

장군은 어째서 속마음은 다르면서 그렇게 단호하게 말하는지
도무지 이해가 되지 않았다! 이런 식이라면 어떻게 사람들
말을 알아듣겠는가? 헨리 말고는 그의 아버지가 무슨 생각을
하는지 누가 알겠는가 말이다.

But why he should say one thing so positively, and
mean another all the while, was most unaccountable!
How were people, at that rate, to be understood?
Who but Henry could have been aware of what his
father was at? *Northanger Abbey*

장군이 떠나자 처음으로 캐서린은 상실이 때로는 득이 될
수도 있다는 것을 경험으로 알게 되었다.

His departure gave Catherine the first experimental
conviction that a loss may be sometimes a gain.

Northanger Abbey

그들의 허영심은 너무나 잘 통제돼 있어서 겉으로는 전혀

드러나지 않았고, 실제로도 그들은 조금도 잘난 척하지
않았다.

> Their vanity was in such good order that they
> seemed to be quite free from it, and gave themselves
> no airs. *Mansfield Park*

"아마도," 다아시가 말했다. "소개를 원했다면 그런 식으로
처신하진 않았을 겁니다. 하지만 전 모르는 사람들과
친해지는 데 별로 소질이 없는 것 같습니다."
"왜 그런지 사촌분께 그 이유를 여쭤봐도 될까요?"
엘리자베스는 이번에도 피츠윌리엄 대령을 향해 말했다.
"어째서 교양과 지성을 갖추고 세상 경험도 많은 분이 모르는
사람들과 잘 어울리질 못하시는지요?"
"그 질문에는," 피츠윌리엄이 말했다. "다아시한테 물어보지
않고도 답해드릴 수 있을 것 같습니다. 그런 수고를 하는 게
싫기 때문입니다."
"제게는 어떤 사람들이 가지고 있는 그런 능력이 없는 것
같습니다," 다아시가 말했다. "처음 본 사람들하고 쉽게
대화하는 능력 말입니다. 전 대화의 분위기도 잘 파악하지
못하고, 흔히들 그러는 것처럼 그들의 관심사에 흥미를
느끼는 척하지도 못합니다."
"제 손가락은," 엘리자베스가 말했다. "다른 많은 여성의
손가락이 그러는 것처럼 이 악기 위를 능숙하게 오가지
못합니다. 그들의 손가락처럼 힘차고 빠르게 움직이거나,
음악을 제대로 표현해내지도 못합니다. 하지만 전 언제나

그것이 저의 잘못이라고 여겨왔습니다. 연습을 충분히 하지 않은 탓이니까요. *제* 손가락이 뛰어난 연주를 하는 다른 어떤 여성의 손가락보다 못해서가 아니라고 믿거든요."

"Perhaps," said Darcy, "I should have judged better, had I sought an introduction; but I am ill-qualified to recommend myself to strangers."

"Shall we ask your cousin the reason of this?" said Elizabeth, still addressing Colonel Fitzwilliam. "Shall we ask him why a man of sense and education, and who has lived in the world, is ill qualified to recommend himself to strangers?"

"I can answer your question," said Fitzwilliam, "without applying to him. It is because he will not give himself the trouble."

"I certainly have not the talent which some people possess," said Darcy, "of conversing easily with those I have never seen before. I cannot catch their tone of conversation, or appear interested in their concerns, as I often see done."

"My fingers," said Elizabeth, "do not move over this instrument in the masterly manner which I see so many women's do. They have not the same force or rapidity, and do not produce the same expression. But then I have always supposed it to be my own fault—because I will not take the trouble of practising. It is not that I do not believe *my* fingers as capable as any other woman's of superior execution."

Pride and Prejudice

캐서린은 이런 몇 가지 문제에 마음을 정리한 뒤, 앞으로는
언제나 최대한 분별 있게 판단하고 행동해야겠다고 굳게
결심했다. 그러자 그녀에겐 자신을 용서하고 그 어느 때보다
행복해지는 일만이 남아 있었다. 그리고 다음 날이 되자
고통을 달래주는 시간의 손길이 조금씩 그녀를 치유해주었다.
(…) 물론 아직도 말하는 것만으로도 그녀를 전율하게
할 것 같은 화제들이 있었다. (…) 그러나 그녀는, 아무리
고통스럽더라도 가끔씩 지나간 바보짓을 떠올리는 것이
반드시 쓸모없는 일은 아니라는 사실마저도 인정하기에
이르렀다.

Her mind made up on these several points, and her
resolution formed, of always judging and acting in
future with the greatest good sense, she had nothing
to do but to forgive herself and be happier than ever;
and the lenient hand of time did much for her by
insensible gradations in the course of another day.
(…) There were still some subjects, indeed, under
which she believed they must always tremble,
(…) but even she could allow that an occasional
memento of past folly, however painful, might not be
without use. *Northanger Abbey*

"장담하건대, 넌 지금 절반밖에 못 보고 있어. 나쁜 면만 보고,
위안이 되는 면은 보지 못하는 거라고. 살다 보면 어디에나
약간의 문제와 실망은 있기 마련이야. 우린 모두 기대를 너무
많이 하는 경향이 있고 말이지. 하지만 그러다가 행복에
대한 계획 하나가 실패로 돌아가면, 인간은 본능적으로 다른
쪽으로 눈을 돌리게 되지. 첫 번째 계산이 틀리면, 두 번째
계산은 더 잘하게 되는 거라고. 사람은 어디서건 위안을
발견하는 법이거든."

"Depend upon it, you see but half. You see the evil,
but you do not see the consolation. There will be
little rubs and disappointments everywhere, and
we are all apt to expect too much; but then, if one
scheme of happiness fails, human nature turns to
another; if the first calculation is wrong, we make a
second better: we find comfort somewhere."

Mansfield Park

"지나치게 순종적이고 우유부단한 사람의 최대 단점은
그에게는 어떤 영향력도 절대적일 수 없다는 겁니다. 그에
대한 좋은 인상이 얼마나 오래갈지 장담할 수 없어요.
누구라도 그를 흔들어놓을 수 있거든요. 행복해지길 바란다면
단단해져야 합니다."

"It is the worst evil of too yielding and indecisive a
character, that no influence over it can be depended

on. You are never sure of a good impression being durable; everybody may sway it. Let those who would be happy be firm." *Persuasion*

클레이 부인은 주근깨에 뻐드렁니까지 나 있었고, 손목도 볼품이 없었다. 그녀가 없을 때면 월터 경은 끊임없이 이 점을 들추어냈다. 하지만 그녀는 젊었고, 전체적으로 분명 예쁜 편이었다. 게다가 눈치가 빠르고 언제나 사근사근하게 상대의 비위를 맞출 줄 아는, 단순히 뛰어난 외모보다 훨씬 더 위험한 매력을 지니고 있었다.

Mrs Clay had freckles, and a projecting tooth, and a clumsy wrist, which he was continually making severe remarks upon, in her absence; but she was young, and certainly altogether well-looking, and possessed, in an acute mind and assiduous pleasing manners, infinitely more dangerous attractions than any merely personal might have been. *Persuasion*

"고통이 끝나면 그 기억은 종종 기쁨이 되기도 하죠. 어떤 장소에서 고통을 겪었다고 해서 그곳에 애정이 줄어드는 건 아니에요. 그곳에서 오로지 고통만을 겪어서 고통스러운 기억밖에 없다면 몰라도요."

"When pain is over, the remembrance of it often

becomes a pleasure. One does not love a place the less for having suffered in it, unless it has been all suffering, nothing but suffering." *Persuasion*

허영심은 월터 엘리엇 경이라는 사람의 처음이자 끝이었다. 외모에 대한 허영심과 신분에 대한 허영심.

Vanity was the beginning and the end of Sir Walter Elliot's character; vanity of person and of situation. *Persuasion*

"당신은 편협한 정신을 감화하는 걸 아주 좋아하죠. 하지만 그런 정신의 소유자가 권위를 지닌 부자들이라면, 그들은 그것을 부풀리는 경향이 있어서 종국에는 위대한 정신만큼이나 다루기 힘들어지죠."

"You are very fond of bending little minds; but where little minds belong to rich people in authority, I think they have a knack of swelling out, till they are quite as unmanageable as great ones." *Emma*

스스로 잘못인 것을 아는 어떤 행동 방식을 고수하려는 사람은 다른 이들이 자신에게 그보다 나은 무언가를 기대한다는 사실에 마음이 상하게 마련이다.

When people are determined on a mode of conduct which they know to be wrong, they feel injured by the expectation of anything better from them. *Sense and Sensibility*

흥미로운 상황에 처한 사람들에게 호의적인 관심을 가지는 것은 인간의 본성이라서, 결혼을 하거나 죽은 젊은이에 대해서는 누구라도 좋게 이야기하기 마련이다.

Human nature is so well disposed towards those who are in interesting situations, that a young person, who either marries or dies, is sure of being kindly spoken of. *Emma*

"행하기에 옳은 것은 빨리할수록 좋은 법이야."

"What is right to be done cannot be done too soon." *Emma*

"자신과 관련된 것에 대해서는 다들 얼마나 엉뚱한 상상을 하는지요! 오해하기는 또 얼마나 쉬운지!"

"What wild imaginations one forms where dear self is concerned! How sure to be mistaken!" *Persuasion*

'제법 예쁘게 생겼다'라는 말은 요람에서부터 예뻤던
사람에게보다는 태어나서 열다섯 살이 될 때까지 평범해
보였던 여성에게 훨씬 큰 기쁨을 안겨주는 법이다.

> To look almost pretty is an acquisition of higher
> delight to a girl who has been looking plain the first
> fifteen years of her life than a beauty from her cradle
> can ever receive. *Northanger Abbey*

"악의 없는 가벼운 연애 같은 거야 물론 할 수 있지. 종종
자신이 고수하고자 하는 것 이상으로 부추김을 당할 수도
있고 말이지. 하지만 난 절대 너를 가혹하게 판단하지
않을 거야. 그건 믿어도 돼. 한창 젊고 혈기 왕성할 때는
이런 일쯤은 얼마든지 허용될 수 있는 거니까. 원래 어떤
날은 이랬다가 그다음 날은 저랬다가 하는 거잖아. 상황이
달라지면 생각도 달라질 수 있는 거야."

> "A little harmless flirtation or so will occur, and one
> is often drawn on to give more encouragement than
> one wishes to stand by. But you may be assured
> that I am the last person in the world to judge you
> severely. All those things should be allowed for in
> youth and high spirits. What one means one day, you
> know, one may not mean the next. Circumstances
> change, opinions alter." *Northanger Abbey*

"틸니 대위 말로는 자기 사랑의 감정만큼 착각하기 쉬운 것도 없대. 난 그 사람 말이 맞는 것 같아."

"Tilney says there is nothing people are so often deceived in as the state of their own affections, and I believe he is very right." *Northanger Abbey*

그의 자만심은 무엇보다 그로 하여금, 그녀 자신은 그 사실을 깨닫지 못할지라도 그녀는 그를 사랑하고 있다고 굳게 믿게 했다. 그다음에는 그녀가 현재의 자기감정을 알지 못한다는 것을 인정할 수밖에 없다고 하더라도, 조만간 그 감정을 그가 바라는 모습으로 바꿀 수 있을 거라고 확신하게 했다.

He had vanity, which strongly inclined him in the first place to think she did love him, though she might not know it herself; and which, secondly, when constrained at last to admit that she did know her own present feelings, convinced him that he should be able in time to make those feelings what he wished. *Mansfield Park*

"아무리 흔한 자연의 산물이라도 그것에 눈길을 고정하기만 하면 한없이 뻗어나가는 상상력의 좋은 소재가 될 수 있죠."

"One cannot fix one's eyes on the commonest natural

production without finding food for a rambling
fancy." *Mansfield Park*

"인간의 본성은 주 1회의 설교가 전달할 수 있는 것보다 많은
가르침이 필요하지요."

"Human nature needs more lessons than a weekly
sermon can convey." *Mansfield Park*

"에마의 외모를 흠잡을 생각은 없습니다," 그가 대꾸했다.
"부인이 묘사한 그대로라고 생각합니다. 나도 그녀를
바라보는 게 즐겁습니다. 거기에 찬사를 하나 더 덧붙이자면,
에마는 자신의 외모에 허영심이 없습니다. 그녀가 얼마나
아름다운지를 생각해볼 때, 정작 그녀 자신은 그 사실에 별로
관심이 없는 것 같거든요. 그녀의 허영심은 다른 데 있지요."

"I have not a fault to find with her person," he
replied. "I think her all you describe. I love to look at
her; and I will add this praise, that I do not think her
personally vain. Considering how very handsome
she is, she appears to be little occupied with it; her
vanity lies another way." *Emma*

"너 자신을 속이지 마. 고마움과 연민에 휘둘려서는

안 되는 거야."

"Do not deceive yourself; do not be run away with by
gratitude and compassion." *Emma*

"맹세코 에마, 당신이 자신의 이성을 오용하는 걸 듣고
있자니 나까지 그렇게 생각하게 될 것 같아. 당신처럼 이성을
오용하느니 차라리 분별력이란 게 없는 편이 낫겠어."

"Upon my word, Emma, to hear you abusing the
reason you have, is almost enough to make me think
so too. Better be without sense, than misapply it as
you do." *Emma*

"둔한 머리에 허영심이 깃들면 온갖 종류의 해악을 끼치기
마련이지. 젊은 아가씨가 기대치를 지나치게 높이는 것만큼
쉬운 일도 없을 거야."

"Vanity working on a weak head, produces every
sort of mischief. Nothing so easy as for a young lady
to raise her expectations too high." *Emma*

"해리엇, 사람은 나이가 들수록 몸가짐을 바르게 하는 게 더욱
중요한 거야. 늙으면 요란하거나 천박하거나 어수룩한 태도가

더 눈에 잘 띄고 역겹기 마련이지. 젊었을 때는 봐줄 만하던 것도 나이가 들면 정말 꼴 보기 싫어지거든."

"The older a person grows, Harriet, the more important it is that their manners should not be bad; the more glaring and disgusting any loudness, or coarseness, or awkwardness becomes. What is passable in youth is detestable in later age." *Emma*

슬픔을 달래는 데는 할 일만 한 것이, 그것도 활동적으로 꼭 해야 하는 일만 한 것이 없다. 아무리 우울하더라도 뭔가 할 일이 있으면 우울함을 떨쳐낼 수 있다. 게다가 그녀가 할 일은 희망적이기까지 했다.

There is nothing like employment, active indispensable employment, for relieving sorrow. Employment, even melancholy, may dispel melancholy, and her occupations were hopeful.

Mansfield Park

"이기적으로 구는 건 언제나 용서해줘야 해요. 치유될 가망이 없거든요."

"Selfishness must always be forgiven, you know, because there is no hope of a cure." *Mansfield Park*

"어쨌거나 그런 문제들은 사람들이 각자의 방법대로
하도록 놔두는 게 더 안전하죠. 모두들 자기 식대로 하는
걸 좋아하니까요. 예배 시간과 방식도 각자 선택하고 싶어
하고요."

"At any rate, it is safer to leave people to their own
devices on such subjects. Everybody likes to go their
own way—to choose their own time and manner of
devotion." *Mansfield Park*

"모든 세대에게는 그들 나름대로의 개선책이 있는 것 같아요."

"Every generation has its improvements." *Mansfield Park*

"어머! 당신 시계로 날 공격하지 마세요. 시계는 언제나 너무
빨리 가거나 너무 늦게 가죠. 시계는 내게 어떤 것도 강제할
수 없어요."

"Oh! do not attack me with your watch. A watch is
always too fast or too slow. I cannot be dictated to by
a watch." *Mansfield Park*

"무언가를 기다리는 사람은 시간 계산을 잘못하기 마련이죠.
삼십 초가 마치 오 분처럼 느껴지거든요."

"When people are waiting, they are bad judges of
time, and every half minute seems like five."

Mansfield Park

"시간의 힘이란 얼마나 놀라운지, 정말 얼마나 놀라운지
모르겠어요. 인간의 마음이 변하는 것도 그렇고요!"

"How wonderful, how very wonderful the operations
of time, and the changes of the human mind!

Mansfield Park

"우리가 타고난 능력 중에서 다른 어떤 것보다 월등히 놀라운
게 있다면 그건 기억이라고 생각해요. 기억의 힘과 한계와
불균등에는 우리의 다른 어떤 지적 능력에서 보는 것보다
놀라운 불가해한 면이 있는 것 같아요. 기억은 때로는 아주
오래가고, 아주 쓸모가 있으며, 매우 고분고분하기도 하죠. 또
때로는 매우 당혹스럽고, 힘이 전혀 없기도 하고요. 하지만
또 어떤 때에는 무서운 폭군처럼 굴면서 우리의 통제를
벗어나기도 하지요! 인간은 분명 모든 면에서 기적 같은
존재예요. 그중에서도 특히 기억하고 잊어버리는 능력은
우리가 이해할 수 있는 경지를 넘어서는 것 같아요."

"If any one faculty of our nature may be called
more wonderful than the rest, I do think it is
memory. There seems something more speakingly

incomprehensible in the powers, the failures,
the inequalities of memory, than in any other of
our intelligences. The memory is sometimes so
retentive, so serviceable, so obedient; at others, so
bewildered and so weak; and at others again, so
tyrannic, so beyond control! We are, to be sure, a
miracle every way; but our powers of recollecting
and of forgetting do seem peculiarly past finding
out." *Mansfield Park*

엘리엇 씨는 이성적이고 신중하고 매너가 좋았지만 마음을
열지는 않았다. 결코 자신의 감정을 분출하는 법이 없었고,
다른 이들의 악행이나 선행에 열을 올리며 분개하거나
기뻐하지도 않았다. 앤이 보기에는 이것은 확실한
결함이었다. 그녀가 이전에 받은 인상은 바뀔 수가 없었다.
그녀는 솔직하고 너그러우며 열성적인 성격을 무엇보다
높이 평가했다. 따뜻함과 열정은 여전히 그녀를 사로잡았다.
그녀는 언제나 침착하고 결코 실언을 하지 않는 사람보다는
때때로 부주의하고 경솔해 보이거나, 그런 말을 할 때도 있는
사람의 진정성을 훨씬 더 믿을 수 있다고 생각했다.

Mr Elliot was rational, discreet, polished, but he was
not open. There was never any burst of feeling, any
warmth of indignation or delight, at the evil or good
of others. This, to Anne, was a decided imperfection.
Her early impressions were incurable. She prized the

frank, the open-hearted, the eager character beyond all others. Warmth and enthusiasm did captivate her still. She felt that she could so much more depend upon the sincerity of those who sometimes looked or said a careless or a hasty thing, than of those whose presence of mind never varied, whose tongue never slipped. *Persuasion*

"나는 일반적인 견해로 여겨지는 걸 말하는 것뿐이에요. 어떤 견해가 일반적일 때는 대체로 옳으니까요."

"I speak what appears to me the general opinion; and where an opinion is general, it is usually correct." *Mansfield Park*

세상에는 알아서 무언가를 해줄수록 스스로는 할 생각을 안 하는 사람들이 있다.

There are people, who the more you do for them, the less they will do for themselves. *Emma*

"나더러 조언을 하라고요! 뭐가 옳은지 너무 잘 아시잖아요."
"그렇죠. 당신이 의견을 주면 언제나 뭐가 옳은지 잘 알죠. 당신 판단이 내겐 옳고 그름을 판단하는 기준이 되니까요."

"아, 안 돼요! 그런 말씀은 하지 마세요. 누구나 가만히 귀를 기울이기만 하면, 자기 자신에게서 다른 누구보다 훌륭한 길잡이를 발견할 수 있답니다."

"I advise! You know very well what is right."
"Yes. When you give me your opinion, I always know what is right. Your judgment is my rule of right."
"Oh, no! do not say so. We have all a better guide in ourselves, if we would attend to it, than any other person can be." *Mansfield Park*

"엘튼 씨의 매너가 완벽하다는 건 아니에요," 에마가 대꾸했다. "하지만 잘 보이려는 마음이 있는 사람이라면 그 사람의 단점쯤은 눈감아줘야 해요. 실제로 상당 부분 눈감아주기도 하고요. 대단하지 않은 능력으로 최선을 다하는 사람이 우월하면서 태만한 사람보다 나은 법이거든요. 엘튼 씨는 높이 쳐줄 수밖에 없는 더없이 좋은 성격과 선의를 가진 사람이에요."

"Mr. Elton's manners are not perfect," replied Emma; "but where there is a wish to please, one ought to overlook, and one does overlook a great deal. Where a man does his best with only moderate powers, he will have the advantage over negligent superiority. There is such perfect good-temper and good-will in Mr. Elton as one cannot but value." *Emma*

그녀는 알고 있었다. 메리앤과 어머니에게는 한순간의 추측이
다음 순간에는 믿음으로 바뀌고, 소망은 희망이 되며, 희망은
기대가 된다는 것을.

> She knew that what Marianne and her mother
> conjectured one moment, they believed the next—
> that with them, to wish was to hope, and to hope was
> to expect. *Sense and Sensibility*

"내 나이쯤 되면 생각이 어지간히 굳어지게 마련이죠. 이제
와서 그걸 바꿀 만한 어떤 걸 보거나 들을 일도 없을 것
같고요."

> "At my time of life opinions are tolerably fixed. It is
> not likely that I should now see or hear anything to
> change them." *Sense and Sensibility*

에마처럼 젊고 천성적으로 쾌활한 성격의 사람들은 밤에
일시적으로 우울했다가도 다음 날 어김없이 활기를 되찾기
마련이다. 젊음과 상쾌한 아침은 서로 기분 좋게 닮은 면과
힘찬 가동력을 지니고 있다. 뜬눈으로 밤을 지새울 만큼
사무치게 괴로운 게 아니라면, 분명 누그러진 고통과 더욱더
환한 희망으로 눈을 뜨게 될 것이다.

> To youth and natural cheerfulness like Emma's,

though under temporary gloom at night, the return of day will hardly fail to bring return of spirits. The youth and cheerfulness of morning are in happy analogy, and of powerful operation; and if the distress be not poignant enough to keep the eyes unclosed, they will be sure to open to sensations of softened pain and brighter hope. *Emma*

상처를 치유할 길이 있다면, 마땅히 상처를 받은 곳에서 찾아야 한다.

Where the wound had been given, there must the cure be found if anywhere. *Emma*

낙관적인 기질의 사람은 언제나 실제보다 나은 걸 기대할지라도, 늘 그 기대에 비례하는 실망으로 그 희망의 대가를 치르지는 않는다. 그는 이내 현재의 실패를 딛고 날아올라 또다시 희망을 품기 시작한다.

A sanguine temper, though for ever expecting more good than occurs, does not always pay for its hopes by any proportionate depression. It soon flies over the present failure, and begins to hope again. *Emma*

유쾌했던 시절에는 그녀보다 유쾌한 기질을 가진 이도, 행복
그 자체인, 행복에 대한 낙관적인 기대를 그녀보다 많이 품은
사람도 없었다. 그러나 그녀는 기쁠 때에 순수한 기쁨만을
느꼈던 것처럼, 슬플 때도 자신의 상상에 힘입어 달랠 길 없는
슬픔에 빠져들어야 했다.

In seasons of cheerfulness, no temper could be
more cheerful than hers, or possess, in a greater
degree, that sanguine expectation of happiness
which is happiness itself. But in sorrow she must be
equally carried away by her fancy, and as far beyond
consolation as in pleasure she was beyond alloy.

Sense and Sensibility

"브랜던 대령은 딱 그런 사람이죠," 어느 날 그들이 그에
대해 함께 이야기하고 있을 때 윌러비가 말했다. "모두가
좋게 말하지만 아무도 신경 쓰지 않는 사람. 만나면 다들
반가워하지만 아무도 말을 걸지 않는 사람 말입니다."

"Brandon is just the kind of man," said Willoughby
one day, when they were talking of him together,
"whom everybody speaks well of, and nobody cares
about; whom all are delighted to see, and nobody
remembers to talk to." *Sense and Sensibility*

"젊은 마음이 가진 편견에는 굉장히 사랑스러운 무언가가
있어요. 그래서 좀 더 일반적인 견해를 받아들이기 위해
그것을 버리는 걸 보면 안타까운 마음이 듭니다."

"There is something so amiable in the prejudices of
a young mind, that one is sorry to see them give way
to the reception of more general opinions."

Sense and Sensibility

"젊은이라면 누구나 얼마간은 변덕스러운 법이죠."

"All young people would have their little whims."

Emma

"젊은 마음이 낭만적이면서도 품위 있는 감정을 어쩔 수
없이 버려야 할 때면, 지나치게 통속적이고 위험하기까지 한
생각이 그 자리를 차지하는 경우가 얼마나 흔한지요!"

"When the romantic refinements of a young mind
are obliged to give way, how frequently are they
succeeded by such opinions as are but too common,
and too dangerous!" *Sense and Sensibility*

'꼭 그렇다고 할 순 없지만, 어리석은 짓도 똑똑한 사람이

당당하게 하면 더는 어리석은 짓이 아닌 게 되는 거야.
나쁜 짓은 언제나 나쁜 짓이지만, 어리석은 행동은 언제나
어리석은 행동은 아닌 거라고. 누가 그걸 하느냐에 따라
달라지는 거지.'

'I do not know whether it ought to be so, but certainly
silly things do cease to be silly if they are done by
sensible people in an impudent way. Wickedness
is always wickedness, but folly is not always folly. It
depends upon the character of those who handle it.'
Emma

"깜짝 선물은 바보 같은 짓이야. 그런다고 기쁨이 더 커지는
것도 아니고, 오히려 몹시 불편해지는 경우가 종종 있거든."

"Surprises are foolish things. The pleasure is
not enhanced, and the inconvenience is often
considerable." *Emma*

"누군가의 방식이 다른 사람의 방식만큼 좋을 순 있겠지만,
우린 모두 자기 방식을 가장 좋아하는 것 같아요."

"One man's ways may be as good as another's, but
we all like our own best." *Persuasion*

자신이 좋아하는 것에 동의할 이유들은 어찌나 빨리
생겨나는지!

> How quick come the reasons for approving what we
> like! *Persuasion*

"사람들은 무슨 일이 일어나는지 듣고 싶어 하고, 하찮고
우스운 최신 유행을 속속들이 알고 싶어 하죠."

> "One likes to hear what is going on, to be au fait as to
> the newest modes of being trifling and silly." *Persuasion*

아무리 이상한 일들도 그 원인을 잘 찾아보면 대개는 설명이
된다.

> Strange things may be generally accounted for if
> their cause be fairly searched out. *Northanger Abbey*

"침착해야 해. 나 자신의 주인은 내가 되어야 해."

> "I WILL be calm; I WILL be mistress of myself."
>
> *Sense and Sensibility*

인간의 마음은 더 나은 변화에 쉽게 익숙해지는 행복한
성향을 지니고 있다.

Happily disposed as is the human mind to be easily
familiarized with any change for the better.

Sense and Sensibility

분노하는 사람은 지혜롭기 힘든 법이다.

Angry people are not always wise. *Pride and Prejudice*

"친밀함을 결정하는 건 시간이나 기회가 아니야. 오로지
성향이지. 서로 친해지는 데 7년도 부족한 사람들이 있는가
하면 7일만으로도 충분한 사람들도 있는 거야."

"It is not time or opportunity that is to determine
intimacy; it is disposition alone. Seven years would
be insufficient to make some people acquainted with
each other, and seven days are more than enough for
others." *Sense and Sensibility*

"메리앤은 겉치레로 수줍은 척하기에는 자신의 가치를 너무
잘 알고 있죠," 에드워드가 대답했다. "부끄러움이라는 건
어떤 면에서건 일종의 열등감에서 비롯된 거예요. 나도

내 태도가 전적으로 여유롭고 품위가 있다고 생각했다면
지금처럼 몸을 사리진 않았을 겁니다."

> "She knows her own worth too well for false shame,"
> replied Edward. "Shyness is only the effect of a
> sense of inferiority in some way or other. If I could
> persuade myself that my manners were perfectly
> easy and graceful, I should not be shy."
>
> *Sense and Sensibility*

"그래! 누군가에게는 나쁜 일이 또 다른 누군가에게는 좋은
일이 되는 법이야."

> "Well! evil to some is always good to others." *Emma*

한 가지 걱정이 사라지면 또 다른 걱정이 생겨나는 법이다.

> The removal of one solicitude generally makes way
> for another. *Emma*

"편지는 더 이상 생각하지 마세요. 편지를 쓴 사람과 받은
사람의 감정이 그때와 크게 달라졌으니 그것과 관련된
불쾌한 상황도 모두 잊어야만 해요. 제 인생철학을 좀
배우셔야 할 것 같네요. 그건, 떠올릴 때 기분이 좋아지는

과거만 기억하는 거예요."

"Think no more of the letter. The feelings of the
person who wrote, and the person who received
it, are now so widely different from what they
were then, that every unpleasant circumstance
attending it ought to be forgotten. You must learn
some of my philosophy. Think only of the past as its
remembrance gives you pleasure." *Pride and Prejudice*

"나는 원칙에 있어서는 그렇지 않아도 실제로는 살아오는
내내 이기적인 사람이었습니다."

"I have been a selfish being all my life, in practice,
though not in principle." *Pride and Prejudice*

따라서 전반적으로 그녀는 전에도 가끔씩 깨달았듯이
간절하게 바라던 일이 실제로 일어나도 기대했던 만큼
만족스럽지는 않다는 사실을 알게 되었다.

Upon the whole, therefore, she found, what has been
sometimes found before, that an event to which
she had been looking with impatient desire did not,
in taking place, bring all the satisfaction she had
promised herself. *Pride and Prejudice*

'하지만 뭔가 아쉬운 게 있어서 차라리 잘됐어,' 그녀는
생각했다. '모든 준비가 완벽하다면 난 분명 실망하게 될 거야.
그런데 언니가 같이 못 가는 걸 내내 안타까워할 수 있으니,
즐거움에 대한 내 모든 기대가 이루어지기를 합리적으로
바랄 수 있지 않을까. 모든 면에서 즐거움을 약속하는
계획은 절대 완벽하게 실현될 수 없어. 그러니까 전반적인
실망을 방지하는 길은 자기만의 작은 불만거리를 남겨두는
것뿐이야.'

> 'But it is fortunate,' thought she, 'that I have
> something to wish for. Were the whole arrangement
> complete, my disappointment would be certain. But
> here, by carrying with me one ceaseless source of
> regret in my sister's absence, I may reasonably hope
> to have all my expectations of pleasure realised. A
> scheme of which every part promises delight can
> never be successful; and general disappointment is
> only warded off by the defence of some little peculiar
> vexation.' *Pride and Prejudice*

"내가 진정으로 사랑하는 사람은 얼마 되지 않고, 내가 좋게
생각하는 사람은 그보다 더 적어. 세상을 알아갈수록 불만이
더 커져가. 그리고 매일매일 인간의 성격이란 게 얼마나
모순투성이인지, 겉으로 보이는 장점이나 분별력이 얼마나
믿을 수 없는 것인지를 깨닫게 돼."

"There are few people whom I really love, and still fewer of whom I think well. The more I see of the world, the more am I dissatisfied with it; and every day confirms my belief of the inconsistency of all human characters, and of the little dependence that can be placed on the appearance of merit or sense."

Pride and Prejudice

"그게 언니와 나의 커다란 차이점이지. 언닌 칭찬을 듣는 게 언제나 뜻밖의 일이지만, 난 절대 그렇지 않거든."

"But that is one great difference between us. Compliments always take *you* by surprise, and *me* never." *Pride and Prejudice*

"종종 같은 의미로 쓰이지만 허영심과 오만은 다른 거야. 허영심이 없는 사람도 얼마든지 오만할 수 있어. 오만은 우리가 스스로를 어떻게 생각하느냐와 더 관련이 있고, 허영심은 남들이 우리를 어떻게 볼까 하는 생각과 더 관련이 있거든."

"Vanity and pride are different things, though the words are often used synonymously. A person may be proud without being vain. Pride relates more to our opinion of ourselves, vanity to what we would have others think of us." *Pride and Prejudice*

"그렇게 잘나고, 집안과 재산과 모든 걸 다 가진 사람이 자만自滿하는 게 놀라운 일은 아니라고 생각해요. 이런 말을 해도 될지 모르겠지만, 그 남잔 오만할 *권리*가 있어요."

"그건 그래," 엘리자베스가 응수했다. "그 사람이 *내* 자존심을 상하게 하지만 않았더라면 난 *그의* 오만함을 쉽게 용서할 수 있었을 거야."

"One cannot wonder that so very fine a young man, with family, fortune, every thing in his favour, should think highly of himself. If I may so express it, he has a *right* to be proud."

"That is very true," replied Elizabeth, "and I could easily forgive *his* pride, if he had not mortified *mine*."

Pride and Prejudice

"내가 다아시 씨처럼 부자라면 나보고 오만하다고 하든 말든 아무 상관 안 할 거야." 누나들과 함께 온 어린 루카스가 소리쳤다. "폭스하운드를 한 무리 키우면서 매일 와인을 한 병씩 마실 거라고."

"If I were as rich as Mr. Darcy," cried a young Lucas who came with his sisters, "I should not care how proud I was. I would keep a pack of foxhounds, and drink a bottle of wine every day." *Pride and Prejudice*

"마음만 있다면 거리는 아무것도 아니에요."

"The distance is nothing when one has a motive."
Pride and Prejudice

"감정의 모든 충동은 이성의 안내를 받아야 해. 그리고 언제나
요구하는 것만큼 노력해야 한다는 게 내 생각이야."

"Every impulse of feeling should be guided by
reason; and, in my opinion, exertion should always
be in proportion to what is required." *Pride and Prejudice*

"겸손한 척하는 것보다 기만적인 것은 없지요," 다아시가
말했다. "그건 종종 내세울 만한 의견이 없는 경우에
불과하거나, 때로는 은근한 자기 자랑이기도 하거든요."

"Nothing is more deceitful," said Darcy, "than the
appearance of humility. It is often only carelessness
of opinion, and sometimes an indirect boast." *Pride*
and Prejudice

"뭐든지 빨리 해치우는 사람은 그런 능력을 높이 평가하기 마련이지. 그런 행위가 얼마나 불완전한지는 별 관심을 두지 않으면서 말이지."

"The power of doing anything with quickness is always prized much by the possessor, and often without any attention to the imperfection of the performance." *Pride and Prejudice*

"당신은 내가 내 것이라고 결코 인정한 적이 없는 견해들을 내 것이라고 하면서 그 설명을 요구하시는군요."

"You expect me to account for opinions which you choose to call mine, but which I have never acknowledged." *Pride and Prejudice*

"(…) 하지만 다아시 씨에게는 이런 결점들이 전혀 없을 것 같네요."
"결점이 하나도 없는 사람은 없을 겁니다. 하지만 지금까지 살면서 전 종종 뛰어난 지성까지도 웃음거리로 만드는 결점들을 멀리하려고 부단히 노력해왔습니다."
"허영심과 오만 같은 것 말인가요?"
"그렇습니다. 허영심은 분명 하나의 결점이라고 할 수 있지요. 그러나 오만으로 말하자면, 진정으로 우월한

정신의 소유자라면 언제나 그것을 다스릴 수
있을 거라고 봅니다."

"(…) But these, I suppose, are precisely what you are
without."
"Perhaps that is not possible for anyone. But it has
been the study of my life to avoid those weaknesses
which often expose a strong understanding to
ridicule."
"Such as vanity and pride."
"Yes, vanity is a weakness indeed. But pride—where
there is a real superiority of mind, pride will be
always under good regulation." *Pride and Prejudice*

"다아시 씨에 대한 진단이 끝난 것 같군요," 빙리 양이 말했다.
"그래, 결과가 어떤가요?"
"진단 결과 다아시 씨에게는 아무런 결점도 없다고 자신 있게
말씀드릴 수 있습니다. 본인 스스로도 그 사실을 솔직하게
인정하셨고요."
"그럴 리가요," 다아시가 말했다.
"저는 그런 주장을 한 적이 없습니다.
저에게 결점이 많은 건 알지만, 그것이 이해력 부족이 아니길
바랄 뿐입니다. 제 성격은 별로 자랑할 만한 게 못 됩니다.
도무지 굽힐 줄을 모르거든요. 세상과 타협하는
법이 없지요. 저는 다른 사람들의 어리석음과 악행
그리고 저에 대한 모욕을 잘 잊질 못합니다.

제 마음을 움직이려는 어떤 시도에도
쉽게 흔들리지 않고요. 한마디로 꽁한 성격이라고 할까요.
그래서 한번 마음이 떠나면 다시는 돌아보지 않습니다."

"Your examination of Mr. Darcy is over, I presume,"
said Miss Bingley;
"and pray what is the result?"
"I am perfectly convinced by it that Mr. Darcy has no
defect. He owns it himself without disguise."
"No," said Darcy,
"I have made no such pretension. I have faults
enough, but they are not, I hope, of understanding.
My temper I dare not vouch for. It is, I believe, too
little yielding—certainly too little for the convenience
of the world. I cannot forget
the follies and vices of other so soon as I ought,
nor their offenses against myself.
My feelings are not puffed about with every
attempt to move them.
My temper would perhaps be called resentful.
My good opinion once lost is lost forever."

Pride and Prejudice

"사람은 누구나 어떤 특별한 문제를 갖고 있는 것 같습니다.
최상의 교육으로도 극복할 수 없는
타고난 결함 말입니다."

"*당신의* 단점은 모든 사람을 미워하는 것이죠."
"그리고 당신의 단점은," 그는 미소를
지으며 응수했다. "마음대로 사람들을 오해하는
것이고요."

> "There is, I believe, in every disposition a tendency
> to some particular evil—a natural defect, which not
> even the best education can overcome."
> "And *your* defect is to hate everybody."
> "And yours," he replied with a smile,
> "is willfully to misunderstand them."
>
> *Pride and Prejudice*

"생각을 절대 바꾸지 않는 사람들에게는 애초에 올바르게
판단하는 게 의무나 마찬가지죠."

> "It is particularly incumbent on those who never
> change their opinion, to be secure of judging
> properly at first." *Pride and Prejudice*

"세상에서 가장 흥미로운 화제일 거다." 그녀의 오빠가
응수했다. "돈을 버는 법. 좋은 수입을 어떻게 더 나은
수입으로 바꾸는가 하는 것 말이야."

> "The most interesting in the world,"

replied her brother—"how to make money;
how to turn a good income into a better."

Mansfield Park

"누군가의 방식이 다른 사람의 법칙이
되어서는 안 되는 거야."

세상의 절반은 다른 절반을 이해하지 못한다

"내가 얼마나 괴로운지 아무도 몰라! 세상사라는 게 원래 그런 거야. 죽는소리를 하지 않으면 힘든 걸 몰라준다니까."

"Nobody can tell what I suffer! But it is always so. Those who do not complain are never pitied." *Pride and Prejudice*

"다아시 씨는 웃음거리가 될 수 없다니!" 엘리자베스가 소리쳤다. "그거야말로 보기 드문 장점이군요. 그리고 그런 일은 앞으로도 흔치 않기를 바랍니다. 그런 사람을 많이 안다는 것은 *저*에게는 큰 손해일 것 같거든요. 저는 웃는 걸 아주 좋아해요."
"빙리 양은," 다아시가 말했다. "저를 너무 높이 평가하셨습니다. 아무리 현명하고 훌륭한 사람이라도, 아니, 그가 행하는 아무리 현명하고 훌륭한 행동이라 할지라도 농담을 인생 제일의 목표로 삼는 사람에게는 얼마든지 웃음거리가 될 수 있지요."

"Mr. Darcy is not to be laughed at!" cried Elizabeth. "That is an uncommon advantage, and uncommon I hope it will continue, for it would be a great loss to *me* to have many such acquaintances. I dearly love a laugh."
"Miss Bingley," said he, "has given me more credit than can be. The wisest and the best of men— nay, the wisest and best of their actions—may be

rendered ridiculous by a person whose first object in life is a joke." *Pride and Prejudice*

"처음부터, 아니 당신을 처음 본 순간부터라고 해야겠네요, 난 당신이 거만하고 오만하며 타인의 감정을 제멋대로 무시한다는 것을 알게 해준 당신 태도에 반감을 느꼈어요. 그리고 그 뒤에 이어진 일들이 당신에 대한 혐오를 굳어지게 했죠. 그래서 난 당신을 안 지 한 달도 되지 않아서 당신이야말로 내가 절대 결혼할 수 없는 남자라고 생각했어요."

"From the very beginning—from the first moment, I may almost say—of my acquaintance with you, your manners, impressing me with the fullest belief of your arrogance, your conceit, and your selfish disdain of the feelings of others, were such as to form the groundwork of disapprobation on which succeeding events have built so immovable a dislike; and I had not known you a month before I felt that you were the last man in the world whom I could ever be prevailed on to marry." *Pride and Prejudice*

"그건 누구나 마찬가지예요, 아빠. 세상 사람들의 절반은 다른 절반의 재미를 이해하지 못한답니다."

"That is the case with us all, papa. One half of the
world cannot understand the pleasures of the other."

Emma

"왜 그렇게 생각하시죠!" 그가 한숨을 쉬며 대꾸했다. "사실
명랑한 건 제 성격하고는 거리가 멉니다."
"메리앤의 성격하고도 거리가 멀죠," 엘리너가 말했다.
"동생이 매사에 아주 진지하고 열성적인 건 사실이지만
발랄한 성격이라고 할 수는 없을 것 같아요. 때로는 말도 많이
하고 언제나 생기가 넘쳐 보이지만 사실 그렇게 명랑한 편은
아니거든요."
"듣고 보니 그런 것 같군요," 그가 맞장구를 쳤다. "그런데 왜
지금까지 난 메리앤이 발랄한 아가씨라고 생각했을까요."
"저도 그런 실수를 자주 해요," 엘리너가 말했다. "이런저런
면에서 남의 성격을 완전히 오해하는 거죠. 누군가가
실제보다 훨씬 명랑하거나 진지하다고, 또는 더 똑똑하거나
멍청하다고 생각하면서요. 그런 착각이 왜, 어디에서
비롯되었는지는 말하기 어렵지만요. 우린 때때로 사람들이
자신에 대해 말하는 것을 믿거나, 종종 그들에 대한 세간의
평가를 곧이곧대로 받아들이곤 하죠. 스스로 깊이 생각하거나
판단할 시간을 갖지 않은 채 말이죠."

"Why should you think so!" replied he, with a sigh.
"But gaiety never was a part of MY character."
"Nor do I think it a part of Marianne's," said Elinor;
"I should hardly call her a lively girl—she is very

earnest, very eager in all she does—sometimes talks a great deal and always with animation—but she is not often really merry."

"I believe you are right," he replied, "and yet I have always set her down as a lively girl."

"I have frequently detected myself in such kind of mistakes," said Elinor, "in a total misapprehension of character in some point or other: fancying people so much more gay or grave, or ingenious or stupid than they really are, and I can hardly tell why or in what the deception originated. Sometimes one is guided by what they say of themselves, and very frequently by what other people say of them, without giving oneself time to deliberate and judge." *Sense and Sensibility*

"누군가의 마음을 상하게 할 생각은 결코 없는데, 한심할 정도로 숫기가 없다 보니 종종 무심하다는 인상을 주는 것 같아요. 난 다만 타고난 어색함 때문에 표현을 잘 못하는 것뿐인데 말이죠."

"I never wish to offend, but I am so foolishly shy, that I often seem negligent, when I am only kept back by my natural awkwardness." *Sense and Sensibility*

"난 상투어라면 뭐든지 질색이야. 그래서 때로는 느낌을

혼자만 간직하기도 해. 아무 의미도 뜻도 없는 낡고 진부한
표현 말고는 내 느낌을 묘사할 어떤 말도 생각해낼 수 없기
때문이야."

"I detest jargon of every kind, and sometimes I have
kept my feelings to myself, because I could find no
language to describe them in but what was worn and
hackneyed out of all sense and meaning."

Sense and Sensibility

"그러니까 기어코 그 애를 차지하고 말겠다는 거로군."
"저는 그런 말을 한 적이 없습니다. 단지 부인이나, 저와
전혀 상관없는 사람의 생각에 구애받지 않고 오로지 저
자신의 판단에 따라 행복해지는 길을 택하겠다고 마음먹은
것뿐입니다."

"You are then resolved to have him?"
"I have said no such thing. I am only resolved to
act in that manner, which will, in my own opinion,
constitute my happiness, without reference to *you*, or
to any person so wholly unconnected with me.

Pride and Prejudice

서로 간의 솔직한 대화가 완전한 진실을 드러내는 일은
극히 드물다. 그런 경우에도 무언가를 약간이라도 숨기거나

오해하는 일은 늘 있기 마련이다. 하지만 이번 경우에서처럼 행동이 오해의 소지가 있다고 하더라도 감정이 그러지 않는다면 큰 문제는 되지 않을 것이다. 나이틀리 씨는 에마가 보기보다 여린 마음을 지녔고, 사실은 그의 마음을 받아들일 준비가 되어 있음을 알지 못했다.

> Seldom, very seldom, does complete truth belong to any human disclosure; seldom can it happen that something is not a little disguised, or a little mistaken; but where, as in this case, though the conduct is mistaken, the feelings are not, it may not be very material. Mr. Knightley could not impute to Emma a more relenting heart than she possessed, or a heart more disposed to accept of his. *Emma*

"버트럼 씨가 형편이 좀 더 나아진다는 소릴 들으니 기쁘구나. 마음대로 쓸 수 있을 만큼 수입이 생길 테니까. 게다가 별다른 수고를 하지 않아도 들어오는 돈이고 말이지. 1년에 700파운드 정도 된다지 아마. 연 700파운드면 장남이 아닌 아들한테는 썩 괜찮은 수입이지. 그리고 물론 집에서 계속 살 테니 그 돈은 모두 그의 소소한 즐거움들을 위한 돈이 될 거고."

(…)

"사람들이 자기보다 훨씬 적게 가진 사람들의 풍족한 기준을 너무나 쉽게 정해버리는 것보다 우스운 게 없다니까요. 헨리 오빠라면 소소한 즐거움들에 쓰는 돈이 연 700파운드로 제한된다면 아마 얼빠진 표정을 지을걸요."

"그럴지도 모르지. 하지만 너도 알다시피 *이런 문제*는 모두가 상대적인 거야. 생득권과 습관이 모든 걸 결정하는 거라고. 버트럼 씨는 준남작 가문의 차남치고는 분명 여유로운 편이야. 겨우 스물네댓 살밖에 안 됐는데 1년에 700파운드가 생기는 거잖아. 게다가 아무런 수고도 하지 않으면서 말이지."

"I am glad to hear Bertram will be so well off. He will have a very pretty income to make ducks and drakes with, and earned without much trouble. I apprehend he will not have less than seven hundred a year. Seven hundred a year is a fine thing for a younger brother; and as of course he will still live at home, it will be all for his *menus plaisirs*."

(…)

"Nothing amuses me more than the easy manner with which everybody settles the abundance of those who have a great deal less than themselves. You would look rather blank, Henry, if your *menus plaisirs* were to be limited to seven hundred a year."

"Perhaps I might; but all *that* you know is entirely comparative. Birthright and habit must settle the business. Bertram is certainly well off for a cadet of even a baronet's family. By the time he is four or five and twenty he will have seven hundred a year, and nothing to do for it." *Mansfield Park*

"누군가의 방식이 다른 사람의 법칙이 되어서는 안 되는 거야."

> "One man's style must not be the rule of another's."
> *Emma*

"시간이 지나면 우리 둘 중 하나는 분명 생각이 달라질 거야. 그러니까 그때까지는 이 문제에 관해 얘기를 많이 할 필요가 없을 것 같아."

> "Time, you may be sure, will make one or the other of us think differently; and, in the meanwhile, we need not talk much on the subject." *Emma*

"당신을 책망하려는 건 아니야. 당신 스스로 생각하도록 놔둘 거야."
"내가 그렇게 잘난 체하는데도 날 믿을 수 있어요? 내 허영심이 내가 틀렸다고 스스로 인정하게 한 적이 있던가요?"
"당신 허영심이 아니라 당신의 진중한 성품을 믿는 거야. 하나가 당신을 잘못된 길로 이끈다면, 다른 하나가 그걸 알려줄 테니까."

> "I shall not scold you. I leave you to your own reflections."
> "Can you trust me with such flatterers? Does my vain

spirit ever tell me I am wrong?"

"Not your vain spirit, but your serious spirit. If one leads you wrong, I am sure the other tells you of it."

Emma

"여보, 너무 까다롭게 구는 거 아니오?" 그녀의 남편이 말했다. "그런 게 대체 뭐가 중요하다고 그래요? 어차피 촛불 아래서는 아무것도 안 보일 텐데. 촛불로 보면 랜들스만큼이나 깨끗해 보일 거라고. 밤에 하는 클럽 모임에서도 아무것도 안 보이잖소."
이 대목에서 숙녀들은 다음과 같은 의미를 담은 시선을 교환했을 법하다. "남자들은 뭐가 더러운지 깨끗한지 구분도 못한다니까." 그리고 신사들은 각자 이렇게 생각했을 터다. "여자들은 말도 안 되는 트집을 잡으면서 공연한 걱정들을 한다니까."

"My dear, you are too particular," said her husband. "What does all that signify? You will see nothing of it by candlelight. It will be as clean as Randalls by candlelight. We never see anything of it on our club-nights."
The ladies here probably exchanged looks which meant, "Men never know when things are dirty or not;" and the gentlemen perhaps thought each to himself, "Women will have their little nonsenses and needless cares." *Emma*

"미안하지만," 엘리너가 대꾸했다. "어떤 일이 즐겁다고 해서 그것이 항상 적절하다고 볼 수는 없어."
"아니, 그 반대로 그것보다 강력한 증거는 없다고 생각해, 언니. 내가 한 행동에 부적절한 무언가가 있었다면 그때 알아차렸을 거야. 잘못된 행동을 할 때는 스스로 알게 되고, 그런 확신이 들면 절대 즐거울 수가 없거든."

"I am afraid," replied Elinor, "that the pleasantness of an employment does not always evince its propriety."
"On the contrary, nothing can be a stronger proof of it, Elinor; for if there had been any real impropriety in what I did, I should have been sensible of it at the time, for we always know when we are acting wrong, and with such a conviction I could have had no pleasure." *Sense and Sensibility*

"함께 어울리는 게 즐겁지 않은 사람들 곁에 남아서 나 자신을 괴롭히는 일은 더 이상 하고 싶지 않습니다."

"I will not torment myself any longer by remaining among friends whose society it is impossible for me now to enjoy." *Sense and Sensibility*

"결혼한 사람들이 '아! 결혼하면 생각이 달라질 거예요'라며

절 공격하기 시작하면, 저는 '아뇨, 안 달라질 겁니다'라고
하고 말죠. 그러면 그들은 다시 '아뇨, 분명 달라질
거예요'라고 하죠. 그럼 전 입을 다뭅니다."

"When once married people begin to attack me
with,—'Oh! you will think very differently, when you
are married.' I can only say, 'No, I shall not;' and then
they say again, 'Yes, you will,' and there is an end of
it." *Persuasion*

"행동으로 그렇게 분명히 이야기하는데 굳이 말로 들을
필요가 뭐가 있겠니."

"I have not wanted syllables where actions have
spoken so plainly." *Sense and Sensibility*

"우린 둘 다 얘기할 게 아무것도 없네. 언니는 아무것도
전하려 하지 않고, 나는 아무것도 숨기지 않으니까."

"We have neither of us anything to tell; you, because
you do not communicate, and I, because I conceal
nothing." *Sense and Sensibility*

"하지만 그래도 나는 믿지 않았을 겁니다. 마음으로 믿고 싶지

않을 때는 언제나 의심할 거리를 찾아내는 법이니까요."

"But still I might not have believed it, for where the
mind is perhaps rather unwilling to be convinced,
it will always find something to support its doubts."

Sense and Sensibility

"자기 시간이 남아도는 사람은 남의 시간을 빼앗는 것도 신경
쓰지 않는 법이지."

"A man who has nothing to do with his own time
has no conscience in his intrusion on that of others."

Sense and Sensibility

"당신이 야망이 없다는 건 잘 알아요. 소망이 아주 소박한
편이죠."
"아마 나머지 세상 사람들의 소망처럼 소박하지 않을까
생각합니다. 저도 다른 사람들처럼 완벽하게 행복해지고
싶습니다. 하지만 다른 사람들이 그러듯 저만의 방식대로
행복할 수 있어야 합니다. 대단한 인물이 된다고 행복해지는
건 아니지요."
"그렇게 된다면 이상한 거겠죠!" 메리앤이 소리쳤다. "부나
권세가 행복하고 무슨 상관이 있겠어요?"
"권세는 별로 상관이 없겠지," 엘리너가 말했다. "하지만 부는
행복하고 상관이 아주 많아."

"언니, 어떻게 그런 말을!" 메리앤이 대꾸했다. "돈이란 건 다른 데서 행복을 얻을 수 없을 때만 행복을 줄 수 있는 거야. 한 개인을 놓고 볼 때, 돈은 적당한 수준의 삶을 누리게 할 뿐 그 이상의 어떤 진정한 만족감도 주지 못한다고."

"어쩌면 우린 똑같은 이야기를 하고 있는 건지도 몰라." 엘리너가 미소를 지으며 말했다. "네가 말하는 적당한 수준하고 내가 말하는 부는 거의 같다고 볼 수 있으니까. 지금 세상에서는 그런 것들이 없이는 온갖 종류의 외적 안락함을 누릴 수 없다는 건 우리 둘 다 인정해야 할 거야. 네 생각이 내 생각보다 좀 더 고상할 뿐이지."

"You have no ambition, I well know. Your wishes are all moderate."

"As moderate as those of the rest of the world, I believe. I wish as well as every body else to be perfectly happy; but, like every body else it must be in my own way. Greatness will not make me so."

"Strange that it would!" cried Marianne. "What have wealth or grandeur to do with happiness?"

"Grandeur has but little," said Elinor, "but wealth has much to do with it."

"Elinor, for shame!" said Marianne, "money can only give happiness where there is nothing else to give it. Beyond a competence, it can afford no real satisfaction, as far as mere self is concerned."

"Perhaps," said Elinor, smiling, "we may come to the same point. YOUR competence and MY wealth are very much alike, I dare say; and without them, as the world goes now, we shall both agree that every kind of external comfort must be wanting. Your ideas are only more noble than mine." *Sense and Sensibility*

"나한테는 당신을 나쁘게 볼 이유가 얼마든지 있습니다. 어떤 이유를 대더라도 그 일에서 당신이 부당하고 비열한 역할을 했다는 사실을 용서받을 수는 없어요. 그들이 오로지 당신 때문에 헤어진 것은 아니라고 해도, 당신이 앞장서서 그들을 갈라놓았다는 것은 부인할 수 없을 거예요. 당신 때문에 한 사람은 변덕스럽고 우유부단하다는 세상의 비난을 받아야 했고, 또 한 사람은 좌절된 기대로 세상의 조롱을 감내해야 했어요. 당신이 두 사람 모두를 엄청난 고통 속으로 몰아넣은 거라고요."

"I have every reason in the world to think ill of you. No motive can excuse the unjust and ungenerous part you acted *there*. You dare not, you cannot deny, that you have been the principal, if not the only means of dividing them from each other— of exposing one to the censure of the world for caprice and instability, and the other to its derision for disappointed hopes, and involving them both in misery of the acutest kind." *Pride and Prejudice*

"내가 온 힘을 다해 내 친구와 당신 언니를 갈라놓았고,
그 일에 성공한 것을 기뻐한다는 사실을 부인할 생각은
없습니다. 나는 나 자신보다 *내 친구*에게 더 친절했던
셈이지요."

"I have no wish of denying that I did everything in
my power to separate my friend from your sister, or
that I rejoice in my success. Towards *him* I have been
kinder than towards myself." *Pride and Prejudice*

"하지만 내가 당신을 싫어하는 이유는 단지 그 일 때문만은
아니에요." 그녀는 이야기를 계속했다. "그 일이 있기 훨씬
전부터 당신에 대한 내 의견은 이미 정해져 있었어요."

"But it is not merely this affair," she continued, "on
which my dislike is founded. Long before it had
taken place my opinion of you was decided."

Pride and Prejudice

"내가 지금 이 일을 담담한 마음으로 생각하면서 위로를
기꺼이 받아들일 수 있게 된 것도 고통스럽게 끊임없이
노력한 결과였어. 저절로 이렇게 된 게 아니라는 거야.
담담함이니 위안이니 하는 것들이 처음부터 생겨나 내
마음을 어루만져준 게 아니야. 그런 게 아니야, 메리앤.
만약 그때, 비밀을 지키기로 약속하지만 않았다면 그 어떤

것도 나를 완전히 침묵하게 하지는 못했을 거야. 사랑하는 사람들에 대한 도리가 아무리 중요하다고 해도, 내가 지극히 불행하다는 걸 솔직히 드러내 보였을 거라고."

"The composure of mind with which I have brought myself at present to consider the matter, the consolation that I have been willing to admit, have been the effect of constant and painful exertion; they did not spring up of themselves; they did not occur to relieve my spirits at first. No, Marianne. THEN, if I had not been bound to silence, perhaps nothing could have kept me entirely—not even what I owed to my dearest friends—from openly showing that I was VERY unhappy." *Sense and Sensibility*

"정말 기분 좋은 하루였어," 베넷 양이 엘리자베스에게 말했다. "손님들도 잘 선택했고, 서로 잘 어울리는 것 같았어. 앞으로 자주 만났으면 좋겠어."
엘리자베스가 미소를 지었다.
"리지, 제발 그러지 마. 나를 의심하면 안 돼. 당황스럽단 말이야. 난 이제 그 사람을 유쾌하고 분별 있는 남자로 대하면서 대화를 즐기는 법을 배웠어. 그 이상으로 아무것도 바라지 않고 말이지. 난 정말 만족해. 이번에 그 사람이 보여준 태도에서 내 애정을 문제 삼을 생각이 전혀 없다는 걸 알았거든. 그 사람은 단지 여느 남자들보다 다정한 편인 데다 모두를 즐겁게 해주려는 마음이 강한 것뿐이라고."

"언닌 참 잔인해," 엘리자베스가 말했다. "웃지도 못하게
하면서 자꾸만 웃고 싶게 만들잖아."
"때로는 믿게 만드는 게 참 어려운 일인 것 같아!"
"아예 불가능한 경우도 있지!"
"그런데 어째서 넌 나 자신이 인정하는 것보다 내 감정이 더
깊다고 날 설득하고 싶어 하는 거야?"
"글쎄, 나도 무슨 대답을 해야 할지 잘 모르겠네. 우린 모두
가르치는 걸 좋아하잖아. 사실 우리가 가르칠 수 있는 건
굳이 알 필요가 없는 것들뿐인데. 미안해. 근데 언니가 진짜로
무심한 거라면 나를 속내를 털어놓는 상대로 생각하지
말아줬으면 좋겠어."

"It has been a very agreeable day," said Miss Bennet
to Elizabeth. "The party seemed so well selected,
so suitable one with the other. I hope we may often
meet again."
Elizabeth smiled.
"Lizzy, you must not do so. You must not suspect
me. It mortifies me. I assure you that I have now
learnt to enjoy his conversation as an agreeable and
sensible young man, without having a wish beyond
it. I am perfectly satisfied, from what his manners
now are, that he never had any design of engaging
my affection. It is only that he is blessed with greater
sweetness of address, and a stronger desire of
generally pleasing, than any other man."
"You are very cruel," said her sister, "you will not let

me smile, and are provoking me to it every moment."

"How hard it is in some cases to be believed!"

"And how impossible in others!"

"But why should you wish to persuade me that I feel more than I acknowledge?"

"That is a question which I hardly know how to answer. We all love to instruct, though we can teach only what is not worth knowing. Forgive me; and if you persist in indifference, do not make me your confidante." *Pride and Prejudice*

그녀는 자신이 말할 수 없이 부끄러웠다. 다아시나 위컴을 생각할 때마다, 자신이 맹목적이고 불공정하며 편견에 사로잡히고 어리석었다는 느낌을 지울 수 없었다.

"어떻게 그렇게 한심하게 굴 수 있었을까!" 그녀가 외쳤다. "분별력이 있다고 그토록 자부했던 내가! 스스로의 능력을 높이 평가했던 내가! 나는 언니의 너그러운 솔직함을 자주 비웃었고, 쓸모없고 비난받아 마땅한 불신으로 나의 허영심을 채웠어! 이런 깨달음이 이렇게 수치스러울 수가! 아니, 수치스러운 게 당연해! 사랑에 빠졌다고 해도 이보다 지독하게 눈이 멀진 않았을 거야! 하지만 나를 바보로 만든 것은 사랑이 아니라 나의 허영심이었어. 그들을 알게 된 처음 순간부터 나는 한 사람이 보여준 호감에 기뻐했고, 다른 한 사람은 나를 무시한다고 분노했지. 난 두 사람과 관련한 모든 일에서 선입견과 무지의 편에 서느라 이성을 몰아낸 거야. 지금 이 순간까지도 난 나 자신을 몰랐던 거야."

She grew absolutely ashamed of herself. Of neither Darcy nor Wickham could she think without feeling she had been blind, partial, prejudiced, absurd. "How despicably I have acted!" she cried; "I, who have prided myself on my discernment! I, who have valued myself on my abilities! who have often disdained the generous candour of my sister, and gratified my vanity in useless or blameable mistrust! How humiliating is this discovery! Yet, how just a humiliation! Had I been in love, I could not have been more wretchedly blind! But vanity, not love, has been my folly. Pleased with the preference of one, and offended by the neglect of the other, on the very beginning of our acquaintance, I have courted prepossession and ignorance, and driven reason away, where either were concerned. Till this moment I never knew myself." *Pride and Prejudice*

"고의로 나쁜 짓을 하거나 다른 사람들을 불행하게 만들려고 하지 않았는데도, 실수를 할 수도 있고 고통을 유발할 수도 있는 거야. 사려 깊지 못하거나, 다른 사람들의 감정을 배려하지 않거나, 결단력이 부족해서 그럴 수도 있고 말이지."

"Without scheming to do wrong, or to make others unhappy, there may be error, and there may be misery. Thoughtlessness, want of attention to other people's feelings, and want of resolution, will do the business." *Pride and Prejudice*

그러나 그녀는 그런 일들을 곱씹으며 스스로의 괴로움을 키우는 성격이 아니었다. 엘리자베스는 자신의 의무를 다했다고 믿었으며, 피할 수 없는 해악 때문에 조바심치거나 공연한 걱정으로 그것을 커지게 하는 것은 그녀의 기질과는 맞지 않았다.

It was not in her nature, however, to increase her vexations by dwelling on them. She was confident of having performed her duty, and to fret over unavoidable evils, or augment them by anxiety, was no part of her disposition. *Pride and Prejudice*

"자꾸 만나니까 나아졌다는 것은 그의 생각이나 태도가 개선되었다는 뜻이 아니에요. 그 사람을 더 잘 알게 되니까 그의 성격을 더 잘 이해할 수 있게 되었다는 뜻이었어요."

"When I said that he improved on acquaintance, I did not mean that his mind or his manners were in a state of improvement, but that, from knowing him better, his disposition was better understood." *Pride and Prejudice*

"비웃고 싶으면 실컷 비웃어. 하지만 그런다고 내 생각이
달라지진 않아."

> "Laugh as much as you choose, but you will not
> laugh me out of my opinion." *Pride and Prejudice*

"한 사람 때문에 스스로의 원칙과 진실성의 의미를 바꿀 수는
없는 거야. 이기적인 게 신중한 거고, 위험에 대한 무심함이
행복을 담보하는 길이라고 언니 자신이나 나를 설득하려고도
하지 마."

> "You shall not, for the sake of one individual,
> change the meaning of principle and integrity,
> nor endeavour to persuade yourself or me, that
> selfishness is prudence, and insensibility of danger
> security for happiness." *Pride and Prejudice*

"아, 언니는 사람들을 너무 쉽게 좋아하는 경향이 있어. 절대
누군가의 결점을 보려 하지 않지. 언니 눈에는 온 세상이
선하고 다정해 보일 거야. 지금까지 살면서 언니가 누군가를
나쁘게 말하는 걸 들어본 적이 없으니 말이야."
"난 다른 사람을 섣불리 비난하고 싶지 않은 것뿐이야. 하지만
내 생각은 언제나 솔직하게 말해."
"나도 알아. 그래서 더 놀라운 거야. 언니처럼 분별력이 있는
사람이 그렇게 다른 사람들의 어리석음과 허튼수작을 제대로

보질 못한다니! 착한 척하는 건 쉬워. 그런 건 어디에서나 볼 수 있지. 하지만 사람들의 장점을 알아보고 그걸 더 좋게 이야기하고 단점은 절대 얘기하지 않는 것, 말하자면 어떤 가식이나 저의가 없이 착한 건 언니만이 할 수 있는 일이야."

"Oh! you are a great deal too apt, you know, to like people in general. You never see a fault in anybody. All the world are good and agreeable in your eyes. I never heard you speak ill of a human being in your life."

"I would not wish to be hasty in censuring anyone; but I always speak what I think."

"I know you do; and it is that which makes the wonder. With your good sense, to be so honestly blind to the follies and nonsense of others! Affectation of candour is common enough— one meets with it everywhere. But to be candid without ostentation or design—to take the good of everybody's character and make it still better, and say nothing of the bad—belongs to you alone."

Pride and Prejudice

"어쩌면 어떤 식으로건 두 사람 사이에 우리는 알 수 없는 오해가 생긴 건지도 몰라. 아니면 그들과 이해관계가 얽힌 사람들이 두 사람을 서로 오해하게 만들었는지도 모르고. 두 사람이 멀어지게 된 이유나 상황을 추측하다 보면 우린 어느 한쪽을 비난할 수밖에 없는 거야."

"They have both," said she, "been deceived, I
dare say, in some way or other, of which we can
form no idea. Interested people have perhaps
misrepresented each to the other. It is, in short,
impossible for us to conjecture the causes or
circumstances which may have alienated them,
without actual blame on either side." *Pride and Prejudice*

"나는 현명하기보다는
즐겁고 싶었어요."

패션과 춤과 아름다움

"젊은이한테는 참으로 매력적인 여흥이 아니겠소, 다아시 씨! 뭐니 뭐니 해도 춤만 한 게 없지요. 나는 품격 있는 사교계의 제일가는 오락 중 하나로 춤을 꼽는다오."

"그렇습니다, 윌리엄 경. 게다가 춤은 품격이 낮은 사교계에서도 유행이라는 장점이 있지요. 야만인도 춤은 추니까요."

"What a charming amusement for young people this is, Mr. Darcy! There is nothing like dancing after all. I consider it as one of the first refinements of polished society."

"Certainly, sir; and it has the advantage also of being in vogue amongst the less polished societies of the world. Every savage can dance." *Pride and Prejudice*

"하지만 어르신," 웨스턴 씨가 큰 소리로 말했다. "에마가 일찍 가버리면 모임이 파할 텐데요."

"그런다고 뭐 대수겠는가" 우드하우스 씨가 말했다. "자고로 모임은 일찍 파할수록 좋은 법이라네."

"But, my dear sir," cried Mr. Weston, "if Emma comes away early, it will be breaking up the party."

"And no great harm if it does," said Mr. Woodhouse. "The sooner every party breaks up, the better." *Emma*

"수수한 스타일의 드레스가 화려한 드레스보다는 백번 낫지.
하지만 나 같은 사람이 어디 흔한가. 수수한 드레스의 가치를
알아보는 사람은 얼마 없어. 사람들은 남들한테 과시하기
좋은 화려한 걸 최고로 치니까."

"A simple style of dress is so infinitely preferable to
finery. But I am quite in the minority, I believe; few
people seem to value simplicity of dress, show and
finery are everything." *Emma*

"내 안부도 전하렴," 월터 경이 덧붙여 말했다. "그리고
조만간 집으로 찾아가겠다고 전해주고. 깍듯하게 말해야 해.
하지만 난 방문했다는 명함만 남길 거다. 거의 화장을 하지
않고 있는 그 나이의 여성을 아침에 방문하는 건 온당한 일이
아니야. 볼연지만 발라도 얼굴을 보이는 게 두렵지 않을 텐데.
지난번에 방문했을 때 바로 블라인드를 내리는 걸 봤거든."

"And mine," added Sir Walter. "Kindest regards.
And you may say, that I mean to call upon her soon.
Make a civil message; but I shall only leave my card.
Morning visits are never fair by women at her time
of life, who make themselves up so little. If she would
only wear rouge she would not be afraid of being
seen; but last time I called, I observed the blinds
were let down immediately." *Persuasion*

물론 전혀 춤을 추지 않고 지내는 것도 가능할 것이다.
젊은이들이 연속해서 몇 달간을 어떤 종류의 무도회에도 가지
않고서도 몸이나 마음에 아무 문제도 없었던 사례들이 알려진
터다. 하지만 일단 한번이라도 춤을 추게 되면, 그래서 빠른
움직임이 선사하는 희열을 조금이라도 맛보게 되면, 아주
몸이 무거운 사람이 아니고서는 계속 춤을 추지 않을 수 없다.

It may be possible to do without dancing entirely.
Instances have been known of young people passing
many, many months successively, without being at
any ball of any description, and no material injury
accrue either to body or mind; but when a beginning
is made—when the felicities of rapid motion have
once been, though slightly, felt—it must be a very
heavy set that does not ask for more. *Emma*

"훌륭한 춤이란 말이지, 미덕처럼 스스로의 보상이 되어야
하는 거야. 옆에 서 있는 사람들은 대개 딴생각들을 하고
있거든."

"Fine dancing, I believe, like virtue, must be its own
reward. Those who are standing by are usually
thinking of something very different." *Emma*

"애석하게도 우리 무도회는 포기해야겠군요."

"아! 무도회! 우린 대체 왜 기다린 걸까요? 어째서 즐거움을
그 즉시 움켜잡지 않은 걸까요? 준비만 하느라, 바보같이
준비만 하느라 우린 얼마나 자주 행복을 놓치고 사는지요!"

"Our poor ball must be quite given up."
"Ah! that ball! Why did we wait for anything? Why not
seize the pleasure at once? How often is happiness
destroyed by preparation, foolish preparation!" *Emma*

"나는 현명하기보다는 즐겁고 싶었어요."

"I would much rather have been merry than wise."
Emma

"나는 앤 양 아버님이 쓰시던 드레스 룸에서 커다란 거울 몇
개를 치워버린 것 말고는 한 게 별로 없습니다. (…) 아버님이
연세에 비해 옷차림에 상당히 신경을 쓰시는 것 같더군요.
거울이 대체 몇 개인지! 원 세상에! 내 모습을 보지 않을
도리가 없더군요."

"I have done very little besides sending away some
of the large looking-glasses from my dressing-room,
which was your father's. (…) I should think he must
be rather a dressy man for his time of life. Such a
number of looking-glasses! oh Lord! there was no

getting away from one's self." *Persuasion*

"무개 마차는 아주 몹쓸 물건이에요. 그걸 타면 깨끗한
드레스가 오 분이 안 간다니까요. 마차에 탈 때도 내릴 때도
흙이 튀어요. 바람에 머리하고 보닛이 사방으로 날리고요.
그래서 난 무개 마차는 딱 질색이에요."

"Open carriages are nasty things. A clean gown is
not five minutes' wear in them. You are splashed
getting in and getting out; and the wind takes your
hair and your bonnet in every direction. I hate an
open carriage myself." *Northanger Abbey*

그들의 대화는 드레스, 무도회, 가벼운 연애, 문답 놀이 같은
주제로 넘어갔다. 이런 것들에 관한 자유로운 대화는 두
젊은 숙녀 사이에 갑작스레 싹튼 친분을 완성하는 데 지대한
역할을 하는 법이다.

Their conversation turned upon those subjects, of
which the free discussion has generally much to do
in perfecting a sudden intimacy between two young
ladies: such as dress, balls, flirtations, and quizzes.

Northanger Abbey

"그 괴상한 모자는 대체 어디서 나신 거예요? 꼭 늙은 마녀 같으시네요."

"Where did you get that quiz of a hat? It makes you look like an old witch." *Northanger Abbey*

캐서린은 그의 이런 태도가 마음에 들지 않았다. 하지만 그는 제임스 오빠의 친구이자 이사벨라의 오빠였다. 게다가 둘이서 새 모자를 보러 갔을 때, 존이 그녀를 세상에서 가장 매력적인 아가씨로 생각하며, 그날 저녁 그들이 춤추러 가기 전에 그녀에게 파트너 신청을 할 거라는 이야기를 이사벨라에게 전해 듣자 캐서린의 판단력은 더욱더 흐려졌다. 그녀가 좀 더 나이가 들었거나 좀 더 허영심이 있었더라면 그런 공격에도 별로 흔들리지 않았을 터였다. 하지만 젊고 소심한 사람인 경우에는, 세상에서 가장 매력적인 아가씨라는 찬사와 일찌감치 무도회의 파트너로 낙점되는 것의 매력에 넘어가지 않으려면 특별히 강인한 이성이 요구되는 법이다.

These manners did not please Catherine; but he was James's friend and Isabella's brother; and her judgment was further bought off by Isabella's assuring her, when they withdrew to see the new hat, that John thought her the most charming girl in the world, and by John's engaging her before they parted to dance with him that evening. Had she been older or vainer, such attacks might have done little; but, where youth and diffidence are united, it requires uncommon steadiness of reason to resist the attraction of being called the most charming girl in the world, and of being so very early engaged as a partner. *Northanger Abbey*

옷이란 언제나 하찮은 품격을 드러낼 뿐이며, 옷에 과도하게 신경 쓰다 보면 종종 옷이 지닌 본래의 목적을 망치게 된다.

Dress is at all times a frivolous distinction, and excessive solicitude about it often destroys its own aim. *Northanger Abbey*

오직 남자들만이 남자는 새 드레스 따위에 무관심하다는 것을 알 수 있다. 남자들의 마음은 여자들이 입는 비싼 옷이나 새 옷에 별로 영향을 받지 않는다는 걸 알면 많은 숙녀의 기분이 상할지도 모른다. 남자들은 모슬린의 질감 때문에 판단이 달라지지도 않으며, 물방울무늬, 잔가지 무늬, 얇고 보드라운 무명, 얇게 짠 흰 무명 같은 것을 향한 유별난 애정에도 매우 둔감한 편이다. 그런 건 단지 여자들의 자기만족일 뿐이다. 옷 때문에 여자를 더 좋아하게 되는 남자는 없으며, 그건 같은 여자끼리도 마찬가지다.

Man only can be aware of the insensibility of man towards a new gown. It would be mortifying to the feelings of many ladies, could they be made to understand how little the heart of man is affected by what is costly or new in their attire; how little it is biased by the texture of their muslin, and how unsusceptible of peculiar tenderness towards the spotted, the sprigged, the mull, or the jackonet. Woman is fine for her own satisfaction alone. No man will admire her the more, no woman will like her the better for it. *Northanger Abbey*

"결혼한 사람들은 절대 헤어질 수 없고 함께 집으로 가서 지내야 하죠. 하지만 춤추는 사람들은 긴 무도회장에서 고작 삼십 분간을 마주 서 있을 뿐이에요."

"People that marry can never part, but must go and keep house together. People that dance only stand opposite each other in a long room for half an hour."
Northanger Abbey

"결혼과 춤 모두 남자에게는 선택할 수 있는 이점이 있는 반면, 여자에게는 오직 거절할 권리만이 있습니다. 그리고 결혼과 춤 다 각자의 이익을 위한 남자와 여자 사이의 약속이죠. 일단 그 속으로 들어가면, 그 관계가 끝나는 순간까지 두 사람은 오직 서로에게만 속해 있게 됩니다. 그것이 그들의 의무입니다. 각자는 상대방이 다른 데로 눈을 돌리고 싶어지지 않도록 노력해야 하며, 스스로도 완벽한 이웃들 주위를 어슬렁거리거나, 다른 누군가와 더 행복했을지도 모른다는 공상에 빠지지 않도록 자신의 상상력을 잘 단속하는 것이 그들의 최대 관심사가 되어야 할 것입니다."

"You will allow, that in both, man has the advantage of choice, woman only the power of refusal; that in both, it is an engagement between man and woman, formed for the advantage of each; and that when once entered into, they belong exclusively to each other till the moment of its dissolution; that it is their duty, each to endeavour to give the other no cause for wishing that he or she had bestowed themselves elsewhere, and their best interest to keep their own imaginations from wandering towards the perfections of their neighbours, or fancying that they should have been better off with anyone else."

Northanger Abbey

"하지만 그래도 결혼과 춤은 전혀 다르죠. 난 그 둘을 같은 관점에서 바라볼 수 없어요. 똑같은 의무를 지닌다고 생각할 수도 없고요."

"한 가지 면에서는 분명 차이점이 있죠. 결혼에서는, 남자는 여자를 부양할 의무가 있고, 여자는 남자에게 즐거운 가정을 만들어줘야 하죠. 남자는 생계를 책임지고, 여자는 미소를 짓는 겁니다. 그러나 춤을 출 때는 두 사람의 의무가 완전히 뒤바뀝니다. 남자는 여자 마음에 들도록 애쓰면서 여자의 뜻을 따라야 하고, 여자는 부채와 라벤더수水를 준비해야 하죠."

"But still they are so very different. I cannot look upon them at all in the same light, nor think the same duties belong to them."

"In one respect, there certainly is a difference. In marriage, the man is supposed to provide for the support of the woman, the woman to make the home agreeable to the man; he is to purvey, and she is to smile. But in dancing, their duties are exactly changed; the agreeableness, the compliance are expected from him, while she furnishes the fan and the lavender water." *Northanger Abbey*

"네 안색이 정말 좋아졌구나! 얼굴 표정도 아주 풍부해졌어! 게다가 몸매는 또 어떻고. 아니, 패니야, 그렇게 아무것도 모르는 척하지 마라. 네 이모부잖니. 이모부가 감탄하는 것도 못 참으면 앞으로 어쩌려고 그래? 이제 사람들이 쳐다볼 정도로 네가 예쁘다는 사실에 무심해져야만 해. 아름다운 여성으로 성장하는 것을 불편해하면 안 되는 거야."

"Your complexion is so improved!—and you have gained so much countenance!—and your figure—

nay, Fanny, do not turn away about it—it is but an uncle. If you cannot bear an uncle's admiration, what is to become of you? You must really begin to harden yourself to the idea of being worth looking at. You must try not to mind growing up into a pretty woman." *Mansfield Park*

모든 가정에는
그들만의 비밀이 있는 법이다.

가족, 사회, 우정

"이웃들의 놀림감이 되었다가, 우리 차례가 되면 그들을
비웃어주기도 하는 게 우리가 사는 낙이 아니겠니?"

"For what do we live, but to make sport for our
neighbours, and laugh at them in our turn?"

Pride and Prejudice

"엘리자베스 양이 사람들의 성격을 연구하시는 줄은 미처
몰랐습니다," 빙리가 얼른 말을 이어갔다. "아주 흥미로운
연구일 것 같습니다."

"맞아요, 그런데 복잡한 성격이 *가장* 재미있답니다. 적어도
그런 장점이 있지요."

"시골에서는," 다아시가 말했다. "그런 연구를 할 만한 대상을
찾기가 힘들 텐데요. 시골의 이웃이라고 해봐야 매우 한정돼
있고 변화도 드무니 말입니다."

"하지만 사람들 자체가 자주 변하기 때문에 끊임없이 관찰할
거리가 생기지요."

"I did not know before," continued Bingley
immediately, "that you were a studier of character. It
must be an amusing study."

"Yes, but intricate characters are the *most* amusing.
They have at least that advantage."

"The country," said Darcy, "can in general supply
but a few subjects for such a study. In a country
neighbourhood you move in a very confined and

unvarying society."

"But people themselves alter so much, that there is something new to be observed in them for ever."

Pride and Prejudice

젊은 미혼 여성이 자기 마을에서 모험을 할 기회가 없다면, 모험을 찾아 외지로 나갈 수밖에 없다.

If adventures will not befall a young lady in her own village, she must seek them abroad. *Northanger Abbey*

공식적인 방문을 할 때는 이야깃거리를 위해 언제나 아이를 데려가야 한다. 이번 경우에는 사내아이가 아버지와 어머니 중 누구를 더 닮았는지, 누구의 어느 부분을 특히 더 닮았는지를 결정하는 데만 십 분이 걸렸다. 당연히 서로의 의견이 다 달랐고, 모두 다른 사람의 의견에 놀라야 했기 때문이다.

On every formal visit a child ought to be of the party, by way of provision for discourse. In the present case it took up ten minutes to determine whether the boy were most like his father or mother, and in what particular he resembled either, for of course every body differed, and every body was astonished at the opinion of the others. *Sense and Sensibility*

그녀는 확신이 들었다. 남자는 부자고 여자는 미인이니 분명
서로에게 훌륭한 짝이 될 터였다. (…) 제닝스 부인은 세상의
모든 예쁜 미혼 여성에게 좋은 남편을 얻어주고 싶어서
언제나 안달이었다.

> She was perfectly convinced of it. It would be an
> excellent match, for HE was rich, and SHE was
> handsome. (…) she was always anxious to get a good
> husband for every pretty girl. *Sense and Sensibility*

"내가 제대로 이해한 거라면 당신은 차마 말로 하기 힘든
끔찍한 추측을 했던 것 같군요. 몰랜드 양, 당신이 품었던
의심이 얼마나 무서운 것이었는지를 생각해봐요. 대체 무슨
근거로 그런 판단을 내린 겁니까? 우리가 어떤 나라, 어떤
시대에서 살고 있는지를 기억해요. (…) 우리의 법이 그런
행위들을 묵인할까요? 그런 기반 위에서 사회적, 문학적
소통이 이루어지는 이런 나라에서, 그런 짓들이 아무도
모르게 저질러질 수 있을까요? 모든 사람이 가까운 자발적
감시자들에게 둘러싸여 있고, 도로와 신문으로 인해 모든 게
개방된 나라에서?"

> "If I understand you rightly, you had formed a
> surmise of such horror as I have hardly words to—
> Dear Miss Morland, consider the dreadful nature
> of the suspicions you have entertained. What have
> you been judging from? Remember the country and

the age in which we live. (⋯) Do our laws connive at them? Could they be perpetrated without being known, in a country like this, where social and literary intercourse is on such a footing, where every man is surrounded by a neighbourhood of voluntary spies, and where roads and newspapers lay everything open?" *Northanger Abbey*

엘리너는 이 일에 대한 레이디 미들턴의 차분하고 예의 바른 무관심에 행복한 안도감을 느꼈다. 다른 사람들의 요란한 친절에 종종 마음이 짓눌리는 느낌이 들었기 때문이다. 그녀가 어울리는 사람들 가운데 적어도 한 명이라도 이 일에 아무 흥미를 느끼지 않는 사람이 있음을 아는 것은 그녀에게는 커다란 위로였다. 그녀를 만날 때마다 세세한 일들을 궁금해하거나 그녀 동생의 건강을 염려하지 않는 한 사람이 있음을 아는 것은 그녀에게는 더없는 위안이 되었다. 인간의 모든 자질은 때때로 순간의 상황에 의해 실제보다 부풀려지기도 한다. 엘리너는 때로는 주제넘은 애도에 지친 나머지 마음의 평안을 위해서는 선한 품성보다 올바른 예의가 더 필요하다고 여기게 되었다.

The calm and polite unconcern of Lady Middleton on the occasion was a happy relief to Elinor's spirits, oppressed as they often were by the clamorous kindness of the others. It was a great comfort to her to be sure of exciting no interest in ONE person at least among their circle of friends: a great comfort to know that there was ONE who would meet her without feeling any curiosity after particulars, or any anxiety for her sister's health. Every qualification is raised at times, by the circumstances of the moment, to more than its real value; and she was sometimes worried down by officious condolence to rate good-breeding as more indispensable to comfort than good-nature. *Sense and Sensibility*

레이디 미들턴은 엘리너와 메리앤을 지극히 예의 바르게 대했지만 사실은 그들을 전혀 좋아하지 않았다. 그들이 자신이나 아이들을 치켜세우는 일이 없다 보니 그들이 착하다고 생각할 수가 없었다. 게다가 그들이 책 읽기를 좋아하는 걸 알고는 풍자적일 거라는 생각이 들었다. 풍자적이라는 말이 무슨 뜻인지 정확히 알지도 못했겠지만 그런 건 중요하지 않았다. 그것은 누군가를 비난하고 싶을 때 아무나 쉽게 흔히 쓰는 말이었으니까.

Though nothing could be more polite than Lady Middleton's behaviour to Elinor and Marianne, she did not really like them at all. Because they neither flattered herself nor her children, she could not believe them good-natured; and because they were fond of reading, she fancied them satirical: perhaps without exactly knowing what it was to be satirical;

but THAT did not signify. It was censure in common use, and easily given. *Sense and Sensibility*

"그 아이를 잘 가르쳐서 적당한 때에 세상에 내보내면,
십중팔구 더 이상 누구에게도 금전적 폐를 끼치지 않으면서
안정되게 자리 잡을 수단을 갖추게 되는 거예요."

"Give a girl an education, and introduce her properly
into the world, and ten to one but she has the means
of settling well, without farther expense to anybody."
Mansfield Park

"엘리자베스, 지금 네 앞에는 힘든 선택이 놓여 있다.
오늘부터 넌 부모 중 한 사람과 남이 되어야 한다. 네가
콜린스 씨와 결혼을 안 *하면* 네 어머니는 너를 다시 안 볼
거고, 네가 결혼을 하면 난 너를 다시 안 볼 테니 말이다."

"An unhappy alternative is before you, Elizabeth.
From this day you must be a stranger to one of your
parents. Your mother will never see you again if you
do *not* marry Mr. Collins, and I will never see you
again if you *do*." *Pride and Prejudice*

딸이 떠나자 베넷 부인은 며칠간 우울해했다.

"사랑하는 사람들하고 헤어지는 것만큼 슬픈 일은 없는 것
같아." 그녀가 말했다. "너무나 쓸쓸하구나."
"딸을 결혼시킨다는 건 그런 거예요, 어머니." 엘리자베스가
말했다. "그러니까 이젠 네 딸이 아직 혼자인 게 다행이라고
생각하세요."

The loss of her daughter made Mrs. Bennet very dull
for several days.
"I often think," said she, "that there is nothing so bad
as parting with one's friends. One seems so forlorn
without them."
"This is the consequence, you see, Madam, of
marrying a daughter," said Elizabeth. "It must make
you better satisfied that your other four are single."

Pride and Prejudice

"저는 도망가지 않아요, 아빠." 키티가 뾰로통하게 말했다.
"브라이턴에 가더라도 리디아 같은 행동을 하진 않을
거라고요."
"네가 브라이턴에 간다고? 50파운드를 준다고 해도 네가
이스트본까지 가는 것도 허락할 수 없어! 안 된다, 키티, 난
이제 신중해야 한다는 걸 배웠고, 내가 어떻게 하는지는 두고
보면 알 거다. 앞으로 장교는 절대 우리 집에 발을 들여놓을
수 없거니와, 마을을 지나는 것도 허용할 수 없어. 네 언니 중
누구하고 함께 춤을 추는 게 아니라면 무도회도 금지야. 또한
매일 십 분간 이성적으로 행동했다는 걸 증명하지 않으면

집밖으로 나갈 수도 없어."

키티는 이 모든 위협을 진지하게 받아들이고는 울음을
터뜨렸다.

"이런, 이런," 그가 말했다. "그렇다고 너무 슬퍼하지는
말아라. 앞으로 10년 동안 착하게 굴면 그땐 열병식에는
데려갈 테니."

"I am not going to run away, papa," said Kitty
fretfully. "If I should ever go to Brighton, I would
behave better than Lydia."

"*You* go to Brighton. I would not trust you so near it
as Eastbourne for fifty pounds! No, Kitty, I have at
last learnt to be cautious, and you will feel the effects
of it. No officer is ever to enter into my house again,
nor even to pass through the village. Balls will be
absolutely prohibited, unless you stand up with one
of your sisters. And you are never to stir out of doors
till you can prove that you have spent ten minutes of
every day in a rational manner."

Kitty, who took all these threats in a serious light,
began to cry.

"Well, well," said he, "do not make yourself unhappy.
If you are a good girl for the next ten years, I will take
you to a review at the end of them." *Pride and Prejudice*

"이건 정말로 불행한 사건이야. 앞으로 사람들 입방아에 엄청

오르내리겠지. 하지만 우린 악의의 물결을 저지하고, 서로의
상처받은 가슴에 자매의 위로라는 향유를 부어넣어야 해."

> "This is a most unfortunate affair, and will probably
> be much talked of. But we must stem the tide of
> malice, and pour into the wounded bosoms of each
> other the balm of sisterly consolation." *Pride and Prejudice*

모든 가정에는 그들만의 비밀이 있는 법이다.

> There are secrets in all families. *Emma*

"누군가의 사정을 잘 알지도 못하면서 그 사람의 행동을
판단하는 건 부당하다고 생각해요. 그 가족의 일원이
아니고서는 누구도 그들 중 누가 어떤 어려움에 처해 있는지
이러쿵저러쿵할 수 없는 거라고요."

> "It is very unfair to judge of anybody's conduct,
> without an intimate knowledge of their situation.
> Nobody, who has not been in the interior of a family,
> can say what the difficulties of any individual of that
> family may be." *Emma*

"가족끼리 다투는 게 세상에서 가장 보기 흉한 일이야. 서로

사이가 틀어지느니 뭐라도 하는 게 나아."

> "Family squabbling is the greatest evil of all, and
> we had better do anything than be altogether by the
> ears." *Mansfield Park*

"남자 형제들은 정말 알 수 없는 존재들이야!"

> "What strange creatures brothers are!" *Mansfield Park*

"나는 헨리에게 반드시 직업이 필요하다고 생각하오. 물론
그가 직업의 모든 굴레에서 벗어나기를 바랄 때도 있긴
하지만. 내가 그대 같은 젊은 숙녀들을 정확히 설득할 수는
없겠지요. 하지만 몰랜드 양의 아버님도 모든 젊은이에게
일거리를 주는 게 상책이라는 내 생각에 동의하실 거라고
믿소. 돈은 중요하지 않아요. 그건 목적이 아니오. 할 일이
있다는 게 중요한 거지."

> "I should think any profession necessary for him;
> and certainly there are moments when we could
> all wish him disengaged from every tie of business.
> But though I may not exactly make converts of you
> young ladies, I am sure your father, Miss Morland,
> would agree with me in thinking it expedient to give
> every young man some employment. The money is

nothing, it is not an object, but employment is the thing." *Northanger Abbey*

"어머니라면 언제나 곁에 있어주셨겠죠. 어머니는 언제나 변함없는 친구가 되어주셨을 거예요. 어머니의 영향력이란 어느 누구와도 비교할 수 없는 법이니까요."

"A mother would have been always present. A mother would have been a constant friend; her influence would have been beyond all other."

Northanger Abbey

"엘리엇 씨, 제 생각에 좋은 교제란 재치 있고 아는 게 많아서 화젯거리가 풍부한 사람들과의 교제인 것 같아요. 저는 그런 게 좋은 교제라고 생각합니다."
"잘 모르시는군요," 그가 다정하게 말했다. "그런 건 좋은 교제가 아니라 최고의 교제라고 하는 겁니다. 좋은 교제에는 신분과 학식과 예의범절이 요구될 뿐이지만, 학식은 반드시 필요한 건 아닙니다. 하지만 신분과 훌륭한 예의범절은 필수적이지요. 사실 배움이 적다는 것은 좋은 교제에 전혀 해가 되지 않습니다. 오히려 득이 될 수 있거든요."

"My idea of good company, Mr Elliot, is the company of clever, well-informed people, who have a great deal of conversation; that is what I call good company."

"You are mistaken," said he gently, "that is not good company; that is the best. Good company requires only birth, education, and manners, and with regard to education is not very nice. Birth and good manners are essential; but a little learning is by no means a dangerous thing in good company; on the contrary, it will do very well." *Persuasion*

"넌 사리 분별력이 있고 고운 마음씨를 지닌 아이야. 게다가 감사할 줄도 알아서 누군가의 친절에는 반드시 보답하려고 하지. 친구로나 동반자로서나 이보다 훌륭한 자격이 또 있을까."

"You have good sense, and a sweet temper, and I am sure you have a grateful heart, that could never receive kindness without wishing to return it. I do not know any better qualifications for a friend and companion." *Mansfield Park*

"세상에 진정한 우정이란 얼마나 드문지! 불행히도 많은 사람들이 너무 늦어버린 뒤에야 그 사실을 진지하게 생각하게 되지."

"There is so little real friendship in the world! and

unfortunately there are so many who forget to think seriously till it is almost too late." *Persuasion*

우정은 분명 실연의 아픔을 달래주는 최고의 치유제다.

Friendship is certainly the finest balm for the pangs of disappointed love. *Northanger Abbey*

"위컴 씨는 매너가 좋아서 친구를 만드는 데 유리하죠. 하지만 그 우정을 오래 유지할 능력까지 갖추었는지는 잘 모르겠습니다."

"Mr. Wickham is blessed with such happy manners as may ensure his *making* friends—whether he may be equally capable of *retaining* them, is less certain." *Pride and Prejudice*

"나에게 유쾌한 친구 몇 명만 주세요. 내가 사랑하는 사람들하고만 있게 해주세요. 내가 좋아하는 사람들하고 내가 좋아하는 곳에서 있게만 해주세요. 다른 건 아무래도 좋으니까요. 이게 내가 가장 바라는 겁니다."

"Give me but a little cheerful company, let me only have the company of the people I love, let me only be where I like and with whom I like, and the devil take the rest, say I." *Northanger Abbey*

"하지만 해리엇 스미스라면, 해리엇 스미스에 관해서는 아직 반도 이야기하지 못했습니다. 내 생각에 그 여잔 에마가 만나게 될 친구 중에서 최악의 유형입니다. 자신은 아는 게 아무것도 없으면서 에마는 뭐든지 아는 것처럼 우러러보니까요. 말하자면 그녀는 뭘 해도 아첨꾼이 될 뿐입니다. 게다가 더 나쁜 건 고의로 그러는 게 아니라는 사실입니다. 그녀의 무지가 끊임없이 아부를 하게 만드는 거죠. 이처럼 해리엇이 자신의 열등함을 즐거이 드러내는데, 에마가 어떻게 스스로 뭔가를 배워야겠다는 생각을 할 수 있겠습니까?"

"But Harriet Smith—I have not half done about Harriet Smith. I think her the very worst sort of companion that Emma could possibly have. She knows nothing herself, and looks upon Emma as knowing every thing. She is a flatterer in all her ways; and so much the worse, because undesigned. Her ignorance is hourly flattery. How can Emma imagine she has anything to learn herself, while Harriet is presenting such a delightful inferiority?"

Emma

"일은 돈을 가져다줄 수 있지만 우정은 그럴 일이 거의 없죠."

"Business, you know, may bring money, but
friendship hardly ever does." *Emma*

"진정으로 내 친구인 이들을 위해서라면 난 못할 게 없어. 난
누군가를 적당히 사랑하는 법을 알지 못해. 그런 건 내 천성과
맞지 않아. 내 애정은 언제나 과도하리만치 강렬하거든."

"There is nothing I would not do for those who are
really my friends. I have no notion of loving people
by halves; it is not my nature. My attachments are
always excessively strong." *Northanger Abbey*

패니에게는 혼자만의 생각과 사색이 으레 가장 좋은 동반자가
되어주었다.

Her own thoughts and reflections were habitually
her best companions. *Mansfield Park*

그는 자신의 서재에서는 언제나
여유와 평온을 누릴 수 있었다.

독서, 편지와 일기 쓰기

그는 책만 있으면 시간 가는 줄 몰랐다.

> With a book he was regardless of time. *Pride and Prejudice*

"긴 편지를 힘들이지 않고 쓸 수 있는 사람이라면 형편없는
편지를 쓸 수 없다는 게 내 지론이에요."

> "It is a rule with me, that a person who can write a
> long letter with ease, cannot write ill." *Pride and Prejudice*

앤은 남의 편지를 본 것은 예법을 어긴 것이고, 그 누구도
그런 진술로 재단되거나 파악되어서는 안 되며, 어떤 사적인
편지라도 남이 보기에는 부끄러울 수밖에 없다는 사실을
부득불 떠올렸다. 그러자 비로소 마음이 진정되면서 한참
생각하던 편지로 되돌아올 수 있었다.

> She was obliged to recollect that her seeing the
> letter was a violation of the laws of honour, that
> no one ought to be judged or to be known by such
> testimonies, that no private correspondence could
> bear the eye of others, before she could recover
> calmness enough to return the letter which she had
> been meditating over. *Persuasion*

"우체국은 정말 멋진 곳이에요! 규칙적이고 신속하게 일을 처리하는 모습을 생각해보세요! 우체국이 처리해야 하는 일과 그 모든 걸 그렇게 잘해내는 걸 생각하면 정말 놀라지 않을 수가 없어요! (…) 부주의나 실수를 하는 경우도 거의 없죠! 왕국 곳곳을 쉴 새 없이 오가는 편지 수천 통 중에서 잘못 배달되는 편지도 거의 없고요. 아마 실제로 편지를 분실하는 경우도 100만 분의 1도 안 될 거예요! 게다가 편지의 필체도 천차만별이고 해독해내야 하는 악필도 많은 걸 생각하면 놀라움이 배가되지요."

"The post-office is a wonderful establishment! The regularity and despatch of it! If one thinks of all that it has to do, and all that it does so well, it is really astonishing! (…) So seldom that any negligence or blunder appears! So seldom that a letter, among the thousands that are constantly passing about the kingdom, is even carried wrong—and not one in a million, I suppose, actually lost! And when one considers the variety of hands, and of bad hands too, that are to be deciphered, it increases the wonder."

Emma

서재가 가족들이 대체로 기피하는 장소라 할지라도, 어느 집에서나 그곳으로 가는 길을 찾아내는 재주가 있는 메리앤은 이내 책 한 권을 손에 넣곤 했다.

And Marianne, who had the knack of finding her
way in every house to the library, however it might
be avoided by the family in general, soon procured
herself a book. *Sense and Sensibility*

그는 패니가 영리하며 분별력이 있고 이해도 빠르다는
것을 알았다. 게다가 그녀는 책 읽기를 좋아해서, 적절히
이끌어주기만 하면 독서 자체로 좋은 교육이 될 터였다.
(…) 에드먼드는 그녀의 여가시간을 즐겁게 해줄 책들을
추천해주었고, 그녀의 독서 취향을 북돋아주었으며,
그녀의 판단을 바로잡아주었다. 또한 그녀가 읽은 것을
함께 이야기함으로써 독서가 유익한 것이 되게 했고, 사려
깊은 칭찬으로 독서의 매력을 고조시켰다. 이 같은 도움에
보답으로 패니는 윌리엄 오빠만 빼고는 세상 누구보다 그를
사랑했다. 그녀의 마음은 둘 사이에서 나뉘어 있었다.

He knew her to be clever, to have a quick
apprehension as well as good sense, and a fondness
for reading, which, properly directed, must be an
education in itself. (…) He recommended the books
which charmed her leisure hours, he encouraged
her taste, and corrected her judgment: he made
reading useful by talking to her of what she read,
and heightened its attraction by judicious praise. In
return for such services she loved him better than
anybody in the world except William: her heart was

divided between the two. *Mansfield Park*

"아!" 빙리 양이 소리쳤다. "찰스 오빠는 너무 성의 없게
편지를 써요. 할 말을 반쯤은 빼먹고, 나머지는 잉크
얼룩투성이라니까요."
"생각들이 너무 빨리 떠올라서 제대로 표현할 시간이 없어서
그런 거야. 그래서 내 편지를 받은 사람들이 도무지 무슨
말인지 이해를 못 할 때가 있는 거고."

> "Oh!" cried Miss Bingley, "Charles writes in the most
> careless way imaginable. He leaves out half his
> words, and blots the rest."
> "My ideas flow so rapidly that I have not
> time to express them—by which means my
> letters sometimes convey no ideas at all to my
> correspondents." *Pride and Prejudice*

그녀는 마침내 자기가 읽는 책(그녀가 이 책을 선택한
것은 순전히 다아시가 읽는 책의 두 번째 권이라는 이유
때문이었다)에서 재미를 느끼려는 시도에 지쳐 늘어지게
하품을 하고는 말했다.
"저녁 시간을 이렇게 보내니 정말 좋네요! 아무리 봐도
독서만큼 좋은 즐길 거리는 없는 것 같아요! 책 말고 다른
건 금세 질리잖아요! 나중에 내 집을 갖게 되었을 때 훌륭한
서재가 없다면 정말 우울할 것 같아요."

At length, quite exhausted by the attempt to be amused with her own book, which she had only chosen because it was the second volume of his, she gave a great yawn and said, "How pleasant it is to spend an evening in this way! I declare after all there is no enjoyment like reading! How much sooner one tires of anything than of a book! When I have a house of my own, I shall be miserable if I have not an excellent library." *Pride and Prejudice*

그는 자신의 서재에서는 언제나 여유와 평온을 누릴 수 있었다. 엘리자베스에게도 말했듯이, 집의 다른 방들에서는 어리석음과 자만自慢에 맞닥뜨릴 준비가 되어 있다고 해도, 서재에서는 그런 것들로부터 벗어날 수 있었다.

In his library he had been always sure of leisure and tranquillity; and though prepared, as he told Elizabeth, to meet with folly and conceit in every other room of the house, he was used to be free from them there. *Pride and Prejudice*

단 삼십 분만이라도 독서를 통해 그런 생각을 떨쳐버릴 수 있다면 그것만으로도 이득인 셈이었다.

If reading could banish the idea for even half an

hour, it was something gained. *Mansfield Park*

"책 이야기는 어떠신가요?" 그는 미소를 지으며 말했다.

"책이라고요? 아뇨, 그건 싫어요! 우리가 같은 책을 읽을 리도 없지만, 같은 책이라고 해도 결코 같은 느낌으로 읽진 않을 테니까요."

"그렇게 생각하신다니 유감이네요. 하지만 그렇다면 적어도 얘깃거리가 부족하진 않겠네요. 서로 다른 의견들을 비교해볼 수 있을 테니까요."

"아뇨, 무도회에서 책 이야기를 할 순 없어요. 머릿속이 언제나 다른 걸로 꽉 차 있어서요."

"What think you of books?" said he, smiling.

"Books—oh! no. I am sure we never read the same, or not with the same feelings."

"I am sorry you think so; but if that be the case, there can at least be no want of subject. We may compare our different opinions."

"No—I cannot talk of books in a ball-room; my head is always full of something else." *Pride and Prejudice*

"당신은 소설은 전혀 안 읽겠죠?"

"왜 그렇게 생각하시죠?"

"당신이 읽기엔 별로 흥미롭지 않잖아요. 신사들은 더 훌륭한 책을 읽겠죠."

"신사든 숙녀든 좋은 소설에서 즐거움을 찾지 못하는 사람은
참을 수 없을 만큼 아둔한 게 분명합니다."

"But you never read novels, I dare say?"
"Why not?"
"Because they are not clever enough for you—
gentlemen read better books."
"The person, be it gentleman or lady, who has not
pleasure in a good novel, must be intolerably stupid."

Northanger Abbey

베넷 씨는 시골과 책들을 좋아했다. 그의 가장 큰 즐거움은
이런 취향에서 비롯되었다. 그가 아내에게 빚진 것은
그녀의 무지와 어리석음에서도 어떤 즐거움을 얻는다는
사실뿐이었다. 이는 남자들이 일반적으로 아내에게 기대하는
부류의 행복은 아니었지만, 진정한 철학자라면 다른 대단한
오락거리가 없는 곳에서 주어진 것들만으로도 얼마든지
즐거울 수 있는 법이다.

He was fond of the country and of books; and from
these tastes had arisen his principal enjoyments. To
his wife he was very little otherwise indebted, than
as her ignorance and folly had contributed to his
amusement. This is not the sort of happiness which
a man would in general wish to owe to his wife; but
where other powers of entertainment are wanting,

the true philosopher will derive benefit from such as are given. *Pride and Prejudice*

비 오는 아침이 다른 즐거움들을 빼앗아 갈 때에도 그들은 비와 진창에도 아랑곳없이 만나 방 안에 틀어박혀 함께 소설책들을 읽곤 했다.

If a rainy morning deprived them of other enjoyments, they were still resolute in meeting in defiance of wet and dirt, and shut themselves up, to read novels together. *Northanger Abbey*

세상에는 소설가의 능력을 깎아내리고 그 노고를 과소평가하면서, 재능과 재치와 권장할 만한 취향만을 지닌 작품들을 무시하려는 보편적 욕망이 존재하는 듯 보인다. "나는 소설은 읽지 않아요—나는 소설은 거의 들여다보지 않아요—내가 소설을 자주 읽는다고 생각하지 마세요—소설치곤 괜찮은 편이네요." 이런 것들이 흔히 듣는 위선적인 말들이다. 젊은 숙녀에게 "뭘 읽고 있나요, 아가씨?"라고 물으면, "아! 그냥 소설책이에요!"라고 대답하고는 짐짓 무관심한 척하거나 순간 부끄러워하면서 읽던 책을 내려놓곤 한다.

There seems almost a general wish of decrying the capacity and undervaluing the labour of the novelist,

and of slighting the performances which have only
genius, wit, and taste to recommend them. "I am
no novel-reader—I seldom look into novels—Do not
imagine that I often read novels—It is really very well
for a novel." Such is the common cant. "And what are
you reading, Miss?" "Oh! It is only a novel!" replies
the young lady, while she lays down her book with
affected indifference, or momentary shame.

Northanger Abbey

"아! 난 이 책이 너무 재밌어! 평생 동안 이 책만 읽고 싶을
정도야. 널 만나는 일만 아니었다면 무슨 일이 있어도 이 책을
손에서 놓지 않았을 거야."

"Oh! I am delighted with the book! I should like to
spend my whole life in reading it. I assure you, if it
had not been to meet you, I would not have come
away from it for all the world." *Northanger Abbey*

유용한 지식 같은 것은 눈곱만큼도 얻을 수 없는 책이라면,
어떤 성찰도 담겨 있지 않고 순전히 이야기로만 된 책이라면
그녀는 결코 마다하는 법이 없었다.

Provided that nothing like useful knowledge could
be gained from them, provided they were all story

and no reflection, she had never any objection to
books at all. *Northanger Abbey*

그러나 열다섯 살부터 열일곱 살까지는 그녀도 여주인공이
되는 데 필요한 소양을 쌓았다. 다사다난한 인생의
우여곡절을 겪을 때 도움이 되고 위안이 될 인용구들을
기억해두기 위해 여주인공이 반드시 읽어야 하는 작품들을
빠짐없이 읽어나갔다.

But from fifteen to seventeen she was in training for
a heroine; she read all such works as heroines must
read to supply their memories with those quotations
which are so serviceable and so soothing in the
vicissitudes of their eventful lives. *Northanger Abbey*

"저를 어떻게 생각하시는지 잘 알겠습니다." 그가 진지하게
말했다. "내일이면 당신 일기장에 한심한 사람으로
기록되겠군요."

"I see what you think of me," said he gravely—"I shall
make but a poor figure in your journal tomorrow."

Northanger Abbey

"일기를 쓰지 않는다고요! 일기가 없다면, 여기 없는 당신

사촌들이 바스에서 당신이 어떤 생활을 했는지 어떻게 알 수 있겠어요? 매일 저녁 일기에 적어두지 않으면 매일 주고받은 인사치레와 찬사를 어떻게 제대로 이야기해줄 수 있겠어요? 일기를 계속 들춰 보지 않고 어떻게 당신이 입었던 다양한 드레스들을 기억하고, 어떻게 그날그날 당신 얼굴빛과 머리의 컬을 세세히 묘사할 수 있겠어요?"

"Not keep a journal! How are your absent cousins to understand the tenour of your life in Bath without one? How are the civilities and compliments of every day to be related as they ought to be, unless noted down every evening in a journal? How are your various dresses to be remembered, and the particular state of your complexion, and curl of your hair to be described in all their diversities, without having constant recourse to a journal?" *Northanger Abbey*

"여성이 대체로 뛰어나다고 칭찬받는 자연스러운 문체의 형성에 크게 기여한 게 바로 일기 쓰기라는 즐거운 습관 아닐까요. 여성에게 기분 좋은 편지를 쓰는 특별한 재능이 있다는 건 모두가 인정하는 바지요. 물론 타고난 것도 있겠지만, 난 근본적으로 꾸준히 일기를 쓰는 습관 덕분이라고 생각합니다."

"It is this delightful habit of journaling which largely contributes to form the easy style of writing for

which ladies are so generally celebrated. Everybody
allows that the talent of writing agreeable letters is
peculiarly female. Nature may have done something,
but I am sure it must be essentially assisted by the
practice of keeping a journal." *Northanger Abbey*

"여기 내 누이가 보낸 편지가 있군. 누이들은 절대 나를
실망시키는 법이 없지. 편지에 답장을 하는 건 여자들밖에
없다니까."

"Here is a letter from one of my sisters. They never
fail me. Women are the only correspondents to be
depended on." *Sanditon*

"나는 아무 소설이나 읽는 무분별한 독자가 아닙니다. 흔한
순회도서관에서 보는 쓰레기 같은 책들을 대단히 경멸하지요.
결코 통합될 수 없는 불협화음 같은 원칙들만을 주저리주저리
늘어놓는 유치한 글들이나, 어떤 유용한 결론도 이끌어낼 수
없는, 일상적 일화들로 이루어진 시시껄렁한 글들을 옹호하는
일도 절대 없을 겁니다. 그런 것들을 문학의 증류기에 넣고
아무리 오래 끓인다고 해도 학문에 보탬이 될 만한 어떤 것도
뽑아낼 수가 없거든요."

"I am no indiscriminate novel reader. The mere
trash of the common circulating library I hold in the

highest contempt. You will never hear me advocating those puerile emanations which detail nothing but discordant principles incapable of amalgamation, or those vapid tissues of ordinary occurrences, from which no useful deductions can be drawn. In vain may we put them into a literary alembic; we distil nothing which can add to science." *Sanditon*

"너의 행복을 가장 잘 판단하는 사람은
너 자신인 거야."

완벽한 행복

완벽한 행복은 기억 속에서조차 찾기 힘든 법이다.

Perfect happiness, even in memory, is not common.

Emma

"누가 우리한테 각각 한 재산씩 떼어주면 얼마나 좋을까!"
참신한 생각을 해낸 마거릿이 말했다.
"아, 정말 그럴 수만 있다면!" 메리앤이 외쳤다. 기분 좋은
가상의 행복에 두 눈은 생기를 띠며 반짝거렸고, 두 뺨이
발갛게 달아올랐다.
"그 소망에서는 우리 모두가 한마음인 것 같네," 엘리너가
말했다. "그럴 만한 돈이 없다는 게 문제지만."
"오, 맙소사!" 마거릿이 소리쳤다. "그럼 얼마나 행복할까! 그
돈으로 뭘 하면 좋을까!"

"I wish," said Margaret, striking out a novel thought,
"that somebody would give us all a large fortune
apiece!"
"Oh that they would!" cried Marianne, her eyes
sparkling with animation, and her cheeks glowing
with the delight of such imaginary happiness.
"We are all unanimous in that wish, I suppose," said
Elinor, "in spite of the insufficiency of wealth."
"Oh dear!" cried Margaret, "how happy I should be! I
wonder what I should do with it!" *Sense and Sensibility*

"자신의 행복을 생각해야 해요. 당신에게 필요한 건
인내심뿐이에요. 아니, 좀 더 매력적인 이름으로 '희망'이라고
할까요."

> "Know your own happiness. You want nothing but
> patience; or give it a more fascinating name: call it
> hope." *Sense and Sensibility*

"그런데 메리앤, 곰곰 생각해보면 말이지, 한 사람만을
변함없이 사랑한다는 생각이 매혹적으로 들리고, 누군가의
행복이 전적으로 어느 한 사람에게 달려 있다고들 하지만,
그건 반드시 그렇게 되어야 한다는 말도 아니고, 타당하거나
가능한 일도 아닌 것 같아."

> "And after all, Marianne, after all that is bewitching
> in the idea of a single and constant attachment, and
> all that can be said of one's happiness depending
> entirely on any particular person, it is not meant—it
> is not fit—it is not possible that it should be so."
> *Sense and Sensibility*

이제 브랜던 대령은 행복했다. 그를 가장 사랑하는
이들이 그는 마땅히 그래야만 한다고 믿는 것만큼. 그는
메리앤에게서 지난날의 모든 고통을 위로받았다. 그녀의
애정 어린 눈길 속에서 그녀와 함께하는 삶은 그의 마음에는

생기를, 그의 정신에는 유쾌함을 되돌려주었다. 그리고
메리앤은 그에게 행복을 선사하는 데서 스스로의 행복을
찾았으며, 그녀를 지켜보는 이들에게 수긍하게 하고 기쁨을
주었다. 메리앤은 반쪽짜리 사랑은 못하는 여자였다.
그리하여 때가 되자 한때 윌러비에게 그랬던 것만큼이나
그녀의 마음은 온통 자신의 남편에게로 향했다.

Colonel Brandon was now as happy, as all those
who best loved him, believed he deserved to be. In
Marianne he was consoled for every past affliction.
Her regard and her society restored his mind to
animation, and his spirits to cheerfulness; and that
Marianne found her own happiness in forming
his, was equally the persuasion and delight of each
observing friend. Marianne could never love by
halves; and her whole heart became, in time, as
much devoted to her husband, as it had once been to
Willoughby. *Sense and Sensibility*

"너의 행복을 가장 잘 판단하는 사람은 너 자신인 거야."

"You must be the best judge of your own happiness."
Emma

"좋은 사람들끼리 어울리는 것은 정말 행복한 일이에요.

그리고 좋은 사람들은 언제나 함께 어울리기 마련이죠."

"It is such a happiness when good people get
together and they always do." *Emma*

"요컨대 모든 면에서 이 문제를 곰곰 생각해보면, 거기에 내
행복이 전적으로 달려 있지 않아서 정말 다행이야. 시간이
좀 지나면 난 다시 잘 지내게 될 거고, 모든 게 끝나서 좋을
거야. 살면서 누구나 한번쯤은 사랑에 빠진다고들 하는데, 난
비교적 수월하게 빠져나갔다고 생각하게 될 거라고."

"Every consideration of the subject, in short, makes
me thankful that my happiness is not more deeply
involved. I shall do very well again after a little while
and then, it will be a good thing over; for they say
everybody is in love once in their lives, and I shall
have been let off easily." *Emma*

"집에 있는 것만큼 진정으로 편안한 게 없죠."

"There is nothing like staying at home for real
comfort." *Emma*

"나도 내 운명을 받아들이도록 노력해야겠지요. 분에 넘치는

행복을 견디는 법도 배워야 할 테고요."

"I must endeavour to subdue my mind to my fortune.
I must learn to brook being happier than I deserve."

Persuasion

"맑은 날 나무 그늘에 앉아 푸른 초목을 바라보는 게 최고의
피로 회복제지요."

"To sit in the shade on a fine day, and look upon
verdure, is the most perfect refreshment."

Mansfield Park

"그렇게 네가 자연의 아름다움에 푹 빠져 있는 걸 보니 참
좋구나, 패니. 정말 아름다운 밤이야. 너처럼 이런 아름다움을
조금이라도 느끼는 법을 배우지 못한 사람들이 참 안됐다는
생각이 들어. 적어도 어린 시절에 자연을 감상하는 법을
배우지 못한 사람들 말이야. 그 사람들은 많은 걸 잃고 사는
셈이지."

"I like to hear your enthusiasm, Fanny. It is a lovely
night, and they are much to be pitied who have not
been taught to feel, in some degree, as you do; who
have not, at least, been given a taste for Nature in
early life. They lose a great deal." *Mansfield Park*

매 순간은 그 순간만의 즐거움과 희망을 포함하고 있었다.

Every moment had its pleasure and its hope.

Mansfield Park

"나는 엄청난 부자가 돼서 그런 하찮은 일로 한탄하거나
걱정하며 살진 않을 거예요. 지금까지 들어본 바로는,
행복해지는 비결 중에서 막대한 수입만큼 확실한 게
없거든요."

"I mean to be too rich to lament or to feel anything
of the sort. A large income is the best recipe for
happiness I ever heard of." *Mansfield Park*

"네가 어디에 있건 언제나 만족할 줄 알아야 해. 특히 집에
있을 때는 더더욱. 집이야말로 대부분의 시간을 보내야 하는
곳이기 때문이지."

"Wherever you are you should always be contented,
but especially at home, because there you must
spend the most of your time." *Northanger Abbey*

그들이 다시 집으로 걸어오는 동안 몰랜드 부인은 앨런
부부처럼 변함없이 잘되기를 빌어주는 사람들이 있다는

게 얼마나 행복한 일인지를 딸에게 일깨워주려고 애썼다.
그리고 틸니 가족처럼 잠시 알았던 사람들의 무시나 불친절은
신경 쓰지 말고 오랜 친구들의 호의와 애정이나 잘 지키라고
일러주었다. 모두가 구구절절 맞는 말이었다. 하지만 인간의
마음과 관련해서는 뛰어난 분별력이 아무런 힘을 발휘하지
못하는 상황이 있는 법이다. 캐서린의 마음은 그녀의
어머니가 내세우는 모든 입장과 거의 정반대로 움직였다.
지금 그녀의 모든 행복은 앞서 말한, 잠시 알았던 이들의
처신에 달려 있었다.

As they walked home again, Mrs. Morland
endeavoured to impress on her daughter's
mind the happiness of having such steady well-
wishers as Mr. and Mrs. Allen, and the very little
consideration which the neglect or unkindness of
slight acquaintance like the Tilneys ought to have
with her, while she could preserve the good opinion
and affection of her earliest friends. There was a
great deal of good sense in all this; but there are
some situations of the human mind in which good
sense has very little power; and Catherine's feelings
contradicted almost every position her mother
advanced. It was upon the behaviour of these very
slight acquaintance that all her present happiness
depended. *Northanger Abbey*

"숙녀 여러분, 나는 매우 도덕적인 중압감 속에서 이 말을
하러 왔습니다. 세속적인 쾌락은 언제나 그 대가를 치러야만
합니다. 우린 종종 엄청난 손해를 감수하고 그 쾌락을 사기도
하고, 실현되지 않을지도 모르는 미래의 막연한 계획 때문에
지금의 확실한 행복을 포기하기도 하지요."

"I am come, young ladies, in a very moralizing
strain, to observe that our pleasures in this world
are always to be paid for, and that we often purchase
them at a great disadvantage, giving ready-monied
actual happiness for a draft on the future, that may
not be honoured." *Northanger Abbey*

"무언가를 사랑하는 법을 배우려는 습관은 아주 바람직한
겁니다. 젊은 숙녀에게 기질적으로 배움에 열의가 있다는 건
대단한 축복이지요."

"The mere habit of learning to love is the thing; and
a teachableness of disposition in a young lady is a
great blessing." *Northanger Abbey*

"때때로 홀로 저녁 시간을 보내는 건 아주 즐거운
일이랍니다."

"It is so delightful to have an evening now and then

to oneself." *Northanger Abbey*

"당신에겐 새로운 기쁨의 원천이 생긴 겁니다. 행복을 손에 넣는 방법은 많을수록 좋은 거죠."

"You have gained a new source of enjoyment, and it is well to have as many holds on happiness as possible." *Northanger Abbey*

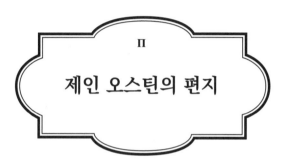

II

제인 오스틴의 편지

제인 오스틴 시대의 편지

너무나 당연한 말이겠지만, 우리의 삶을 돌아보면 지금은
지극히 당연하게 여겨지는 것이 예전에는 당연한 일이
아니었던 게 무수히 많다. 편지를 주고받는 것도 그중
하나일 것이다. 지금 우리는 휴대폰과 컴퓨터를 이용해
몇 번의 손가락 터치로 이루어지는 메일과 메시지 그리고
전화로 전 세계 곳곳의 사람들과 즉각적으로 소통할 수 있는
세상에 살고 있다. 그러나 편지의 경우만 보더라도 불과
몇십 년 전까지만 해도 이메일이란 것은 존재하지도 않았고,
오로지 '손편지'로만 서로의 안부와 소식을 주고받았다.
지금은 이 '손편지'라는 것(예전에는 굳이 '손'이라는 말을
붙일 필요가 없었지만)이 소통이나 통신의 기능보다는
복고적이고 아날로그적인 감성을 되살려주는 하나의 특별한
이벤트쯤으로 여겨지는 걸 보면 격세지감이 들지 않을 수
없다.
제인 오스틴의 편지들을 읽고 추리고 번역하는 동안 그녀가
살던 시대에는 어떤 우편 시스템이 존재했으며, 제인
오스틴은 어떤 식으로 편지를 주고받았을까 하는 의문을
자연스레 갖게 되었다. 제인이 남긴 편지의 내용적인
측면뿐만 아니라 '물리적'인 측면을 살펴볼 필요성을 느낀

것이다. 이는 평소 작가와 예술가의 편지에 관심이 많은 옮긴이의 개인적인 호기심이기도 했다. 우편 시스템의 역사 전체를 서술할 수는 없는바, 제인 오스틴이 살던 시대를 중심으로 당시의 우편 시스템을 간략하게 되짚어보고자 한다.

1635년 7월 31일, 왕실이 사용하던 우편 서비스를 처음으로 대중이 사용할 수 있게 한 것은 영국 국왕 찰스 1세였다. 당시에는 우표가 존재하지 않아 우편요금을 수취인이 부담하는 시스템이었고, 이는 제인이 살던 시대에도 마찬가지였다(이런 이유로 편지 수령을 거부하거나 회피하는 경우도 많았다). 1680년에는 윌리엄 도크라(William Dockwra)라는 상인이 1페니에 런던 전 지역에 편지와 작은 소포를 배달해주는 최초의 페니 우편 시스템(London Penny Post)을 만들었는데, 당시에는 고무인이 지금의 종이우표를 대신했다. 1830년에는 영국과 아일랜드에 최초의 우편 기차가 운행되었다. 그리고 1840년 5월에는 세계 최초로 검정색 1페니 우표(Penny Black)와 파란색 2펜스 우표(Two Pence Blue)가 발행되어 우편물의 선불요금제가 자리를 잡았다. 미국에서는 1847년 7월에, 우리나라에서는 1884년 11월에 최초의 우표가 탄생했다.

제인 오스틴(1775~1817)은 아직 현대적 우편 시스템이 갖춰지지 않았던 시대에 살았고, 따라서 편지를 주고받는 데 따른 재정적, 물리적 어려움을 겪어야 했다. 1784년, 제인이 아홉 살 무렵 우체국은 도로의 발달을 이용해 느리고 신뢰하기 힘든 우편배달부 소년(postboy) 대신 빠르고 효율적인 우편마차(mail coach)를 도입했다. 처음에는 바스와 런던을 운행하던 우편마차는 이내 다른 주요 도로에까지 운행이 확대되었고, 1811년에는 220여 대의 우편마차가 영국 본토와 아일랜드 대부분을 다니면서 수많은 우편물을 배달했다. 그리하여 예전에는 월요일에 보낸 편지의 답장을 받으려면 최소 금요일까지는 기다려야 했으나 이제는 수요일이면 받아볼 수 있었다.

제인 오스틴의 소설 『에마』에서 제인 페어팩스는 당시 우편 시스템에 찬사를 아끼지 않는다.

> "우체국은 정말 멋진 곳이에요! 규칙적이고 신속하게 일을 처리하는 모습을 생각해보세요! 우체국이 처리해야 하는 일과 그 모든 걸 그렇게 잘해내는 걸 생각하면 정말 놀라지 않을 수가 없어요! (…) 부주의나 실수를 하는 경우도 거의 없죠! 왕국 곳곳을 쉴 새 없이 오가는 편지 수천 통 중에서 잘못 배달되는 편지도 거의 없고요. 아마 실제로 편지를 분실하는 경우도 100만 분의 1도 안 될 거예요! 게다가 편지의 필체도 천차만별이고 해독해내야 하는 악필도 많은 걸 생각하면 놀라움이 배가되지요."

성년이 되어 결혼한 오빠들의 집안일을 돕거나 타지에 있는 친지들을 방문하느라 자주 떨어져 지내야 했던 제인과 커샌드라는 일주일에 적어도 두세 번씩은 서로 편지를 주고받았다. 대大런던을 벗어난 지역에서는 1페니 우편제에 따라 우편요금이 매겨졌는데, 여행하는 거리에 비례해 요금이 늘어났고, 앞서 말한 대로 편지의 수취인이 그

요금을 지불해야 했다. 또한 그에 따른 기본요금은 종이 한 장 분이었고, 두 장에는 두 배의 요금이 매겨지는 식이었다. 게다가 1784년과 1812년 사이에 우편요금은 다섯 배나 증가했다. 제인 가족의 집이 있던 햄프셔의 스티븐턴과 초턴에서 그녀의 오빠 에드워드의 저택이 있던 켄트의 갓머샴 파크(115마일 정도 떨어진) 사이의 우편요금도 예외가 아니었다. 커샌드라가 정기적으로 수개월씩 갓머샴에서 머물렀던 것을 생각하면 두 사람이 지불해야 했던 우편요금이 커다란 부담이었음을 짐작할 수 있다. 그런데 우편요금을 지불하지 않을 수 있는 방법(편법)이 한 가지 있었는데, 의회의 의원처럼 우편요금을 면제받은 사람들의 편지에 동봉하여 함께 보내는 것이었다. 커샌드라에게 보낸 1801년 1월 8일 자 편지에서 제인은 이와 관련된 이야기를 하고 있다. 이는 물론 언니와 동생 사이의 우스갯소리였겠지만, 한편으로 그들에게는 마냥 웃어넘길 수만은 없을 만큼 진지한 문제이기도 했다. 제인의 다음 말은 두 사람이 편지를 주고받는 데 거리와 분량에 따른 우편요금이 얼마나 큰 부담으로 다가왔는지를 잘 보여주고 있다.

> "와일드먼 부부가 무도회를 연다니 잘됐어. 거기서 몇 번의 키스로 무료 편지를 보내줄 수 있는 사람을 찾도록 해봐. 언니랑 나한테 도움이 되도록 말이지."

또한 『설득』에도 편지의 길이와 관련한 대목이 나온다.

> "맨 먼저 할 말은, 어제 크로프트 부인에게서 언니한테 뭐든 전해주겠다는 쪽지를 받았다는 거야. 당연한

말이지만 아주 친절하고 다정한 쪽지였어.
그러니까 이제 언니한테 내가 원하는 만큼 길게
편지를 써도 돼."

따라서 우편요금은 제인의 편지를 비롯한 당시 편지들의
겉모양을 결정하는 중요한 요인이었다. 제인의 편지는 대부분
종이 한 장을 넷으로 접은 형태였다(그때는 편지 봉투가 따로
없었다). 거기에 여백 없이 빼곡하게 글을 써내려갔던 것이다.
이야기의 주제가 바뀔 때는 줄을 바꿔 새 단락을 시작하는
대신 줄표(—)를 사용했고, 지면을 조금이라도 아끼려고
'and' 대신 '&'를 사용했다. 『제인 오스틴의 문장들』에서는
가독성 때문에 이러한 기호들의 사용을 자제했지만, 원래
제인의 편지에는 이 기호들이 남용되다시피 하고 있다.
편지가 두 번째 장으로 넘어가게 되면 수취인이 지불해야
하는 요금이 두 배로 증가하기에, 다양한 내용을 작고 명료한
글씨로(그래서 제인의 편지에는 '글씨' 이야기가 많이 나온다) 한
장에 모두 담는 것은 서로 암묵적인 예의에 속하는 일이었다.
편지를 읽기 위해 돈을 내야 하는 사람의 효율성을 고려해
최대한 많은 소식을 전달하는 것 또한 중요했다. 그리하여
편지를 쓰는 사람은 아이의 탄생, 결혼, 친지의 승진, 죽음
등과 같은 새로운 '뉴스'를 전하는 동시에 그런 주요 사건들
사이에서 일상을 채워나갔던 "사소하고도 중요한 것들"을
효율적이고도 흥미롭게 들려주는 일을 언제나 염두에 두어야
했다. 제인이 언니 커샌드라에게 보낸 1799년 1월 8일 자
편지 끝머리는 이런 사실들을 반영하고 있다.

"오늘 이 편지를 부칠 수 있을 것 같아. (…) 부디

종이를 다 채우지 않았다고 섭섭하게 생각지 말았으면
좋겠어."

제인의 편지는 이러한 물리적인 기본 틀을 바탕으로 가까운
이들과의 소통을 주목적으로 하고 있다. 하지만 당시에는
편지 쓰기가 마치 여성의 가정적 의무이자 즐거운 오락처럼
여겨졌고, 유쾌하고 시시콜콜한 이야기를 담은 편지를 꾸준히
주고받는 일은 여성들의 주요 일상에 속했다. 많은 여성들이
'딱히 할 말이 없이도' 편지 쓰기에 열심이었음은 『맨스필드
파크』에 나오는 작가의 방백에서도 알 수 있다.

> 딱히 할 말이 없이도 편지 쓰기에 푹 빠져본
> 사람이라면(적어도 여성들 세계의 상당수가 이에 포함될
> 것이다) 누구나 (…)

편지 쓰기의 다양한 측면에 대한 그녀의 날카로운 인식이
말해주듯, 제인의 편지 역시 편지의 일차적 기능에 더해
스스로를 위한 하나의 도락道樂이자 감정의 배출구라는
측면에서 읽고 이해할 수 있을 터다. 제인은 생전에 천여
통이 훨씬 넘는 편지를 썼을 것으로 추정되나 현재는 그중
161통이 남아 있을 뿐이다. 언니 커샌드라 오스틴이 죽기 2년
전인 1843년에 자신이 보관하고 있던 제인의 편지 대부분을
없애버렸기 때문이다. 지금 남아 있는 그녀의 편지는 대부분
커샌드라가 여러 조카들에게 기념품으로 나눠준 것들이었다.
이렇게 살아남은 제인의 편지들은 소설가 제인 오스틴의
알려지지 않은 이야기들과 그녀의 인간적인 면모를 알게
해주는 한편, 오래도록 사랑받는 그녀의 작품들이 어디에서

비롯되었는지를 짐작하게 하는 소중한 자료로 평가받고 있다. 하지만 제인의 편지들이 무엇보다 흥미롭게 다가오는 이유는, 오랫동안 수많은 이들 사이에서 회자되는 작품들을 남긴 한 '여성'이 쓴 편지이기 때문이 아닐까.

편지 속 사람들

커샌드라 엘리자베스 오스틴(1773~1845)
제인 오스틴의 언니. 아마추어 수채화 화가였으며, 그녀가
1804년과 1810년에 그린 제인 오스틴의 초상화 두 점(하나는
나무 옆에서 등을 돌려 앉은 모습이고, 다른 하나는 한 가족의
증언에 따르면 "실제의 모습과는 달리 흉하게 그려진" 모습이다)은
유일하게 생전 제인 오스틴의 모습을 어렴풋이나마 짐작하게
하는 귀중한 자료다.
1775년 12월 16일, 영국 햄프셔주의 스티븐턴에서 제인
오스틴이 예정일보다 한 달 늦게 태어났을 때 아버지 조지
오스틴은 "언니에게 미래의 동반자가 될 아이"가 태어났음을
무엇보다 반겼다. 제인의 큰오빠인 제임스 오스틴은 제인과
열 살 차이였다. 조지 오스틴이 기대했던 것처럼, 8남매로
이루어진 대가족 중에서 제인과 가장 가까웠던 사람은
사랑하는 언니 커샌드라였다. 두 사람은 햇수로는 두 살
차이지만, 실제로는 세 살 차이나 마찬가지였다(커샌드라는
1773년 1월 9일 생이다). 여섯이나 되는 남자 형제들 틈에서
유일한 자매였던 두 사람은 평생 결혼을 하지 않고 독신으로
살았고, 어린 시절과 청소년 시절에는 거의 떨어져 지내본
적이 없었다. 자매는 한 방을 쓰면서 시시콜콜 이야기를

주고받았고, 서로에게 큰 소리로 책을 읽어주곤 했다. 그러나
시간이 지나 남자 형제들이 각자 가정을 꾸리고 아이를
낳으면서 두 사람이 떨어져 있게 되는 경우가 종종 생겨났다.
특히 당시에는 다산하는 경우가 많아 제인과 커샌드라는
산모의 산후조리와 조카들 양육에 많은 힘을 보태야 했다.
또한 각자 타지에 사는 친척들을 방문하느라 떨어져
있을 때에도 자매는 평균 일주일에 두어 번씩 긴 편지를
주고받았다. 두 사람은 서로에 대한 애정과 그리움, 소소한
일상과 다양한 가족사, 이웃 이야기, 가십거리 등을 세세히
편지에 적어나갔다.

에드워드 오스틴 나이트(1768~1852)

제인의 셋째 오빠로 열다섯 살 무렵 아버지의 부유한
친척이었던 나이트 부부에게 양자로 입양되었다. 토머스와
캐서린 나이트 부부는 제인의 아버지 조지 오스틴 목사가
스티븐턴에서 생계를 이어갈 수 있게 해준 사람들이었다.
자녀가 없었던 부부는 오스틴 형제 중 에드워드를 특히
마음에 들어 했다. 토머스 나이트는 1794년에 세상을
떠나면서 갓머샴 파크는 아내에게, 나머지는 에드워드에게
물려주었다. 그러나 나이트 부인은 죽기 전에 갓머샴 파크를
떠나면서 에드워드에게 그 모두를 물려주었다. 그리하여
에드워드는 스티븐턴, 초턴 그리고 갓머샴 파크의 저택
세 채를 소유하게 되었고, 이 저택들에 있던 서재는 제인
오스틴이 독차지하다시피 했다. 1809년에 에드워드는
아버지가 세상을 떠난 뒤 형편이 어려워져 여러 차례
이사를 다녀야 했던 어머니와 여동생들을 초턴의 집으로

옮겨 살게 했다. 제인이 죽기 전까지 마지막 8년간
왕성하게 창작 활동을 이어갔던 이 집은 지금 '제인 오스틴
하우스 뮤지엄(Jane Austen's House Museum)'이 되어
있다. 훗날 에드워드는 오스틴 가족이 나고 자랐으며, 제인
오스틴이 여러 작품의 초고를 완성한 스티븐턴의 교구
목사관을 헐고(홍수로 심하게 망가져서) 그 자리에 새 집을
지어 자신의 아들이 그곳에서 살아가게 했다.
제인 오스틴이 특별히 아꼈고 그녀의 편지에 자주
등장하는 조카 '패니 나이트'는 에드워드 오스틴 나이트의
맏딸이다.

헨리 토머스 오스틴(1771~1850)

제인의 넷째 오빠로 그녀의 출판 대리인 역할을 맡아 했다.

프랜시스 윌리엄 오스틴(1774~1865)

애칭은 프랭크로 제인의 다섯째 오빠. 해군 장교를 거쳐 훗날
함대의 해군 제독 자리에 올랐다. 1806년에 결혼했으나
열 명의 자녀를 낳은 뒤 아내가 죽자 오스틴 가족의 평생
친구였던 마르타 로이드와 재혼했다.

찰스 존 오스틴(1779~1852)

제인과 커샌드라의 동생. 프랜시스 오스틴처럼 해군 장교를
지냈으며 훗날 해군 소장에 올랐다.

패니 나이트(1793~1882)

제인이 안나와 함께 가장 사랑했던 조카. 제인의 셋째 오빠인
에드워드 오스틴 나이트의 11남매 중 맏딸로, 1820년에
준남작인 에드워드 내치불 경과 결혼했다.

안나 오스틴 르프로이(1793~1872)

제인의 조카. 제인의 큰오빠인 제임스 오스틴의 딸로 1814년
벤 르프로이와 결혼했다.

제임스 에드워드 오스틴(1798~1874)

제인의 조카로 훗날의 오스틴리. 제인의 큰오빠인 제임스
오스틴의 아들로 안나와 이복 남매간이다. 1870년에
『제인 오스틴 회상록(A Memoir of Jane Austen)』을 출간했다.
1871년 발간된 책의 재판에는 제인 오스틴의 미발표
작품들이 포함되어 있다.

캐럴라인 오스틴(1805~1880)

제인의 조카. 제인의 큰오빠인 제임스 오스틴과
두 번째 부인 메리 로이드의 딸로,
제임스 에드워드 오스틴리의 동생이자
안나 오스틴의 이복 자매다.
(제임스의 첫 번째 아내 앤 오스틴은 1795년에 사망했다.)

마르타 로이드(1765~1843)

제인 가족의 평생 친구로, 1828년 프란시스 윌리엄 오스틴 경의 두 번째 부인이 되었다.

제임스 스태니어 클라크(1766~1834)

영국의 섭정 왕자(훗날의 조지 4세) 조지가 살던 칼튼 하우스의 사서를 지냈으며, 제인에게 곧 출간될 다음 작품(『에마』)을 왕자에게 헌정할 것을 요청했다.

난 이제 편지 쓰기의
진정한 기술을 터득한 것 같아.

제인으로부터

이번에 받은 근사한 긴 편지에서 언니한테 꾸중을 많이
들어서 아일랜드 친구와 내가 어떻게 처신했는지 말하기가
겁나. 그 사람하고 함께 춤추고 앉아 있는 동안 엄청나게
방탕하고 놀랍게 구는 모습을 상상하면 될 거야. 그런데
앞으로 딱 *한 번 더* 그런 모습을 보일지도 몰라. 어쨌든
우리가 아쉬에서 춤을 추기로 *돼 있는* 다음 금요일 직후에
그 사람이 여길 떠날 예정이거든. 그는 아주 신사답고,
잘생기고, 유쾌한 남자야. 정말이야. 하지만 지난 세 차례의
무도회 말고는 딱히 만난 적이 없어서 그 사람에 대해 말할
건 별로 없어. 아쉬에서 나 때문에 어찌나 웃었던지 날 보러
스티븐턴에 오는 게 창피했나 봐. 며칠 전에 르프로이 부인
집을 방문했더니 글쎄, 도망가고 없더라니까.

You scold me so much in the nice long letter which
I have this moment received from you, that I am
almost afraid to tell you how my Irish friend and
I behaved. Imagine to yourself everything most
profligate and shocking in the way of dancing and
sitting down together. I *can* expose myself however,
only *once more*, because he leaves the country soon
after next Friday, on which day we *are* to have a
dance at Ashe after all. He is a very gentlemanlike,
good-looking, pleasant young man, I assure you.
But as to our having ever met, except at the three
last balls, I cannot say much; for he is so excessively
laughed at about me at Ashe, that he is ashamed of
coming to Steventon, and ran away when we called

on Mrs. Lefroy a few days ago. 1796. 1. 9

그 사람은 딱 한 *가지* 흠밖에 없어. 시간이 지나면 그것도
없어지겠지만. 그건, 그의 모닝코트 색이 지나치게 밝다는
거야.

> He has but *one* fault, which time will, I trust, entirely
> remove—it is that his morning coat is a great deal
> too light. 1796. 1. 9

지난번 내 편지를 언니가 칭찬해줘서 너무 기뻤어. 나는
금전적인 보수 같은 것은 생각지 않고 오직 명성만을 위해
글을 쓰기 때문이야.

> I am very much flattered by your commendation of
> my last Letter, for I write only for Fame, and without
> any view to pecuniary Emolument. 1796. 1. 14

내일 밤 아쉬 무도회에는 에드워드 쿠퍼와 제임스(그가
없으면 무도회가 재미없으니까), 그리고 지금 우리 집에
머물고 있는 불러와 내가 참석하게 될 거야. 무도회가

너무너무 기대돼. 내일 밤에 어쩌면 내 친구한테서 청혼을 받을지도 모르거든. 하지만 난 거절할 생각이야. 그가 하얀 코트를 입지 않겠다고 약속하지 않는다면 말이지.

> Our party to Ashe to-morrow night will consist of Edward Cooper, James (for a ball is nothing without *him*), Buller, who is now staying with us, and I. I look forward with great impatience to it, as I rather expect to receive an offer from my friend in the course of the evening. I shall refuse him, however, unless he promises to give away his white coat. 1796. 1. 14

드디어 마지막으로 톰 르프로이와 좋은 시간을 보낼 날이 왔어. 언니가 이 편지를 받을 때쯤이면 모든 게 끝나 있겠지. 편지를 쓰면서도 우울한 생각에 눈물이 흘러.

> At length the day is come on which I am to flirt my last with Tom Lefroy, and when you receive this it will be over. My tears flow as I write at the melancholy idea. 1796. 1. 15

방탕함과 악덕의 현장에 다시 오니 벌써부터 내 도덕성이 타락하는 것 같아.

> Here I am once more in this Scene of Dissipation

and vice, and I begin already to find my Morals
corrupted. 1796. 8. 23

❧ 런던에 도착해서 쓴 편지다.

리처드 하비 씨가 곧 결혼할 것 같아. 하지만 이건 특급
비밀이야, 이웃 사람들도 절반 정도밖에 모르는. 그러니까
절대 아무에게도 말하면 안 돼.

Mr. Richard Harvey is going to be married; but
as it is a great secret, and only known to half the
neighbourhood, you must not mention it. 1796. 9. 5

정말 지독하게 더운 날씨야! 우아하지 못한 몰골로 계속 있게
만들잖아.

What dreadful Hot weather we have! It keeps one in
a continual state of inelegance. 1796. 9. 18

난 글씨를 너무 못 쓰는 것 같아. 나 자신이 싫어지기 시작해.

How ill I have written. I begin to hate myself.
1796. 9. 18

난 일본 잉크도 좀 샀어. 다음 주에 이걸로 모자 수선을
시작할 거야. 여기에 내 행복의 커다란 희망이 달려 있다는 거
언니도 알지?

> I bought some Japan ink likewise, and next week
> shall begin my operations on my hat, on which you
> know my principal hopes of happiness depend.
> 1798. 10. 27

글씨를 더 촘촘히 못 쓰는 게 너무 화가 나. 언니 글씨는 안
그런데 왜 내 글씨는 제멋대로 춤을 추는 걸까?

> I am quite angry with myself for not writing closer;
> why is my alphabet so much more sprawly than
> yours? 1798. 10. 27

조지가 내 디자인을 마음에 들어 했으면 좋겠어. 사실 이보다
덜 정교하게 마무리됐어도 좋아하긴 했을 거야. 하지만
예술가라면 뭐든 허술하게 할 수는 없는 법이지. 난 우리
조카가 잘 자랄 거라고 생각해.

> I hope George was pleased with my designs. Perhaps
> they would have suited him as well had they been
> less elaborately finished; but an artist cannot
> do anything slovenly. I suppose baby grows and

improves. 1798. 11. 17

❧ 조지는 제인의 셋째 오빠 에드워드의 둘째 아들로 세 번째 생일을
앞두고 있었다.

포트먼 부인은 도싯셔에서는 대단한 환영을 받지 못했어.
으레 그렇듯이 너그러운 사람들은 그녀의 미모를 극찬했어.
덕분에 그녀의 이웃들은 실망하는 즐거움을 맛보았고 말이지.

Mrs. Portman is not much admired in Dorsetshire;
the good-natured world, as usual, extolled her
beauty so highly, that all the neighbourhood have
had the pleasure of being disappointed. 1798. 11. 17

사랑하는 언니에게,
오늘 아침에 언니 편지를 받을 줄 알았는데 아무것도 오지
않았어. 그래서 더 이상 메리 올케언니의 아이들 이야기를
해주지 않을 거야. 언니가 내가 전해주는 소식을 고마워하는
편지를 쓰는 대신 자리에 앉아서 제임스 오빠한테 편지를
쓰고 있다면 말이지. 난 나만큼 언니 편지를 간절하게
기다리는 사람은 없을 거라고 생각해. 나만큼 언니 편지를
받을 자격이 있는 사람도 없고 말이지.

My dear sister,
I expected to have heard from you this morning,

286

but no letter is come. I shall not take the trouble of announcing to you any more of Mary's children, if, instead of thanking me for the intelligence, you always sit down and write to James. I am sure nobody can desire your letters so much as I do, and I don't think anybody deserves them so well.

1798. 11. 25

❧ 메리는 제인의 큰오빠인 제임스의 아내와 다섯째 오빠인 프란시스의 아내 이름이다.

나사羅紗 드레스를 입으니까 얼마나 편한지 몰라. 하지만 언닌 자주 입지는 않았으면 좋겠어. 집에 돌아온 뒤에 밤에 쓰려고 모자를 두세 개 만들었어. 덕분에 머리치장 하는 괴로움을 덜게 되었지 뭐야. 이젠 머리를 감고 빗질만 하면 되거든. 긴 머리는 언제나 땋아 올려서 안 보이고, 짧은 머리는 더 이상 종이로 말 필요가 없을 정도로 충분히 컬이 져 있으니까. 얼마 전에 버틀러 씨가 머리를 잘라줬거든.

I find great comfort in my stuff gown, but I hope you do not wear yours too often. I have made myself two or three caps to wear of evenings since I came home, and they save me a world of torment as to hair-dressing, which at present gives me no trouble beyond washing and brushing, for my long hair is always plaited up out of sight, and my short hair

curls well enough to want no papering. I have had it
cut lately by Mr. Butler. 1798. 12. 1

목요일에 찰스 파울렛이 무도회를 열었어. 그래서 그의
이웃들이 적잖이 당황했지 뭐야. 당연히 그럴 수밖에.
왜냐하면 그 사람들 모두가 그의 재정 상태에 관심이 무지
많은 데다, 머지않아 그가 파산하리라는 기대 속에 살고
있거든.

Charles Powlett gave a dance on Thursday, to the
great disturbance of all his neighbours, of course,
who, you know, take a most lively interest in the state
of his finances, and live in hopes of his being soon
ruined. 1798. 12. 1

마틴 부인에게서 정중한 편지 한 통을 받았는데, 내년
1월 14일에 문을 여는 자기네 대여도서관에 회원으로
가입해달라고 부탁하더라고. 그래서 내 이름으로, 사실 언니
이름이지만, 기꺼이 가입해주었어. 필요한 돈은 엄마가
마련해주실 거야. 메리 올케언니도 가입해서 기뻐. 솔직히
별로 기대하진 않았거든. 그런데 우리를 가입하게 하려고
마틴 부인이 뭐라고 했는지 알아? 자기네 도서관에는
소설뿐만 아니라 다양한 종류의 문학작품이 구비돼 있다는
거야. 사실 우리 가족한테는 그런 허세는 안 떨어도 되었을
텐데 말이지. 우리야 워낙 소설을 많이 읽는 데다, 그런

사실을 부끄럽게 생각하지도 않으니까. 하지만 아마도 회원 절반의 자만심을 부추기려면 그런 말이 필요하긴 했을 거야.

> I have received a very civil note from Mrs. Martin, requesting my name as a subscriber to her library which opens January 14, and my name, or rather yours, is accordingly given. My mother finds the money. Mary subscribes too, which I am glad of, but hardly expected. As an inducement to subscribe, Mrs. Martin tells me that her collection is not to consist only of novels, but of every kind of literature, &c. She might have spared this pretension to *our* family, who are great novel-readers and not ashamed of being so; but it was necessary, I suppose, to the self-consequence of half her subscribers. 1798. 12. 18

블라슈포드 양은 꽤 상냥한 편이야. 난 사람들이 아주 상냥하지는 않았으면 좋겠어. 그래야 사람들을 아주 많이 좋아하는 불편한 일이 없을 테니까 말이야.

> Miss Blachford is agreeable enough; I do not want people to be very agreeable, as it saves me the trouble of liking them a great deal. 1798. 12. 24

사랑하는 커샌드라 언니에게,

오늘은 언니한테 빨리 들려주고 싶은 기분 좋은 소식들이
있어서 평소보다 일찍 편지를 쓰기 시작하려고 해. 그런다고
평소보다 빨리 *부치진* 않겠지만. (…)
댄스 타임이 스무 번 정도 있었는데 모두 다 춤을 췄어,
내가 말이야. 그것도 조금도 지치지 않고. 내가 아직 그렇게
많이 춤을 출 수 있다는 게 정말 기뻤어. 게다가 아주
만족스러웠거든. 아쉬포드 무도회들(춤추기 위한 모임으로
생각할 때)에서 별로 즐겁지 않았기 때문인지 그렇게 할 수
있으리라고는 기대하지 않았거든. 하지만 날씨가 춥고 춤추는
커플이 얼마 없는 경우라면, 난 삼십 분간 추는 것만큼이나
일주일 내내 출 수도 있을 것 같아. 그리고 르프로이 부인이
내 검정 모자를 큰 소리로 엄청 칭찬했어. 홀에 있던 다른
사람들도 마음속으론 그랬을 거라고 생각해.

My dear Cassandra,

I have some pleasant news for you, which I am eager
to communicate, and therefore begin my letter
sooner, though I shall not *send* it sooner than usual.
(…)

There were twenty dances, and I danced them all,
and without any fatigue. I was glad to find myself
capable of dancing so much, and with so much
satisfaction as I did; from my slender enjoyment of
the Ashford Balls (as Assemblies for dancing) I had
not thought myself equal to it, but in cold weather
and with few couples I fancy I could just as well
dance for a week together as for half an hour. My

black Cap was openly admired by Mrs. Lefroy, and
secretly I imagine by everybody else in the room.

1798. 12. 24

긴 편지를 보내줘서 정말 고마워, 언니. 언니 편지에 걸맞은
편지가 되려면 지금부터라도 되도록 촘촘히 편지를 써야
할 것 같아. 언니가 들려준 이야기들이 얼마나 재밌었는지
몰라. 언니가 무도회에 가서 왕자님하고 춤을 추고 함께
저녁 식사를 했어야 한다는 말, 새 모슬린 드레스를 살지
말지 곰곰 생각해봐야겠다는 말, 이 모두가 생각만 해도
즐거운 일이거든. 나도 형편이 되는대로 예쁜 드레스를 하나
사야겠다고 마음먹었어. 지금 가지고 있는 옷의 절반 정도는
지겹고 창피한 것들이거든. 그것들이 들어 있는 옷장만 봐도
얼굴이 화끈거린다니까. (…) 언니가 즐거운 크리스마스를
보냈으면 좋겠어. 하지만 이 계절에 찬사를 보내는 일은 *하지
않을래*.

I thank you for your long letter, which I will
endeavour to deserve by writing the rest of this as
closely as possible. I am full of joy at much of your
information; that you should have been to a ball,
and have danced at it, and supped with the Prince,
and that you should meditate the purchase of a new
muslin Gown, are delightful circumstances. I am
determined to buy a handsome one whenever I can,
and I am so tired and ashamed of half my present

stock, that I even blush at the sight of the wardrobe
which contains them. (…) I wish you a merry
Christmas, but *no* compliments of the Season.

1798. 12. 24

새 드레스 문제를 어째야 할지 잘 모르겠어. 이런 것들은
기성복으로 살 수 있었으면 좋겠어.

> I cannot determine what to do about my new Gown;
> I wish such things were to be bought ready-made.
>
> 1798. 12. 25

언니한테는 이보다 길게 편지를 썼어야 했는데. 하지만
마땅히 그래야 하는 만큼 사람들을 대우하지 못하는 게 나의
슬픈 운명인 것 같아.

> You deserve a longer letter than this; but it is my
> unhappy fate seldom to treat people so well as they
> deserve. 1798. 12. 25

에드워드 오빠의 수입이 그렇게 많다니 정말이지 기뻐.
언니와 나만 빼고 누군가가 부자라는 사실에 기뻐할 수 있을
만큼만. 그리고 오빠가 언니한테 선물을 했다니 그건 아주
많이 기쁜 일이야.

I am tolerably glad to hear that Edward's income
is so good a one—as glad as I can be at anybody's
being rich except you and me—and I am thoroughly
rejoiced to hear of his present to you. 1799. 1. 8

오늘 이 편지를 부칠 수 있을 것 같아. 덕분에 인간이 누릴
수 있는 행복의 최고 정점에 오르고, 행운의 햇볕을 쬐는 것
같은 기분이야. 언니가 더 좋아할, 세심하게 선택된 언어가
선사하는 또 다른 기쁨을 느끼기도 해. 부디 종이를 다 채우지
않았다고 섭섭하게 생각지 말았으면 좋겠어.
언니를 사랑하는 제인이

I *shall* be able to send this to the post to-day which
exalts me to the utmost pinnacle of human felicity,
and makes me bask in the sunshine of prosperity, or
gives me any other sensation of pleasure in studied
language which you may prefer. Do not be angry
with me for not filling my sheet, and believe me
yours affectionately, J. A. 1799. 1. 8

홀에서는 적절한 수용 인원보다 많은 사람들이 춤을 추고
있었어. 그 정도면 언제라도 근사한 무도회가 될 수 있지.
하지만 난 별로 인기가 없었던 것 같아. 정말 어쩔 수가
없는 경우가 아니라면 나한테 춤을 청하려는 사람이 거의
없었거든. 누군가의 중요성이라는 건 특별한 이유 없이도

때에 따라 자주 변하는 거니까. 체셔의 장교인 한 신사가
있었는데 아주 잘생긴 남자였어. 누가 그러는데, 나한테
자기소개를 되게 하고 싶어 했다더라고. 하지만 실제로 그런
수고를 할 만큼 간절하지는 않았는지 우린 그걸 실행에
옮기지는 못했어.

There were more dancers than the room could
conveniently hold, which is enough to constitute a
good ball at any time. I do not think I was very much
in request. People were rather apt not to ask me
till they could not help it; one's consequence, you
know, varies so much at times without any particular
reason. There was one gentleman, an officer of the
Cheshire, a very good-looking young man, who, I
was told, wanted very much to be introduced to me;
but as he did not want it quite enough to take much
trouble in effecting it, we never could bring it about.

1799. 1. 8

❧ 무도회에서 숙녀에게 춤을 청하기 전에 신사가 자신을 소개하는
일은 파트너 신청을 위한 전제 조건이었다. 제인 오스틴이 편지에서
들려주는 자신의 무도회 경험은 그녀의 소설들에 등장하는 시골
무도회 풍경을 생생하게 떠올린다.

목요일에 열린 무도회는 초라하기 그지없었어. 홀에는 여덟
커플과 스물세 사람밖에 없었다니까. 하지만 뭐, 그건 무도회

잘못은 아니니까.

Our ball on Thursday was a very poor one, only eight
couple and but twenty-three people in the room; but
it was not the ball's fault. 1799. 1. 21

우리 무도회에는 주로 저부아즈가家와 테리가 사람들이
참석했어. 저부아즈가 사람들은 좀 천박한 편이었고, 테리가
사람들은 다소 시끄러운 편이었지. 난 좀 이상한 사람들하고
짝이 되었어. 젠킨스 씨, 스트리트 씨, 저부아즈 대령, 제임스
디그위드, J. 리퍼드 그리고 리퍼드의 친구인 빅 씨 같은
사람들 말이야. 그래도 아주 즐거운 밤을 보냈어. 언니가
보기에는 그럴 만한 특별한 이유가 없을 수도 있겠지만.
하지만 난 그럴 만한 특별한 기회가 올 때까지 즐거움을 미룰
필요는 없다고 생각해.

Our ball was chiefly made up of Jervoises and Terrys,
the former of whom were apt to be vulgar, the latter
to be noisy. I had an odd set of partners: Mr. Jenkins,
Mr. Street, Col. Jervoise, James Digweed, J. Lyford,
and Mr. Biggs, a friend of the latter. I had a very
pleasant evening, however, though you will probably
find out that there was no particular reason for it; but
I do not think it worth while to wait for enjoyment
until there is some real opportunity for it.
1799. 1. 21

금요일 밤에는 메이플턴가 사람들하고 시간을 보냈어. 내 취향하고는 맞지 않았지만 어쩔 수 없이 즐겨야만 했어.

> I spent Friday evening with the Mapletons, and was obliged to submit to being pleased in spite of my inclination. 1799. 6. 2

언니는 언니 모자에 달 잔가지 장식을 내게 전적으로 일임했지만 난 어떤 걸 골라야 할지 도무지 마음을 정할 수가 없어. 그래서 이 편지와 앞으로 보낼 편지에서 계속 언니 의견을 물으려고 해. 우린 싼 가게에도 가봤고, 아주 싼 것도 발견하기 했는데, 거긴 꽃만 있지 과일은 없더라고. 그리고 오를레앙 자두 가지 하나를 살 수 있는 돈으로 아주 예쁜 꽃나무 잔가지를 네다섯 개는 살 수 있었어. (…) 난 다시 언니 편지를 받을 때까지는 과일을 살지 어떨지를 결정할 수가 없어. 게다가 머리 위에서 과일보다는 꽃이 자라는 게 더 자연스러울 것 같다는 생각도 들고. 언닌 이 문제를 어떻게 생각해?

> Though you have given me unlimited powers concerning Your Sprig, I cannot determine what to do about it, and shall therefore in this and in every other future letter continue to ask your further directions. We have been to the cheap shop, and very cheap we found it, but there are only flowers made there, no fruit; and as I could get 4 or 5 very pretty

sprigs of the former for the same money which
would procure only one Orleans plum. (⋯) I cannot
decide on the fruit till I hear from you again. Besides,
I cannot help thinking that it is more natural to have
flowers grow out of the head than fruit. What do you
think on that subject? 1799. 6. 11

무슨 일이 있어도 난 마르타 언니가 내 첫인상을 다시 읽게
놔두지 않을 거야. 그걸 언니한테 맡겨두지 않은 게 정말
다행이야. 마르타 언니는 아주 영악하지만, 난 그 속이 훤히
들여다보이거든. 내 소설을 기억으로 출판할 생각인 거라고.
한번만 더 꼼꼼히 읽으면 정말로 그럴 수 있을 거야.

I would not let Martha read *First Impressions* again
upon any account, and am very glad that I did not
leave it in your power. She is very cunning, but I see
through her design; she means to publish it from
Memory, and one more perusal must enable her to
do it. 1799. 6. 11

✒ '첫인상(First Impressions)'은 『오만과 편견』의 처음 제목이었다.
마르타는 제인과 커샌드라의 절친한 친구였던 마르타 로이드를
가리킨다. 아버지가 죽은 뒤 그들 가족과 함께 살았고, 훗날 제인의
오빠인 프란시스 오스틴 경과 결혼했다. 재혼이었던 프란시스는
54세였고, 초혼이었던 마르타는 63세였다.

오늘은 왜 이러는지 모르겠어. 차분히 편지를 쓸 수가 없어.
자꾸만 딴생각을 하면서 탄성 같은 걸 내뱉게 돼. 다행히 딱히
할 말이 없지만 말이지.

> I do not know what is the matter with me To-day, but
> I cannot write quietly; I am always wandering away
> into some exclamation or other. Fortunately I have
> nothing very particular to say. 1799. 6. 11

언니가 떠난 뒤로 우린 내내 엄청나게 바빴어. 우선 언니가
여행하는 동안 그렇게 좋은 날씨를 즐길 수 있다는 사실에
하루에 두세 번씩 기뻐해야 했어. 그다음에는, 그런 좋은
날씨를 틈타서 이웃들 대부분을 방문해야 했거든.

> We have been exceedingly busy ever since you went
> away. In the first place we have had to rejoice two
> or three times every day at your having such very
> delightful weather for the whole of your journey, and
> in the second place we have been obliged to take
> advantage of the very delightful weather ourselves by
> going to see almost all our neighbours. 1800. 10. 25

지난 목요일 밤에 열린 무도회 말이야, 언닌 내가 거기에
갔을 거라고 생각해? 그렇게 생각해도 틀리지 않을 거야. 난
정말로 갔으니까. 수요일 아침에 하우드 부인, 메리 올케언니,

나, 이렇게 셋이 같이 가기로 얘기를 했는데, 그 직후에
브램스턴 부인에게서 아주 정중한 초대장이 온 거야 글쎄.
무도회 소식을 듣자마자 나한테 편지를 쓴 거 같더라고. 난
사실 르프로이 부인하고 같이 갈 수도 있었는데 말이지.
그러니까 난 무려 세 가지 방법으로 무도회에 갈 수 있었던
셈이야. 그 누구보다 확실하게 참석할 수 있었던 거지.

> Did you think of our ball on Thursday evening, and
> did you suppose me at it? You might very safely, for
> there I was. On Wednesday morning it was settled
> that Mrs. Harwood, Mary, and I should go together,
> and shortly afterwards a very civil note of invitation
> for me came from Mrs. Bramston, who wrote I
> believe as soon as she knew of the ball. I might
> likewise have gone with Mrs. Lefroy, and therefore,
> with three methods of going, I must have been more
> at the ball than anyone else. 1800. 11. 1

간밤에 허스트본에서 와인을 너무 많이 마신 것 같아.
그게 아니라면 오늘 내 손이 이렇게 떨리는 이유를 설명할
길이 없어. 그러니까 글씨가 좀 불분명하더라도 너그러이
양해해주길 바라. 앞서 말한 사소한 실수 때문이려니
생각하고 말이지.

> I believe I drank too much wine last night at
> Hurstbourne; I know not how else to account for the

shaking of my hand To-day. You will kindly make allowance therefore for any indistinctness of writing, by attributing it to this venial error. 1800. 11. 20

즐거운 밤이었어. 찰스도 아주 좋았다고 그랬고. 왜 좋았는지는 잘 모르겠지만. 어쩌면 테리 양이 그 자리에 없어서 안도한 때문인지도 모르겠어. 찰스는 이젠 그 여자에게 아무런 감정을 못 느끼는 것에 죄책감이 든다고 했거든. 댄스 타임이 열두 번밖에 없었는데, 나는 그중 아홉 번을 췄어. 나머지는 파트너가 없어서 추지 못했고. 우린 밤 열 시에 춤을 추기 시작해서 새벽 한 시에 저녁을 먹었고, 새벽 다섯 시가 되기 전에 딘에 도착했어. (…) 메리 올케언니는 간밤에 내가 아주 좋아 보인다고 했어. 난 외숙모의 드레스를 빌려 입고 외숙모 손수건을 가져갔는데, 적어도 내 머리는 단정한 편이었어. 내가 바라는 건 단지 그것뿐이었고. 난 이제 무도회와는 그만 작별했으면 해. 게다가 앞으로는 정찬에 참석하면서 그에 필요한 옷차림에 신경 쓸 생각이고 말이지.

It was a pleasant evening; Charles found it remarkably so, but I cannot tell why, unless the absence of Miss Terry, towards whom his conscience reproaches him with being now perfectly indifferent, was a relief to him. There were only twelve dances, of which I danced nine, and was merely prevented from dancing the rest by the want of a partner. We

began at ten, supped at one, and were at Deane
before five. (⋯) Mary said that I looked very well
last night. I wore my aunt's gown and handkerchief,
and my hair was at least tidy, which was all my
ambition. I will now have done with the ball, and I
will moreover go and dress for dinner. 1800. 11. 20

❦ 찰스는 제인보다 네 살이 적은 남동생이다. 제인과 커샌드라의
큰오빠 제임스 오스틴은 부목사로 일하면서 1792년에 결혼을 하고
그때부터 딘의 목사관에서 살았다.

난 이제 편지 쓰기의 진정한 기술을 획득한 것 같아. 같은
사람한테 말로 하는 거랑 똑같이 종이에 적어나가는 것
말이야. 난 이 편지를 쓰는 내내 언니한테 최대한 빨리
이야기를 하고 있거든.

I have now attained the true art of letter-writing,
which we are always told is to express on paper
exactly what one would say to the same person by
word of mouth. I have been talking to you almost as
fast as I could the whole of this letter. 1801. 1. 3

와일드먼 부부가 무도회를 연다니 잘됐어. 거기서 몇 번의
키스로 무료 편지를 보내줄 수 있는 사람을 찾도록 해봐.
언니랑 나한테 도움이 되도록 말이지.

I am glad that the Wildmans are going to give a ball,
and hope you will not fail to benefit both yourself
and me by laying out a few kisses in the purchase of
a frank. 1801. 1. 8

* 'frank'는 요금 납부 일부인日附印을 찍는다는 뜻이다.

어제는 마르타 언니하고 같이 딘에서 식사를 했어. 파울렛
부부와 톰 슈트를 보기 위해서였지. 그리고 정말로 만났어.
파울렛 부인은 아주 비싼 옷을 입고도 헐벗다시피 했더라고.
우린 부인이 걸친 레이스와 모슬린 드레스가 값이 얼마나
나갈지를 따져보면서 즐거워했어. 그런데 부인이 통 말을
하질 않아서 다른 재미있는 일은 없었어.
존 리퍼드 부인은 과부로 지내는 게 정말 좋은가 봐. 또다시
과부가 될 준비를 하는 거 보면 말이지. 글루체스터의
은행가인 펜달 씨랑 곧 결혼할 거래. 아주 부자지만, 부인보다
훨씬 나이가 많고 어린아이가 셋이나 있는 남자라지 뭐야.

Martha and I dined yesterday at Deane to meet the
Powletts and Tom Chute, which we did not fail to do.
Mrs. Powlett was at once expensively and nakedly
dressed; we have had the satisfaction of estimating
her lace and her muslins; and she said too little to
afford us much other amusement.
Mrs. John Lyford is so much pleased with the state
of widowhood as to be going to put in for being a

widow again; she is to marry a Mr. Fendall, a banker in Gloucester, a man of very good fortune, but considerably older than herself, and with three little children. 1801. 1. 8

언닌 왜 그렇게 멍청한 남자랑 네 번씩이나 춤을 춘 거야? 그중 두 번은 언니가 홀에 들어서자마자 언니한테 반했던 멋진 동료 사관이랑 출 수도 있었잖아?

Why did you dance four dances with so stupid a man? Why not rather dance two of them with some elegant brother officer who was struck with your appearance as soon as you entered the room? 1801. 1. 14

이번에는 그 어느 때보다 즐거운 편지를 기대해도 좋아. 이야깃거리 때문에 과도한 부담을 느끼지 않아도 되니까(딱히 할 말이 없다 보니), 처음부터 끝까지 나의 천재성을 억누를 필요가 없거든.

Expect a most agreeable Letter, for not being overburdened with subject (having nothing at all to say), I shall have no check to my Genius from beginning to end. 1801. 1. 21

언닌 요즘처럼 추운 날씨를 어떻게 생각해? 난 언니가
진심으로 이런 날씨를 고대하고 있었기를 바라. 고약하게
온화하고 유해한 앞선 계절에서 벗어나 건강하게 안도하면서
말이지. 그동안 추위의 결핍으로 자신이 반쯤 부패했다고
상상하는 거야. 그리고 이젠 다 같이 불가에 모여 앉아
지금까지 이렇게 매서운 추위는 느껴본 적이 없다고, 절반은
굶주리고 절반은 꽁꽁 얼어붙은 것 같다고 불평하면서, 얼른
다시 따뜻한 날이 왔으면 좋겠다고 진심으로 원하게 되기를
바라.

> How do you like this cold weather? I hope you
> have all been earnestly praying for it as a salutary
> relief from the dreadful mild and unhealthy season
> preceding it, fancying yourself half putrified from
> the want of it, and that now you all draw into the
> fire, complain that you never felt such bitterness of
> cold before, that you are half starved, quite frozen,
> and wish the mild weather back again with all your
> hearts. 1801. 1. 25

장담하는데 언니는 앞으로 석 주 동안 런던에서 아주
즐거운 시간을 보내게 될 거야. 거기서 가볼 만한 데는
하나도 빠뜨리지 말고 다 가보도록 해. 오페라 하우스부터
클리블런드 재판소에 있는 헨리 오빠 사무실까지. 그리고
언니가 앞으로 1년간 나를 즐겁게 해줄 수 있는 소식들을
차곡차곡 수집하기를 기대할게.

I dare say you will spend a very pleasant three weeks in town. I hope you will see everything worthy of notice, from the Opera House to Henry's office in Cleveland Court; and I shall expect you to lay in a stock of intelligence that may procure me amusement for a twelvemonth to come. 1801. 1. 25

화창한 날에 바스를 처음 봐서 그런지 기대했던 것보다는 못한 것 같아. 차라리 비가 오는 날 더 또렷하게 볼 수 있을지도 모르겠어. 모든 것 뒤에서 해가 비추다 보니, 킹스다운 꼭대기에서 내려다보이는 광장도 온통 안개에 싸인 듯하고 그림자나 연기처럼 흐릿해 보이더라고.

The first view of Bath in fine weather does not answer my expectations; I think I see more distinctly through rain. The sun was got behind everything, and the appearance of the place from the top of Kingsdown was all vapour, shadow, smoke, and confusion. 1801. 5. 5

❧ 제인의 가족은 1801년 5월 스티븐턴을 떠나 바스에 정착했다.

아무리 해도 난 사람들을 계속 좋게 생각하는 법을 모르겠어. 챔벌레인 부인이 머리를 잘 꾸미고 다니는 것은 존경해. 하지만 그렇다고 해서 더 호감이 생기지는 않아. 랭글리 양은 다른 작달막한 여자들하고 다를 게 없어. 넓적한 코에 커다란 입, 유행하는 드레스 차림에 가슴을 훤히 드러내놓고 다니지. 스태너프 제독은 신사답게 생긴 남자야. 하지만 다리는 너무 짧고 연미복은 너무 길어.

> I cannot anyhow continue to find people agreeable;
> I respect Mrs. Chamberlaine for doing her hair
> well, but cannot feel a more tender sentiment. Miss
> Langley is like any other short girl, with a broad nose
> and wide mouth, fashionable dress and exposed
> bosom. Adm. Stanhope is a gentleman-like man, but
> then his legs are too short and his tail too long.
>
> 1801. 5. 12

간밤에 또 다른 한심한 파티에 갔었어. 사람이라도 더 많았더라면 그런대로 참을 만했을지도 몰라. 하지만 여긴 카드 테이블 하나에 충분히 앉을 만한 사람들밖에 없었어. 고작 여섯 명이 서로를 구경하면서 헛소리나 늘어놓고 있었다니까.

> Another stupid party last night; perhaps if larger
> they might be less intolerable, but here there were
> only just enough to make one card-table, with six
> people to look on and talk nonsense to each other.
>
> 1801. 5. 13

오늘 아침에 우린 홀더 부인하고 홀더 양을 다시 방문했어.
그런데 자기들하고 차를 마시자고 하면서 저녁 시간을
정하기를 원하더라고. 하지만 엄마 감기가 아직 낫지 않은
덕분에 그런 요청을 모두 거절할 수 있었지 뭐야. 그런데
난 따로 초대를 받아서 언젠가 오후 시간에 한번 가야 할
것 같아. 여기선 두 사람이 아주 비호감이라고 생각하는 게
유행인 것 같아. 하지만 그들은 아주 예의 바른 사람들이고,
드레스도 새하얗고 아주 멋져(말이 났으니 말인데,
외숙모는 이런 데서 그런 차림은 우스꽝스러운 허세라고
생각하시더라고). 그래서 난 그들을 진정으로 싫어할 수가
없을 것 같아.
특히 홀더 양이 자긴 음악에 취미가 없다고 솔직히 말하는 걸
보면 말이지.

This morning we have been visited again by Mrs.
and Miss Holder; they wanted us to fix an evening
for drinking tea with them, but my mother's still
remaining cold allows her to decline everything of
the kind. As I had a separate invitation, however, I
believe I shall go some afternoon. It is the fashion to
think them both very detestable, but they are so civil,
and their gowns look so white and so nice (which, by
the bye, my aunt thinks an absurd pretension in this
place), that I cannot utterly abhor them, especially as
Miss Holder owns that she has no taste for music.
1801. 5. 21

오늘 밤엔 우리 집에서 조촐한 파티를 할 것 같아. 난 단출한 모임이 싫어. 그런 데서는 끊임없이 애를 써야 하거든.

We are to have a tiny party here tonight. I hate tiny parties, they force one into constant exertion.

1801. 5. 21

언니가 예견한 대로 나와 챔벌레인 부인 사이에는 벌써 우정이란 게 생겨난 것 같아. 이제 우린 만날 때마다 악수를 하는 사이가 됐거든. 웨스턴까지 가는 긴 산책은 어제로 정해졌고 아주 놀라운 방식으로 이루어졌어. 둘만 빼고는 일행 모두가 이런저런 핑계를 대면서 거절하는 바람에 우리끼리 오붓한 시간을 가질 수 있었던 거야. 하지만 바스 주민의 절반이 함께 출발했더라도, 아마도 우린 처음 2야드를 걸은 뒤에는 마찬가지로 우리끼리의 은밀한 시간을 가졌을 거야.

우리가 걷는 걸 언니가 봤다면 아마 웃었을 거야. 사이언 언덕까지 갔다가 들판을 가로질러 되돌아왔어. 챔벌레인 부인은 언덕을 정말 잘 오르더라고. 난 그녀를 따라가느라 힘들었지만 조금도 기죽지 않고 열심히 걸었어. 평지에서는 나도 그녀 못지않게 잘 걸었어. 그렇게 우린 쨍쨍 내리쬐는 뜨거운 햇볕 아래에서 걸어 다닌 거야. 그녀는 양산도 모자의 챙도 없었어. 우린 잠시도 쉬지 않고 걸었고, 웨스턴에 있는 교회 묘지를 가로지를 때는 마치 생매장당할 것을 두려워하는 사람들처럼 걸음을 재촉했어. 그녀가 그렇게 하는 걸 보고 나니까 저절로 존경심이 생기더라고. 그녀도 다른 사람들만큼이나 매력이 넘치고 말이지.

The friendship between Mrs. Chamberlaine and me which you predicted has already taken place, for we shake hands whenever we meet. Our grand walk to Weston was again fixed for Yesterday, and was accomplished in a very striking manner. Every one of the party declined it under some pretence or other except our two selves, and we had therefore a *tête-à-tête*, but *that* we should equally have had after the first two yards, had half the Inhabitants of Bath set off with us.

It would have amused you to see our progress. We went up by Sion Hill, and returned across the fields. In climbing a hill Mrs. Chamberlaine is very capital; I could with difficulty keep pace with her, yet would not flinch for the World. On plain ground I was quite her equal. And so we posted away under a fine hot sun, *She* without any parasol or any shade to her hat, stopping for nothing, and crossing the Church Yard at Weston with as much expedition as if we were afraid of being buried alive. After seeing what she is equal to, I cannot help feeling a regard for her. As to agreeableness, she is much like other people.

1801. 5. 21

난 이제 거의 다 나았어. 오늘 아침에도 또 목욕을 한 게 그 증거야. 열이 좀 나고 몸이 불편했던 건 나한테 꼭 필요한 것이었어. 라임에서는 이번 주 내내 그게 유행이었거든.

> I continue quite well; in proof of which I have bathed
> again this morning. It was absolutely necessary that
> I should have the little fever and indisposition which
> I had: it has been all the fashion this week in Lyme.
>
> 1804. 9. 14

사랑하는 커샌드라 언니에게,
오늘은 마치 언니를 위한 날 같아. 바스나 입소프가 언제 이런 4월 8일을 본 적이 있을까? 마치 3월과 4월을 동시에 사는 것 같아. 3월의 눈부신 빛과 4월의 따사로움이 공존하는 것처럼. 우린 아무것도 하지 않고 계속 걸어 다녔어. 언니도 할 수만 있다면 이런 날씨를 마음껏 즐기길 바라. 아마 장소를 바꾸는 것만으로도 한결 기분이 나아질 거야. 우린 간밤에 다시 외출을 했어. 어빈 양이 우릴 초대했거든. 지난번에 크레센트에서 그녀를 만났을 때 자기들하고 같이 차를 마시자고 하더라고. 하지만 엄마가 밤에 거길 그렇게 빨리 다시 가고 싶어 하실지 몰라서 일단 거절을 했지. 그런데 엄마한테 그 이야기를 했더니 흔쾌히 가겠다고 하시더라고. 그래서 우린 채플을 떠나 랜스다운까지 걸어갔어. 오늘 아침에는 말에 올라탄 챔벌레인 양이 얼마나 멋진지 보러 갔어. 7년 4개월 전에 우린 똑같은 승마장에 르프로이 양의 멋진 묘기를 보러 갔었지! 그런데 지금 우린 너무도 다른 배경

속에서 움직이는 것 같았어! 하긴 7년이면 사람 피부의 모든
모공과 마음속 모든 감정까지 바꿔놓을 만큼 긴 세월이긴
하지.

My dear Cassandra,

Here is a day for you. Did Bath or Ibthorp ever see
such an 8th of April? It is March and April together;
the glare of the one and the warmth of the other. We
do nothing but walk about. As far as your means will
admit, I hope you profit by such weather too. I dare
say you are already the better for change of place.
We were out again last night. Miss Irvine invited us,
when I met her in the Crescent, to drink tea with
them, but I rather declined it, having no idea that my
mother would be disposed for another evening visit
there so soon; but when I gave her the message, I
found her very well inclined to go; and accordingly,
on leaving Chapel, we walked to Lansdown. This
morning we have been to see Miss Chamberlaine
look hot on horseback. Seven years and four months
ago we went to the same riding-house to see Miss
Lefroy's performance! What a different set are we
now moving in! But seven years, I suppose, are
enough to change every pore of one's skin and every
feeling of one's mind. 1805. 4. 8

내 상황을 면밀하게 살펴보다가 난 아주 부자가 되기보다는 아주 가난해지기 십상이라는 걸 깨달았어. 그래서 사크리에게 10실링 이상은 쓸 수 없을 것 같아. 사실 우린 캔터베리에서 만날 거니까 굳이 이 이야기를 할 필욘 없겠지. 하지만 가난에 허덕이는 동생의 모습이 언니의 정신을 압도하는 일이 없도록 미리 마음의 준비를 해두는 것도 나쁘진 않을 거야.

As I find, on looking into my affairs, that instead of being very rich I am likely to be very poor, I cannot afford more than ten shillings for Sackree; but as we are to meet in Canterbury I need not have mentioned this. It is as well, however, to prepare you for the sight of a Sister sunk in poverty, that it may not overcome your Spirits. 1805. 8. 24

☛ 'Sackree'는 1793~1851년까지 에드워드 오빠의 집인 갓머샴 파크에서 일했던 보모 수자나 사크리를 가리킨다. 제인은 그녀에게 줄 팁을 이야기하고 있는 듯하다.

언니는 아마 이 문제에 관해 K. 부인과 기탄없는 이야기를 많이 나누게 될 거야. 우리 가족 문제 이야기도 많이 하게 될 거고 말이지. 나만 빼고는 아무나 흉봐도 괜찮아.

You will have a great deal of unreserved discourse with Mrs. K., I dare say, upon this subject, as well as upon many other of our family matters. Abuse everybody but me. 1807. 1. 7

집에는 란스 부인밖에 없었어. 게다가 그녀는 그랜드 피아노
말고는 자랑할 만한 자식이 있는 것 같진 않았어. (부인은
예의 바르면서 말이 많은 편이었는데, 우리한테 사우샘프턴에
사는 지인을 소개해주겠다고 하더라고. 우린 감사하다고
하면서 거절했지.) 그 사람들은 화려한 방식으로 사는 부자인
데다, 그녀는 자신이 부자인 것을 좋아하는 것 같았어.
그래서 그녀에게 우린 전혀 그런 사람들이 아니라는 걸 알게
해주었지. 그러니까 이제 곧 우린 그녀 자신이 함께 어울릴
만한 사람들이 아니라는 걸 깨닫게 될 거야.

We found only Mrs. Lance at home, and whether
she boasts any offspring besides a grand pianoforte
did not appear. (She was civil and chatty enough,
and offered to introduce us to some acquaintance
in Southampton, which we gratefully declined.)
They live in a handsome style and are rich, and
she seemed to like to be rich, and we gave her to
understand that we were far from being so; she
will soon feel therefore that we are not worth her
acquaintance. 1807. 1. 7

☙ 제인과 프랭크는 어느 날 이웃의 숙녀를 소개받고 그녀의 집을
방문했다.

사랑하는 커샌드라 언니에게,
오늘은 어디서부터 시작할까? 사소하고도 중요한 것들
중에서 언니한테 뭐부터 얘기하면 좋을까?

> My dear Cassandra,
> Where shall I begin? Which of all my important
> nothings shall I tell you first? 1808. 6. 15

오늘 아침엔 나이트 부인에게서 편지 한 통을 받았어. 늘
보내주시는 돈과 늘 베풀어주시는 친절함이 담긴 편지였어.
이번 주에 자기하고 하루이틀 정도 같이 시간을 보냈으면
좋겠다고 하시더라고. (…) 난 그 사람들 편에 나이트 부인에게
답장을 보냈어. 부인의 돈과 초대를 모두 받아들이겠다고
말이지. 난 별로 힘들이지 않고 편지를 썼어. 나는 부자이기
때문이야. 부자는 글 쓰는 스타일과 상관없이 언제나
존중받아 마땅하거든.

> This morning brought me a letter from Mrs. Knight,
> containing the usual fee, and all the usual kindness.
> She asks me to spend a day or two with her this
> week, (…) I sent my answer by them to Mrs. Knight,
> my double acceptance of her note and her invitation,
> which I wrote without much effort, for I was rich, and
> the rich are always respectable, whatever be their
> style of writing. 1808. 6. 20

언니도 그렇겠지만 편지를 길게 쓰는 게 힘들 때가 있어. 그러면서도 긴 편지를 받는 건 여전히 너무 좋으니 이렇게 딱한 일이 또 있을까!

> I assure you I am as tired of writing long letters as you can be. What a pity that one should still be so fond of receiving them! 1808. 6. 30

곧 오렌지 와인을 살펴봐야 할 거야. 하지만 와인이 익기를 기다리는 동안, 우아함과 여유와 호사스러움을 위해 해턴 부부와 밀리스 부부가 오늘 여기서 정찬을 먹을 거야. 나는 얼음을 먹고 프랑스 와인을 마실 거야. 오늘만큼은 쩨쩨한 검약 따위는 신경 쓰지 않을 생각이야. 다행히 우정과 허심탄회한 대화, 비슷한 취향과 견해가 선사하는 즐거움이 오렌지 와인의 아쉬움을 충분히 보상해줄 거라고 생각해.

> The orange wine will want our care soon. But in the meantime, for elegance and ease and luxury, the Hattons and Milles' dine here To-day, and I shall eat ice and drink French wine, and be above vulgar economy. Luckily the pleasures of friendship, of unreserved conversation, of similarity of taste and

opinions, will make good amends for orange wine.

1808. 6. 30

대체 언제쯤이면 정확한 예측을 할 수 있을까? 자기가 예상한 대로 느끼거나 행동하고, 고통받거나 즐기는 사람은 아무도 없는 것 같아!

When are calculations ever right? Nobody ever feels or acts, suffers or enjoys, as one expects! 1808. 6. 30

가엾은 부인 같으니라고! 아니, 어떻게 또 아이를 낳을 수 있지?

Poor woman! how can she honestly be breeding again? 1808. 10. 1

언니가 전해준 에드워드 브리지 소식은 정말 굉장한 뉴스였어. 난 그동안 로삼에서 아무 편지도 못 받았거든. 진심으로 그가 행복했으면 좋겠고, 그의 선택이 자신의 기대에 부응하고 그의 가족의 예상을 넘어서는 것이기를 바라. 그리고 그럴 수 있을 거라고 생각해. 결혼은 훌륭한 개선제야. 돈으로 말하자면, 앞으로 생기겠지. 그 사람들도 돈 없이는 아무것도 할 수 없을 테니까.

Your news of Edward Bridges was *quite* news, for I
have had no letter from Wrotham. I wish him happy
with all my heart, and hope his choice may turn out
according to his own expectations, and beyond those
of his family; and I dare say it will. Marriage is a great
improver, As to money, that will come, you may be
sure, because they cannot do without it. 1808. 11. 21

하지만 내가 진짜로 말하고 싶은 것은, 이 모든 불필요한
것들을 쓰는 건 정말로 바보짓이라는 거야. 난 종이에 다
담기도 힘들 정도로 쓸 거리가 많거든. 물론 사소하지만 아주
중요한 것이기도 한 문제들 말이야.

But my meaning really is, that I am extremely foolish
in writing all this unnecessary stuff when I have
so many matters to write about that my paper will
hardly hold it all. Little matters they are, to be sure,
but highly important. 1808. 12. 9

그래, 난 되도록 많은 무도회를 다녀볼 생각이야. 그래야 좋은
상대를 만날 수 있지 않겠어. 이번 무도회는 기대했던 것보다
재미있었어. 마르타 언니가 특히 좋아하더라고. 나도 한
시간이 다 지날 때까지 하품을 하지 않았어. 저녁 아홉 시가
넘어서 거길 갔는데 자정이 되기 전에 집에 돌아왔지. 홀은
그런대로 찼고, 춤추는 사람들이 서른 쌍쯤 되었던 것 같아.

한 가지 우울했던 건, 수십 명의 젊은 여성들이 파트너가 없어서 혼자 서 있는 걸 봐야 했다는 거야. 게다가 못생긴 양 어깨를 훤히 드러내놓고 말이지! 거긴 우리가 15년 전에 춤을 췄던 바로 그 홀이었어. 이젠 다 지나간 일이지만. 그때보다 훨씬 나이가 들었다는 게 창피스럽긴 하지만, 그래도 아직도 그때만큼 행복할 수 있다는 게 감사하게 느껴졌어.

Yes, I mean to go to as many Balls as possible, that I may have a good bargain. Our Ball was rather more amusing than I expected. Martha liked it very much, and I did not gape till the last quarter of an hour. It was past nine before we were sent for and not twelve when we returned. The room was tolerably full, and there were, perhaps, thirty couple of dancers. The melancholy part was, to see so many dozen young women standing by without partners, and each of them with two ugly naked shoulders! It was the same room in which we danced fifteen years ago. I thought it all over, and in spite of the shame of being so much older, felt with thankfulness that I was quite as happy now as then. 1808. 12. 9

레이디 손드의 재혼 소식을 듣고 놀랐지만 불쾌하지는 않았어. 그녀의 첫 번째 결혼이 사랑해서 한 것이었거나 그녀에게 다 큰 미혼의 딸이 있었다면, 아마도 난 그녀를 용서하지 않았을 거야. 하지만 난 누구나 사는 동안 사랑을

위한 결혼을 한번은 할 권리가 있다고 생각해. 할 수만 있다면
말이지. 그리고 이제 그녀가 고약한 두통과 처량해 보이는
것에서 벗어날 수만 있다면 난 그녀가 행복해지는 것을
허용하고 *바랄* 수도 있어.

> Lady Sondes' match surprises, but does not offend
> me; had her first marriage been of affection, or had
> there been a grown-up single daughter, I should
> not have forgiven her; but I consider everybody as
> having a right to marry *once* in their Lives for Love, if
> they can, and provided she will now leave off having
> bad headaches and being pathetic, I can allow her, I
> can *wish* her, to be happy. 1808. 12. 27

언니의 패니 이야기를 들으니 나도 기뻐. 어제 우린 패니에
대해 애정 어린 마음으로 생각하고 이야기했지.
그녀에게 예약된 듯 보이는 모든 행복을 오래도록 누릴 수
있기를 바라면서 말이야. 패니가 주위 사람들에게 행복을
선사하는 만큼, 그 아인 자신이 감당해야 할 몫을 분명히
알게 될 거야.
패니가 내 글에서 기쁨을 얻는다니 정말 기분 좋은 일이야.
하지만 내 글이 그녀의 통찰력 있는 비판에 노출된다는 걸
알고 그 때문에 지나친 걱정을 하느라 글 쓰는 스타일이
다치는 일은 없었으면 좋겠어. 안 그래도 벌써부터 평소보다
꼼꼼히 단어와 문장을 따져보면서, 방 구석구석에서까지 어떤
감정이나 예시 또는 비유를 찾고 있거든. 아이디어가 벽장에

들이치는 비처럼 넘쳐흐를 수만 있다면 얼마나 근사할까.

You rejoice me by what you say of Fanny. We
thought of and talked of her yesterday with sincere
affection, and wished her a long enjoyment of all the
happiness to which she seems born. While she gives
happiness to those about her, she is pretty sure of
her own share.
I am gratified by her having pleasure in what I write,
but I wish the knowledge of my being exposed to
her discerning Criticism may not hurt my style, by
inducing too great a solicitude. I begin already to
weigh my words and sentences more than I did, and
am looking about for a sentiment, an illustration, or
a metaphor in every corner of the room. Could my
ideas flow as fast as the rain in the store-closet, it
would be charming. 1809. 1. 24

아니 정말로, 『이성과 감성』을 생각 못할 정도로 그렇게
바쁘진 않아. 그걸 어떻게 잊을 수 있겠어. 엄마가 자신의
젖먹이 아이를 절대 잊을 수 없는 것만큼이나 결코 잊을 수
없지. 내 소설에 대해 물어봐줘서 정말 고마워.

No indeed, I am never too busy to think of S&S. I
can no more forget it, than a mother can forget her
sucking child; and I am much obliged to you for your

enquiries. 1811. 4. 25

❧ 제인은 1795년 무렵부터 '엘리너와 메리앤'이라는 제목의 장편 소설을 쓰기 시작했다. 커샌드라는 책의 진행 상태를 궁금해했고, 제인은 소설 일부분을 수정하는 중이며, 곧 그들의 오빠 헨리가 출판업자를 접촉할 예정이라고 답변했다. 1797~1798년에 『이성과 감성』이라는 제목으로 다시 쓰인 소설은 1809년 개작을 거쳐 1811년 10월에 처음 출간되었다.

내 헤드드레스(머리 장식)는 내 드레스 가두리처럼 생긴 대롱옥 모양의 띠하고 틸슨 부인의 것 같은 꽃이었어. 그걸 하고 가면서 W. K. 씨에게 그날 밤에 관한 무슨 얘기를 듣기를 내심 기대했지. 그런데 그가 나에 대해 한 말이 아주 만족스러웠어. "호감이 가는 젊은 여성"이라고 했다는 거야. 사실 그렇게 보여야만 하는 거고 말이지. 지금 시점에서 이보다 나은 걸 기대할 수는 없겠지. 이런 상태가 몇 년 만 더 갈 수 있다면 얼마나 좋을까!

My head-dress was a Bugle-band like the border to my gown, and a flower of Mrs. Tilson's. I depended upon hearing something of the evening from Mr. W. K., and am very well satisfied with his notice of me—"A pleasing looking young woman"—that must do; one cannot pretend to anything better now; thankful to have it continued a few years longer!

1811. 4. 30

『자기 통제』를 구하려고 했지만 헛수고였어. 그녀의 작품이 어떤 가치가 있는지 알고 싶거든. 난 사실 영리한 소설이 *지나치게 영리하지는* 않을지 늘 어느 정도 두려워하고 있는 것 같아. 누가 내 스토리와 내 인물들을 먼저 써먹었을까 봐 말이지.

> We have tried to get *Self-control*, but in vain. I should like to know what her Estimate is, but am always half afraid of finding a clever novel *too clever*, and of finding my own story and my own people all forestalled. 1811. 4. 30

> ☞ 『자기 통제』는 스코틀랜드의 소설가 메리 브런턴(1778~1818)이 1811년에 출간한 소설이다. 제인은 책을 보고자 했으나 구할 수가 없었다.

『오만과 편견』의 판권이 팔렸어. 에거튼이 110파운드를 지불하기로 했어. 나는 150파운드쯤 받기를 원했지만 둘 다 만족할 수는 없으니까. 그가 그렇게 커다란 위험을 무릅쓰기를 원하지 않는 것은 어찌 보면 당연한 일이고 말이지. 이 소설이 팔려서 헨리 오빠의 어려움이 한결 덜어졌으면 좋겠어. 그건 내게도 좋은 일일 테고 말이야. 돈은 열두 달 뒤에 받기로 했어.

> P.&P. is sold. Egerton gives £110 for it. I would rather have had £150, but we could not both be pleased,

and I am not at all surprised that he should not
choose to hazard so much. Its' being sold will I hope
be a great saving of Trouble to Henry, and therefore
must be welcome to me. The Money is to be paid at
the end of the twelve month. 1812. 11. 29, To. Martha

☛ 1811년 10월에 출간된 『이성과 감성』은 위탁출판(publishing
on commission)으로 출간되었다. 자비출판처럼 출판 비용을 저자가
부담하고 앞으로의 판매로 그 비용을 벌충할 것을 기대하는 것이다.
책이 판매되면 출판 비용과 출판업자에게 지불하는 수수료를 제외한
수익을 저자가 갖게 된다. 『이성과 감성』의 출판 비용은 당시 오스틴
가족의 연소득이었던 460파운드의 3분의 1이 넘었다.
1813년 7월 6일 프랜시스 오스틴에게 보낸 편지에서 보듯이, 『이성과
감성』의 초판이 모두 팔려 140파운드를 받게 될 것을 예상하지 못한
제인은 『오만과 편견』의 판매에 따른 모든 위험과 수익을 토머스
에거튼에게 넘기면서 일시불로 판권을 팔았다. 『이성과 감성』처럼
위탁출판을 하는 경우에는 제인의 출판 대리인이었던 오빠 헨리가
제인을 위해 출판 과정을 감독해야만 했다. 제인은 헨리의 이런 수고를
덜어주려고 『오만과 편견』 판권을 일시불로 팔았고, 추후 책 판매로
발생하게 될 이익을 포기해야 했다. 『오만과 편견』은 1813년 1월
27일 세 권짜리 양장본으로 출간되었고, 호의적인 반응을 얻으면서
같은 해 11월에 2쇄를 찍었다. 에거튼은 책의 2쇄까지의 판매에서만
450파운드가량을 벌어들인 것으로 알려졌다.

드디어 런던에서 이쁜 내 새끼를 받았어. 수요일에 포크너가
보낸 한 부가 도착한 거야. 거기엔 다른 한 부는 찰스에게,

또 다른 한 부는 우편마차로 갓머샴에 보냈다는 헨리 오빠의
세 줄 메시지가 적혀 있었어. (…) 벤 양은 책들이 온 바로
그날 우리하고 식사를 했어. 그리고 우린 저녁에 책을 읽기
시작해서 첫 번째 권 반을 끝냈어. (…) 벤 양은 엘리자베스를
정말 좋아하는 것 같았어. 솔직히 난 엘리자베스가 지금까지
책에 나온 어떤 인물보다도 매력적이라고 생각해. 그러니
적어도 그녀를 좋아하지 않는 사람을 어떻게 너그러이 봐줄
수 있겠어. 난 그러지 못할 것 같아.

> I want to tell you that I have got my own darling Child
> from London; on Wednesday I received one Copy,
> sent down by Falknor, with three lines from Henry
> to say that he had given another to Charles, and
> sent a 3d by the Coach to Godmersham; (…) Miss
> Benn dined with us on the very day of the Books
> coming, and in the evening we set fairly at it & read
> half the 1st vol. (…) she really does seem to admire
> Elizabeth. I must confess that *I* think her as delightful
> a creature as ever appeared in print, & how I shall be
> able to tolerate those who do not like *her* at least, I do
> not know. 1813. 1. 29

❧ 제인은 커샌드라에게 막 출간된 『오만과 편견』을 받았음을 알리는
편지를 썼다. 제인은 『오만과 편견』을 "이쁜 내 새끼(my own darling
Child)"라고 부르며 대부분의 작가들처럼 자신의 작품에 무한한 애정을
드러내고 있다. 제인은 자기 소설의 여주인공들 중에서도 『오만과
편견』의 엘리자베스 베넷을 특별히 아꼈다. 또한 자신의 조카인

패니에게 보낸 편지에서도 이야기한 것처럼 『설득』의 여주인공인 앤 엘리엇도 그녀가 각별히 아끼는 인물 중 하나였다. "*어쩌면 너도 그 여주인공을 좋아할지도 모르겠어. 나에 비하면 너무 착한 여성이거든.*"(1817. 3. 23, To Fanny Knight)

나는 아주 자랑스럽고 충분히 만족해. 다만 이 소설은 지나치게 가볍고 밝고 반짝거려서 그늘이 필요한 것 같아. 여기저기를 좀 더 늘릴 필요가 있어 보여. 가능하다면 분별 있는 긴 장章을 더해서 말이지. 엄숙하고 그럴듯한 헛소리만 아니라면 스토리와는 상관없는 어떤 것이라도 괜찮을 거야. 가령 글쓰기 에세이나 월터 스콧에 관한 비평, 또는 나폴레옹 이야기 같은 것 말이야. 발랄함과 풍자로 가득한 소설의 전반적인 스타일을 독자들이 더 잘 음미할 수 있게 스타일의 대조를 이루는 어떤 것을 추가해도 좋겠지. 하지만 언니가 이런 내 생각에 동의할지는 잘 모르겠어. 언닌 생각이 좀 엄격한 편이잖아.

I am quite vain enough and well satisfied enough. The work is rather too light, and bright, and sparkling; it wants shade; it wants to be stretched out here and there with a long chapter of sense, if it could be had; if not of solemn specious nonsense, about something unconnected with the story; an essay on writing, a critique on Walter Scott, or the history of Buonaparte, or anything that would form a contrast and bring the reader with increased delight to the playfulness & epigrammatism of the general style. I doubt your quite agreeing with me here. I know your starched Notions. 1813. 2. 4

◆ 이 소설은 『오만과 편견』을 가리킨다.

오빠도 『이성과 감성』의 초판이 모두 팔렸다는 얘기를 들으면 기뻐할 거라고 생각해. 그 덕분에 난 판권을 제외하고—판권 자체에 어떤 가치가 있다고 친다면—140파운드를 벌게 된 거야. 그러니까 지금까지 글을 써서 총 250파운드를 번 셈이지. 그리고 나니 좀 더 많이 벌었으면 좋겠다는 생각이 드네.

You will be glad to hear that every Copy of S.&S. is sold and that it has brought me £140–besides the Copyright, if that should ever be of any value. I have now therefore written myself into £250–which only makes me long for more. 1813. 7. 6, To. Francis Austen

◆ 1811년에 출간된 『이성과 감성』은 1813년 중반에 초판 750부가 모두 팔려 성공작으로 평가되었고, 같은 해에 2쇄를 찍었다. 『이성과 감성』은 제인의 사후 영국에서 재출간된 첫 작품이자, 1833년 '리처드 벤틀리의 스탠더드 노블 시리즈(Richard Bentley's Standard Novels series)'에서 삽화를 곁들여 출간된 제인의 첫 작품이다.

레이디 로버트가 『오만과 편견』을 아주 마음에 들어 한대.
내가 듣기로는, 그걸 누가 썼는지 알기도 전부터 정말로
좋아했다는 거야. 물론 이젠 저자가 누군지 알고 있지만.
헨리 오빠가 마치 내 마음을 읽기라도 한 것처럼 아주
흐뭇해하면서 부인에게 말해주었거든. 오빠가 이 이야기를
나한테 한 건 아니고, 패니에게 그렇게 이야기했다고
하더라고.

> Lady Robert is delighted with P.&P.—and really *was*
> so, as I understand, before she knew who wrote
> it—for, of course, she knows now. He told her with as
> much satisfaction as if it were my wish. He did not
> tell *me* this, but he told Fanny. 1813. 9. 15

티커스 부인 집의 젊은 숙녀에게서 아주 재밌는 얘기를
들었는데, 요즘 유행하는 코르셋이 가슴을 떠받치기
위해 만들어진 게 아니라는 거야. *그건 아주 부적절하고
부자연스러운 패션이었다고* 하더라고. 그리고 요즘 코르셋은
예전 것처럼 어깨를 훤히 드러내는 스타일이 아니라는 얘길
듣고 진심으로 다행이라는 생각이 들었어.

> I learnt from Mrs. Tickars's young lady, to my high
> amusement, that the stays now are not made
> to force the Bosom up at all; *that* was a very
> unbecoming, unnatural fashion. I was really glad
> to hear that they are not to be so much off the

shoulders as they were. 1813. 9. 15

메리 올케언니가 오빠한테 안나와 벤 르프로이의 약혼을
이야기한 건 당연한 일이야. 하지만 우린 아무런 준비도
없이 그 소식을 들어야 했어. 게다가 우리가 무언가를 계속
준비하는 상태로 있게 한 것은 안나의 잘못이라고 생각해.

> I take it for granted that Mary has told you of Anna's
> engagement to Ben Lefroy. It came upon us without
> much preparation; at the same time, there was *that*
> about her which kept us in a constant preparation
> for something. 1813. 9. 25, To. Francis Austen

어제는 정찬으로 거위 요리를 먹었어. 덕분에 내 『이성과
감성』 2쇄가 많이 팔렸으면 좋겠어.

> I dined upon goose yesterday, which, I hope, will
> secure a good sale of my second edition. 1813. 10. 11

아까는 아침 방문 준비 때문에 서둘러 편지 쓰기를 중단해야
했어. 사실 미리 준비가 잘 돼 있어서 그렇게 서두를 필요가
없었는데 말이지. 패니는 새 드레스를 입고 모자를 썼어.
미스톨이 그렇게 예쁜 곳이었다니 깜짝 놀랐어. (…) 그런데
다들 좀 바보 같았지 뭐야. 패니는 자기 역할을 아주 잘

해냈어. 하지만 전반적으로 대화가 부족했고, 집에 있던 세 친구는 가만히 앉아서 우릴 쳐다보기만 했어. 참, 채프먼 양의 이름은 로라래. 그런데 입고 있는 드레스의 주름 장식이 두 겹이더라고. 언니도 주름 장식을 좀 사야 할 것 같아. 언니가 꽤 많이 갖고 있는 하얀색 모닝 드레스들 중 몇 개는 주름 장식이 좀 부족한 것 같지 않아? 지금은 딱 적당한 만큼만 있잖아.

> I left off in a great hurry to prepare for our morning visits. Of course was ready a good deal the first, and need not have hurried so much. Fanny wore her new gown and cap. I was surprised to find Mystole so pretty. (…) It was stupidish; Fanny did her part very well, but there was a lack of talk altogether, and the three friends in the house only sat by and looked at us. However, Miss Chapman's name is Laura, and she had a double flounce to her gown. You really must get some flounces. Are not some of your large stock of white morning gowns just in a happy state for a flounce—too short? 1813. 10. 14

☛ 'flounce'는 프릴과 비슷하지만 좀 더 폭이 넓은 것을 가리킨다. 칼라, 커프스, 드레스, 스커트의 가장자리 등에 쓰인다.

와이그램 씨는 스물대여섯 살 정도의 나이에 못생긴 편도, 매력적인 편도 아니야. 특별한 존재감이 없다고나 할까.

차분하고 신사다운 매너를 갖췄지만 말이 너무 없더라고.
이름이 헨리라고 하던데, 그래서인지 행운의 선물을 고루
나눠받지 못한 것 같았어. 난 존이나 토머스 같은 이름의
남자들이 훨씬 매력적인 걸 많이 봐왔거든.

하지만 우린 R. 매스컬 씨를 떼어낼 수 있었어. 난 그 남자도
별로 마음에 안 들었어. 말이 너무 많고 잘난 체하는 데다
입도 천박하게 생겼거든. 그 사람은 화요일에 여기서 잤대.
그래서 어제 패니랑 난 우리를 찬양하는 여섯 명의 신사하고
함께 아침을 먹었지 뭐야.

우린 무도회에는 가지 않았어. 거기 갈지 말지는 패니가
정하기로 돼 있었는데, 결국엔 가지 않겠다고 하더라고.
패니는 자기 아버지하고 남자 형제들이 거길 가는 건
그들에겐 희생이 될 거라는 걸 알았던 거야. 난 그 때문에
*패니*가 많은 걸 희생하는 일은 없었으면 좋겠어. 아마도 그
무도회에는 패니가 좋아하는 사람들이 없었던 것 같아. 나로
말하자면, 옷을 차려입고 힘들게 가는 수고를 하지 않아도
되니 너무 좋았고 말이지. 게다가 시간이 반도 지나기 전에
지칠 게 뻔하고. 그래서 내 드레스랑 모자는 아직 한번도
입어보지도 써보지도 못했어. 어쩌면 결국엔 둘 다 쓸 일이
없을지도 모르지만.

Mr. W.(Wigram) is about five or six-and-twenty,
not ill-looking, and not agreeable. He is certainly
no addition. A sort of cool, gentlemanlike manner,
but very silent. They say his name is Henry, a proof
how unequally the gifts of fortune are bestowed. I
have seen many a John and Thomas much more

agreeable.

We have got rid of Mr. R. Mascall, however. I did not like *him* either. He talks too much, and is conceited, besides having a vulgarly shaped mouth. He slept here on Tuesday, so that yesterday Fanny and I sat down to breakfast with six gentlemen to admire us. We did not go to the ball. It was left to her to decide, and at last she determined against it. She knew that it would be a sacrifice on the part of her father and brothers if they went, and I hope it will prove that *she* has not sacrificed much. It is not likely that there should have been anybody there whom she would care for. *I* was very glad to be spared the trouble of dressing and going, and being weary before it was half over, so my gown and my cap are still unworn. It will appear at last, perhaps, that I might have done without either. 1813. 10. 14

오늘은 전혀 편지를 쓸 기분이 아니야. 그래서 편지 쓸 기분이 들 때까지 계속 써야만 해.

I am not at all in a humor for writing; I must write on till I am. 1813. 10. 26

오늘은 에드워드 오빠하고 *거기*로 드라이브를 하면서 기분

좋은 아침 시간을 보냈어. 굉장히 즐거운 시간이었어. 그런데
미처 준비가 되기도 전에 날이 어두워지면서 비가 오는
바람에 걱정을 많이 하면서 집으로 돌아왔지 뭐야. 하지만
아무 일도 없었어. 오빠는 방문 치안판사 자격으로 교도소를
순시하러 가면서 나를 데려간 거야. 난 그런 빌딩을 구경할
수 있어서 좋았고, 그곳에서 사람이 살면서 경험하게 되는
다양한 감정들을 느꼈어. 우린 다른 데는 가지 않았고, 함께
편안하게 걸으면서 쇼핑을 했어. 난 콘서트 티켓하고 나의
늙은 나이를 위한 꽃나무 가지 장식을 하나 샀어.

> Edward and I had a delightful morning for our drive
> *there*, I enjoyed it thoroughly; but the day turned off
> before we were ready, and we came home in some
> rain and the apprehension of a great deal. It has not
> done us any harm, however. He went to inspect the
> Gaol, as a visiting Magistrate, and took me with him.
> I was gratified, and went through all the feelings
> which people must go through, I think, in visiting
> such a Building. We paid no other visits, only walked
> about snugly together and shopped. I bought a
> Concert Ticket and a sprig of flowers for my old age.
> 1813. 11. 3

머리를 좀 식히려고 언니 편지를 다시 집어 들었어. 좀
피곤하기도 했지만, 무엇보다 언니 글씨체가 너무 예뻐서
완전히 반했거든. 글씨가 정말 너무너무 예뻐. 어쩜 이렇게

작고 깔끔할 수가 있는지! 나도 종이 한 장에 이렇게 많이 쓸 수 있었으면 좋겠어. 다음번에는 한 장짜리 편지를 이틀간 나눠 써야 할까 봐. 한꺼번에 긴 편지를 쓰려니까 상당히 피곤하더라고.

> I took up your letter again to refresh me, being
> somewhat tired and was struck with the prettiness of
> the hand: it is really a very pretty hand now and—so
> small and so neat! I wish I could get as much into a
> sheet of paper. Another time I will take two days to
> make a Letter in: it is fatiguing to write a whole long
> one at once. 1813. 11. 3

사랑하는 커샌드라 언니에게,
아침을 먹기 전에 삼십 분 여유 시간이 있어서(따뜻한 불이 덥혀주는 내 방에서, 아주 편안하게 사랑스러운 아침을 보내고 있는 나를 떠올려봐!) 언니한테 지난 이틀간의 일을 얘기해주려고 해. 그런데 무슨 이야기를 하는 게 좋을까? 간략하게 말하지 않으면 바보같이 시간만 잡아먹게 될 거야. 칠햄 캐슬에서 우린 브리턴 부부밖에 만나지 못했어. 그리고 그 집에 머물고 있는 오스본 부부와 리 양이라는 사람들을 빼면 모두 합쳐 열네 명밖에 되지 않았어. 오빠하고 패니는 지금까지 거기서 했던 파티 중에서 제일 재미있었다고 하더라고. 나도 이런저런 이유로 아주 좋은 시간을 보냈고 말이지. 특히 브리턴 박사는 한참 동안 보고 싶었어. 게다가 그분 부인이 애써 세련되고 우아한 척하는 모습이 아주 볼만했거든. (…)

여담이지만, 나도 이제 젊은 시절에 작별을 고해야 할
때가 되었잖아. 그런데 일종의 샤프롱 역할을 하는 것에도
나름대로 편안한 즐거움이 있는 것 같아. 불가 소파에 앉아서
원하는 만큼 와인을 실컷 마실 수 있거든. 밤에는 음악
시간을 가졌어. 패니하고 와일드먼 양이 연주를 했고, 제임스
와일드먼 씨는 가까이 앉아서 음악을 듣거나 듣는 척했지.

My dear Cassandra,

Having half-an-hour before breakfast—(very, snug,
in my own room, lovely morning, excellent fire,
fancy me!) I will give you some account of the last
two days. And yet, what is there to be told? I shall get
foolishly minute unless I cut the matter short.

We met only the Brittons at Chilham Castle, besides
a Mr. and Mrs. Osborne and a Miss Lee staying in the
house, and were only fourteen altogether. My brother
and Fanny thought it the pleasantest party they had
ever known there, and I was very well entertained by
bits and scraps. I had long wanted to see Dr. Britton,
and his wife amuses me very much with her affected
refinement and elegance. (…)

By the bye, as I must leave off being young, I find
many Douceurs in being a sort of Chaperon, for I am
put on the sofa near the fire, and can drink as much
wine as I like. We had music in the evening: Fanny
and Miss Wildman played, and Mr. James Wildman

sat close by and listened, or pretended to listen.

1813. 11. 6

❧ '샤프롱(Chaperon)'은 사교계에 나가는 젊은 여성의 여성 보호자를 가리킨다.

지난번 편지를 쓴 이후로 내 책의 2쇄가 내 얼굴을 빤히 쳐다보고 있어. 메리 올케언니가 그러는데, 엘리자가 내 책을 살 생각이래. 부디 그랬으면 좋겠어. (…) 많은 *사람들이* 의무적으로라도 내 책을 사야 한다고 생각했으면 좋겠어. 어쩔 수 없이 자꾸만 그런 걸 바라게 되네. 그러는 게 그들에게 유쾌하지 않은 의무처럼 느껴지더라도, 그렇게라도 내 책을 사는 걸 자꾸만 상상하게 돼.

Since I wrote last, my 2nd Edit. has stared me in the face. Mary tells me that Eliza means to buy it. I wish she may. (…) I cannot help hoping that *many* will feel themselves obliged to buy it. I shall not mind imagining it a disagreeable Duty to them, so as they do it. 1813. 11. 6

❧ 『이성과 감성』 2쇄를 찍기 전에 원고를 다시 손보면서 쓴 편지다.

지금까지는 헨리 오빠의 칭찬이 내가 듣고 싶어 했던 것과 거의 비슷해. 다른 두 책들하고 아주 다르지만 결코 못하지 않은 것 같다고 했거든. 오빠는 러시워스 부인이 결혼하는 데까지만 읽었을 뿐인데, 소설의 가장 재미있는 부분을 읽은 게 아닌가 걱정돼. 오빠는 레이디 버트럼과 노리스 부인이 상당히 마음에 드나봐. 인물들의 묘사가 아주 좋다고 칭찬을 많이 했어. 오빤 패니처럼 소설 속 인물들을 모두 이해하면서 앞으로 이야기가 어떻게 전개될지 예견하는 것 같아.

Henry's approbation hitherto is even equal to my wishes; he says it is very different from the other two, but does not appear to think it at all inferior. He has only married Mrs. R. I am afraid he has gone through the most entertaining part. He took to Lady B. and Mrs. N. most kindly, and gives great praise to the drawing of the Characters. He understands them all, likes Fanny, and, I think foresees how it will all be. 1814. 3. 2

☙ 제인은 오빠 헨리와 런던에 막 도착해서 이 편지를 썼다. 여행하는 동안 두 사람은 아직 출간 전인 『맨스필드 파크』의 원고를 함께 읽었다. 다른 두 책은 먼저 출간된 『이성과 감성』과 『오만과 편견』을 가리킨다.

어쩌면 4월 말 전에 『맨스필드 파크』가 『이성과 감성』 및 『오만과 편견』의 저자 이름으로 세상에 나올지도 몰라. *책 제목*은 오빠 혼자만 알고 있어. 책이 나오기 전에 다른 사람들이 아는 건 싫으니까.

Perhaps before the end of April, *Mansfield Park* by the author of S.&S.—P.&P. may be in the world. Keep the *name* to yourself, I should not like to have it known beforehand. 1814. 3. 21, To. Francis Austen

➤ 『맨스필드 파크』는 1814년 7월, '『이성과 감성』 및 『오만과 편견』의 저자' 이름으로 출간되었다.

사랑하는 안나에게,
너의 원고를 보내줘서 정말 고마워. 너무나 재미있게 읽었어, 우리 모두 말이야. 할머니와 커샌드라 고모에게도 큰 소리로 읽어줬는데, 다들 얼마나 좋아했는지 몰라. 이야기의 분위기가 전혀 늘어지지 않더라고. 도우 경과 레이디 헬렌 그리고 성 줄리안의 캐릭터가 아주 잘 구축돼 있고, 시실리아는 매우 정감 있는 인물인데도 여전히 흥미로웠어. 그녀의 나이를 올린 건 아주 적절했어. 난 특히 데버루 포레스터의 시작이 아주 마음에 들었어. 그가 아주 선하거나 아주 나쁘게 그려지는 것보다 이편이 훨씬 나았거든. 네 원고에서는 몇몇 동사를 수정하는 것이 내가 손대고 싶었던 전부야. 그중에서 가장 중요한 건 성 줄리안이 레이디 헬렌에게 하는 이야기야. 잘 읽어보면 내가 수정한 부분을 알 수 있을 거야. 레이디 헬렌은 시실리아보다 윗사람이니까 그녀가 소개를 받는 건 옳지 않은 것 같아. 소개를 받아야 하는 건 시실리아지. 그리고 난 연인이 3인칭으로 이야기하는 게 마음에 안 들어. 그건 자연스러운 것 같지 않거든. 하지만 네 생각이 다르다면 내 말은 신경 쓸 필요 없어. 네 원고를 빨리 더 보고 싶어. 그리고 이 책을 무사히 돌려줄 수 있기를 바랄 뿐이야.

My dear Anna,

I am very much obliged to you for sending your MS. It has entertained me extremely; all of us indeed. I read it aloud to your Grandmama and Aunt Cass., and we were all very much pleased. The spirit does not droop at all. Sir Tho, Lady Helen and St. Julian are very well done, and Cecilia continues to be interesting in spite of her being so amiable. It was very fit you should advance her age. I like the beginning of Devereux Forester very much, a great deal better than if he had been very Good or very Bad.

A few verbal corrections are all that I felt tempted to make; the principal of them is a speech of St. Julian to Lady Helen, which you see I have presumed to alter. As Lady H. is Cecilia's superior, it would not be correct to talk of her being introduced. It is Cecilia who must be introduced. And I do not like a lover speaking in the 3rd person; and I think it not natural. If *you* think differently, however, you need not mind me. I am impatient for more, and only wait for a safe conveyance to return this book.

1814. 7, To. Anna Austen

✒ 제인은 소설 습작을 즐겨했던 조카 안나에게 소설을 쓰는
고모로서의 조언을 아끼지 않았다. 애석하게도 그 이후에 안나는 해당
원고들을 없애버린 것으로 보이며, 제인의 세심하고 따뜻하면서도
냉철한 조언이 담긴 몇 통의 편지가 남아 있을 뿐이다.

우린 어제 반갑게 받은 세 권의 책 중에서 첫 권을 막 끝냈어.
내가 큰 소리로 읽어주었고, 모두들 아주 즐거워했지. 다들
그 어느 때보다 책을 마음에 들어 했어. 정찬을 먹기 전에 한
권을 더 읽을 수 있기를 바라. 하지만 너의 48쪽짜리 책에는
읽을거리가 상당히 많은 편이야. 그걸 읽는 데 한 시간이나
걸렸거든. 소설을 여섯 권으로 나누면 딱 적당한 분량의 책이
될 것 같아. (…)
이번에는 지난번보다 수정이 많지 않아. 우린 여기저기에서
좀 더 적은 단어로도 충분히 의미가 통할 거라고 생각했어.
그리고 도우 경이 팔이 부러진 바로 다음 날 다른 사람들하고
마구간 등으로 걸어가는 부분은 내가 삭제했어. 네 아빠는
부러진 팔의 *뼈를* 접합하자마자 *걸어 다녔지만* 사실 그런
건 흔한 일이 아니거든. 그래서 책에서는 부자연스러워 보일
거라고 생각했지. 그리고 여기서 라임은 좋은 선택이 아닌 것
같아. 라임은 돌리시에서 40마일이나 떨어진 곳이라서 거길
거론할 일은 없을 것 같거든. 그래서 라임을 스타크로스로
바꾸었어. 만약 엑서터로 하길 원한다면 그것도 안전한
선택이 될 거야. (…) 이제 우린 두 번째 권을 끝냈어. 아니,
다섯 번째라고 해야겠지. 그런데 레이디 헬레나의 추신은
빼는 게 좋을 것 *같아.* 『오만과 편견』을 읽어본 사람들에게는
마치 내 소설을 모방한 것처럼 보일지도 모르니까 말이야.

We have now just finished the first of the three books I had the pleasure of receiving yesterday. I read it aloud and we are all very much amused, and like the work quite as well as ever. I depend on getting through another book before dinner, but there is really a good deal of respectable reading in your forty-eight pages. I was an hour about it. I have no doubt six would make a very good-sized volume. (…) My corrections have not been more important than before; here and there we have thought the sense could be expressed in fewer words, and I have scratched out Sir Tho. from walking with the others to the stables, &c. the very day after breaking his arm; for, though I find your papa *did* walk out immediately after his arm was set, I think it can be so little usual as to *appear* unnatural in a book. Lyme will not do. Lyme is towards forty miles from Dawlish and would not be talked of there. I have put Starcross instead. If you prefer Exeter, that must be always safe. (…) Now we have finished the second book, or rather the fifth. I *do* think you had better omit Lady Helena's postscript. To those that are acquainted with P.&P., it will seem an Imitation.

1814. 8. 17, To. Anna Austen

너의 커샌드라 고모는 산만한 소설들을 별로 좋아하지

않아. 그런데 네 소설들이 그런 경향이 다분히 있는 것 같아서 걱정하고 있어. 한 무리의 사람들에게서 다른 무리의 사람들로의 변화가 너무 잦으면서, 때때로 아무 결론에도 이르지 못하는 뻔한 상황들이 도입될 것 같은 생각이 들기 때문이야. 실제로 그렇게 된다고 해도 나로서는 크게 반대하진 않을 거야. 난 언니보다는 좀 더 너그러운 편이거든. 그리고 천성과 기질이 종잡을 수 없는 스토리의 많은 죄악들을 보완해줄 거라고 생각하고. 다행히 사람들은 그런 것에 별로 신경을 쓰지 않기도 하고 말이지.

> Your Aunt C. does not like desultory novels, and is rather afraid yours will be too much so, that there will be too frequent a change from one set of people to another, and that circumstances will be sometimes introduced of apparent consequence, which will lead to nothing. It will not be so great an objection to *me*, if it does. I allow much more Latitude than She does, and think Nature and Spirit cover many sins of a wandering story, and People in general do not care so much about it, for your comfort.
>
> 1814. 8. 18, To. Anna Austen

우린 네가 보내준 책 세 권을 아주 재미있게 읽었어. 하지만 어쩌면 네가 기대했던 것보다 잔소리를 더 많이 해야 할지도 모르겠어. (…)
넌 아름다운 장소를 그리고 있는데, 종종 그 묘사가 독자가 좋아할 만한 것 이상으로 너무 상세한 것 같아. 여기저기서 개별적인 묘사를 지나치게 많이 하고 있거든. (…) 이번에는 소설의 인물들을 유쾌하게 잘 수집한 것 같아. 그들을 정확히 필요한 자리에 배치하면서 말이지. 이런 게 바로 내 삶의 낙이거든. 시골 마을에서 서너 가족은 작업하기 딱 좋은 숫자야. 난 네가 지금보다 훨씬 더 잘할 수 있을 거라고 기대하고 있어. 그리고 인물들을 적재적소에 배치하면서 마음껏 활용했으면 좋겠어.

> We have been very much amused by your three books, but I have a good many criticisms to make, more than you will like. (…)
> You describe a sweet place, but your descriptions are often more minute than will be liked. You give too many particulars of right hand and left. (…)
> You are now collecting your People delightfully, getting them exactly into such a spot as is the delight of my life. Three or four families in a Country Village is the very thing to work on, and I hope you will do a great deal more, and make full use of them while they are so very favourably arranged.
>
> 1814. 9. 9, To. Anna Austen

헨리 멜리시는 통상적인 소설 스타일로 볼 때 너무 과한 인물이 아닐까 싶어. 잘생기고, 상냥하고, 나무랄 데 없는 젊은이(현실에서는 별로 많지 않은 타입의)가 이 모든 게

헛되이 절망적인 사랑에 빠진다니. 하지만 이렇게 미리부터
그를 판단할 권리가 내겐 없겠지.

> Henry Mellish I am afraid will be too much in
> the common Novel style–a handsome, amiable,
> unexceptionable Young Man(such as do not much
> abound in real Life) desperately in Love, & all in vain.
> But I have no business to judge him so early.
>
> 1814. 9. 28, To. Anna Austen

데버루 포레스터가 그의 허영심 때문에 파산한 것은 아주
마음에 들어. 하지만 그를 "방탕의 소용돌이" 속에 빠지게
하진 말았으면 좋겠어. 그 사실 자체를 반대하는 건 아니지만,
그런 표현을 참을 수가 없거든. 마치 새로운 속어로 된 표현
같아. 너무나 오래돼서, 아담이 펴 든 첫 소설에서나 볼 수
있음직한 말처럼 말이지.

> Devereux Forester's being ruined by his Vanity is
> extremely good, but I wish you would not let him
> plunge into a "vortex of Dissipation". I do not object
> to the Thing, but I cannot bear the expression; it is
> such thorough novel slang, and so old that I dare say
> Adam met with it in the first novel he opened.
>
> 1814. 9. 28, To. Anna Austen

월터 스콧은 소설을 쓸 권리가 없어, 특히 좋은 소설들을.
그건 온당하지 않은 일이야. 그는 시인으로서 이미 충분한
명성과 이득을 얻었으니 다른 사람들의 입에서 빵을 뺏어
먹으면 안 되는 거야. 난 그 사람이 싫어. 그리고 할 수만
있다면 그의 『웨이벌리』도 좋아하고 싶지 않아. 하지만
아무래도 그러긴 힘들 것 같아.

> Walter Scott has no business to write novels,
> especially good ones. It is not fair. He has Fame and
> Profit enough as a Poet, and should not be taking the
> bread out of other people's mouths. I do not like him,
> and do not mean to like Waverley if I can help it, but
> fear I must. 1814. 9. 28, To. Anna Austen

웹스 부부가 정말로 갔어! 문 앞에서 마차가 기다리는 걸
보고, 그들이 여길 오느라 얼마나 힘들었을까를 생각하면서
그 사람들을 더 좋아하지 못한 나 자신을 나무랐지. 하지만
마차가 가버리자 내 양심은 다시 닫혀버렸어. 그리고 그들이
가서 얼마나 좋은지 몰라.

> The Webbs are really gone! When I saw
> the waggons at the door, and thought of all the
> trouble they must have in moving,
> I began to reproach myself for not having
> liked them better, but since the waggons have
> disappeared my conscience has been closed again,

and I am excessively glad they are gone.

1814. 9. 28, To. Anna Austen

안나한테서는 아직 새로운 소식을 듣지 못했어. 안나는 새 집에서 아주 편안하게 잘 지낼 거라고 믿어. 안나의 편지들은 아주 재치 있고 만족스러웠어. 공연히 행복을 *과시하려고* 하지 않았거든. 그래서 더 마음에 들었어. 결혼한 젊은 여성들이 그런 점에서 내가 싫어하는 방식으로 편지를 쓰는 것을 종종 봐왔기 때문이야.

We have heard nothing fresh from Anna. I trust she is very comfortable in her new home. Her Letters have been very sensible and satisfactory, with no *parade* of happiness, which I liked them the better for. I have often known young married Women write in a way I did not like in that respect.

1814. 11. 18, To. Fanny Knight

❧ 안나는 1814년 11월 벤 르프로이와 결혼해 런던에서 7마일 떨어진 헨던으로 이사했다.

『맨스필드 파크』 초판이 모두 팔렸다는 소식을 들으면 너도 기뻐할 거라고 믿어. 헨리 삼촌은 내가 런던에 가서 재판을 찍는 일을 함께 결정하기를 원해. 하지만 난 지금 편히 집을 떠나기가 힘든 상황이야. 그래서 오빠한테 내 뜻과 즐거움을 편지로 전달했어. 오빠가 또다시 채근하지만 않는다면 난 가지 않을 거야. 나는 욕심이 아주 많은 사람이라 이런 기회를 최대한 활용하고 싶어. 하지만 넌 돈 같은 데는 별로 관심이 없는 아이니까 더 이상 세세한 이야기로 널 괴롭히진 않을게.

You will be glad to hear that the first edition of *M. P.* is all sold. Your Uncle Henry is rather wanting me to come to Town, to settle about a second Edition, but as I could not very conveniently leave home now, I have written him my Will and pleasure, and, unless he still urges it, shall not go. I am very greedy and want to make the most of it, but as you are much above caring about money, I shall not plague you with any particulars. 1814. 11. 18, To. Fanny Knight

헨던의 모든 사람들이 『맨스필드 파크』를 칭찬하게 해줘.

Make everybody at Hendon admire *Mansfield Park.*
1814. 11. 22, To. Anna Austen Lefroy

사랑하는 패니, 내 편지가 *언제나* 끝날지 궁금해할지도 모르겠어. 요즘은 조용한 시간을 갖기가 무척 힘들거든. 하지만 그래도 시작은 해야겠지. 네가 내 편지를 되도록 빨리 받아보고 싶어 할 테니까. 실은 나도 이토록 흥미로운 주제에 대해 빨리 무언가를 쓰고 싶어서 안달이 났거든. 과연 적절한

이야기를 할 수 있을는지 큰 기대는 하지 않지만. 그래도 네가 전에 얘기한 것을 되풀이해 얘기하는 것보다는 조금 더 말할 수 있을 거야.

처음에는 좀 많이 놀란 건 사실이야. 네 감정의 변화를 전혀 눈치채지 못했거든. 그리고 넌 사랑에 빠진 것일 수가 없다고 한 치의 망설임도 없이 말할 수 있어. 사랑하는 패니, 이런 생각을 할 때마다 웃음이 나오려고 하지만, 너 자신의 감정을 그렇게 착각했다는 것은 결코 웃을 일이 아니야. 난 진심으로, 네가 나한테 처음 그 얘길 했을 때 그 점에 대해 네게 분명히 주의를 주었기를 바라. 하지만 그때는 네가 생각하는 것만큼 그렇게 많이 사랑에 빠진 것은 아니라고 생각하면서도, 어느 정도는—행복해지는 데 충분할 만큼은—애정을 느끼고 있다고 생각했어. 기회가 된다면 그 감정이 커질 수 있을 거라고 믿었거든. 그리고 우리가 런던에서 함께 있을 무렵부터 넌 정말로 많이 사랑에 빠졌다고 생각했어. 하지만 이 이야기를 하지 않을 수가 없는데, 넌 전혀 사랑에 빠진 게 아니야.
우린 정말 기이한 존재들이야! 네 말처럼 네가 그의 마음을 가졌다고 확신하는 순간 넌 그에게서 관심을 거둔 것 같았거든. 아무래도 인간이라는 종족에게는 어느 정도 역겨운 면이 있는 것 같아. 사실 별로 놀랄 일도 아니지만. 너처럼 사랑보다는 예리함과 통찰력과 자기만의 취향이 더 크게 작용하는 사람에게는 그의 사랑 표현들이 잘 먹힐 수가 없었던 거야. 그리고 어쨌거나 네 감정의 변화가 그다지 크지 않다는 걸 알고는 좀 놀랐어. 그 사람은 지금까지 그랬던 것처럼 변함없이, 더욱더 자명하게 오로지 너만을 생각하고

있는데 말이지. 여기에 모든 차이가 있는 거야. 이런 걸
우리가 어떻게 설명할 수 있을까?

사랑하는 패니, 지금 내가 하는 이야기는 너에게 어떤 도움도
되지 않을 거야. 난 매 순간 다르게 느낄뿐더러, 너의 마음에
도움이 될 만한 것을 단 하나도 제안할 수 없기 때문이야. 난
하나의 문장에서는 탄식을 했다가 그다음 문장에서는 웃음을
터뜨릴 수도 있어. 하지만 나의 견해나 조언으로 말하자면, 이
편지에서 어떤 쓸모가 있는 것을 이끌어내기는 힘들 거야.
난 네 편지를 받은 바로 그날 밤 내내 편지를 읽었어. 혼자
있을 곳으로 가서 말이지. 일단 읽기 시작하자 편지를 손에서
내려놓을 수가 없더라고. 넘치는 호기심과 염려하는 마음
때문에 말이지. 다행히 커샌드라 고모는 다른 집에서 식사를
하기로 돼 있어서 애써 *그녀를* 떼어놓을 궁리를 하지 않아도
되었어. 그 밖의 다른 사람들은 신경 쓸 필요가 없으니까.

가엾은 존 플럼트르 씨! 아! 사랑하는 패니, 너의 실수는
수많은 여자들이 저지르는 실수 중 하나였던 거야. 그는
너에게 구애를 한 *첫 번째* 남자였지. 바로 그 사실이 네겐
매력으로 다가왔던 거고, 더없이 강력한 힘으로 작용한 거야.
하지만 너와 같은 실수를 저지르는 수많은 사람들 가운데서
사실 그런 일을 후회할 만큼 분별이 없는 사람은 얼마 없을
거야. 그의 품성이나 *그의* 애정을 놓고 보자면 너로서는 그
일을 부끄러워할 이유가 전혀 없기 때문이지.
전반적으로 볼 때 그동안 어떤 일이 있었던 걸까? 네가
그 사람을 부추겨서 그로 하여금 네 마음을 가진 거나
다름없다고 느끼게 한 것을 부인할 수는 없을 거야. 그렇다고

네가 그 사람 말고 다른 사람한테 마음이 있었던 것도
아니었지. 그의 직업, 가족, 친구들 그리고 무엇보다 그의
품성, 흔치 않은 그의 상냥한 성격, 엄격한 원칙들, 올바른
생각들, 좋은 습관들—어떻게 평가해야 하는지를 *네가* 너무나
잘 아는 *이 모든 것들*. 무엇보다 중요하면서, 가장 강력하게
그를 옹호해주는 이 모든 요소들. 넌 그가 우월한 능력들을
가졌음을 의심하지 않았고, 그는 대학에서 그 사실을
입증했지. 그는 너의 쾌활하고 게으른 남동생들과는 비교도
되지 않을 만큼 훌륭한 학자니까 말이야.

아, 사랑하는 패니! 그 사람을 이야기할수록 내 마음이 더
따뜻해지는 걸 느껴. 그럴수록 그런 젊은이의 순수한 가치를
생각하게 되고, 네가 다시 그와 사랑에 빠진다면 얼마나
좋을까 하는 생각이 들어. 네가 정말로 그럴 수 있기를
강력하게 권하는 바야. 세상에는 그런 사람들이 있어. 어쩌면
천에 한 명쯤은, 너와 내가 완벽하다고 생각하는 그런 존재가.
우아하고 활력이 넘치는 데다, 훌륭한 매너 못지않은 따뜻한
가슴과 이해심, 즉 순수한 가치까지 지닌 그런 사람 말이야.
하지만 그런 사람을 네가 만난다는 보장도 없을뿐더러, 설령
만난다고 해도 부잣집 장남이 아니거나, 너의 친한 친구의
오빠가 아닐 수도 있고, 네가 사는 주州에 살고 있지 않을 수도
있을 거야.
부디 이 모든 걸 잘 생각해보길 바라. 존 플럼트르 씨는 한
사람에게서 흔히 만날 수 없는 장점들을 갖고 있는 남자야.
사실 그의 유일한 단점이라면 내성적인 성격이 아닐까 싶어.
그가 좀 더 외향적인 성격이었다면, 좀 더 유쾌하고 좀 더
크게 말하면서 지금보다는 더 대담해 보였을 텐데. 그런데

내성적인 게 유일한 단점이라면, 그건 훌륭한 성품이라고 볼
수 있지 않을까? 그 사람이 앞으로 너하고 좀 더 많은 시간을
보낼 수 있다면, 지금보다는 더 적극적이 되면서 너희를
닮게 될 거라고 생각해. 그가 네 사람이 된다면 너의 방식을
파악할 수 있을 거야. 그러니까 재치 넘치는 너의 남동생들과
그 사람을 연결 지으면서 지레 겁먹지 말았으면 해. 지혜로운
사람이 재치 있는 사람보다 나아. 종국에 웃는 건 지혜로운
사람일 테니까. 그리고 그가 신약 성서의 계율에 따라 다른
사람들보다 엄격하게 행동한다는 생각에도 미리부터 겁먹지
말았으면 좋겠어.

사랑하는 패니, 지금까지는 문제의 한쪽 편에서만 많은
이야기를 했으니 이젠 다른 편에서 얘기해볼게. 난 네가
그 사람에게 더 깊이 빠지진 말았으면 해. 그리고 정말로
그를 좋아하는 게 아니라면 그를 받아들일 생각을 하지
말길 바라. 세상 그 어떤 것도 애정 없는 결혼보다는 낫거나
견딜 만하거든. 만약 그의 장점들보다 서툰 매너와 또 다른
단점들이 더 크게 보인다면, 그래서 그런 것들이 계속해서 네
머릿속을 맴돈다면, 당장 그를 포기하도록 해.
현재 상태가 이러하니 넌 어느 한쪽으로든 마음을 굳혀야 해.
그가 지금까지 해온 것을 계속하도록 허용하거나, 그 사람과
함께 있을 때마다 의도적으로 차갑게 굴어서 지금까지 자신이
착각했었다는 것을 그 스스로 깨닫게 해야 해. 그는 물론
한동안은 많이, 아주 많이 고통스러울 거야. 너를 포기해야
한다는 걸 깨닫게 되면 말이지. 하지만 너도 잘 알겠지만,
그런 좌절감 때문에 죽는 사람은 없다는 건 삼척동자도 다
아는 얘기야.

I feel quite as doubtful as you could be, my dearest Fanny, as to *when* my Letter may be finished, for I can command very little quiet time at present; but yet I must begin, for I know you will be glad to hear as soon as possible, and I really am impatient myself to be writing something on so very interesting a subject, though I have no hope of writing anything to the purpose. I shall do very little more, I dare say, than say over again what you have said before.

I was certainly a good deal surprised *at first*, as I had no suspicion of any change in your feelings, and I have no scruple in saying that you cannot be in Love. My dear Fanny, I am ready to laugh at the idea, and yet it is no laughing matter to have had you so mistaken as to your own feelings. And with all my heart I wish I had cautioned you on that point when first you spoke to me; but, though I did not think you then so *much* in love as you thought yourself, I did consider you as being attached in a degree—quite sufficiently for happiness, as I had no doubt it would increase with opportunity. And from the time of our being in London together, I thought you really very much in love. But you certainly are not at all—there is no concealing it.

What strange creatures we are! It seems as if your being secure of him (as you say yourself) had made you Indifferent. There was a little disgust, I suspect, at the Races, and I do not wonder at it. His expressions then would not do for one who had rather more Acuteness, Penetration, and Taste, than Love, which was your case. And yet, after all, I *am* surprised that the change in your feelings should be so great. He is, just what he ever was, only more evidently and uniformly devoted to *you*. This is all the difference. How shall we account for it?

My dearest Fanny, I am writing what will not be of the smallest use to you. I am feeling differently every moment, and shall not be able to suggest a single thing that can assist your Mind. I could lament in one sentence and laugh in the next, but as to Opinion or Counsel I am sure that none will be extracted worth having from this letter.

I read yours through the very evening I received it, getting away by myself. I could not bear to leave off, when I had once begun. I was full of curiosity and concern. Luckily your Aunt C. dined at the other house, therefore I had not to manoeuvre away from *her*, and as to anybody else, I do not care.

Poor dear Mr. J. P.! Oh! dear Fanny, your mistake has been one that thousands of women fall into. He was the *first* young Man who attached himself to you. That was the charm, and most powerful it is. Among the multitudes, however, that make the same mistake with Yourself, there can be few indeed who have so little reason to regret it; *his* Character and *his* attachment leave you nothing to be ashamed of. Upon the whole, what is to be done? You certainly *have* encouraged him to such a point as to make him feel almost secure of you. You have no inclination for any other person. His situation in life, family, friends, and above all his Character, his uncommonly amiable mind, strict principles, just notions, good habits—*all* that *you* know so well how to value, *All* that really is of the first importance, everything of this nature pleads his cause most strongly. You have no doubt of his having superior Abilities, he has proved it at the University; he is, I dare say, such a Scholar as your agreeable, idle Brothers would ill bear a comparison with.

Oh! my dear Fanny, the more I write about him, the warmer my feelings become, the more strongly I feel the sterling worth of such a young Man and the desirableness of your growing in love with him again. I recommend this most thoroughly. There *are* such beings in the World, perhaps one in a Thousand, as the Creature you and I should think perfection, where Grace and Spirit are united to

Worth, where the Manners are equal to the Heart and Understanding, but such a person may not come in your way, or if he does, he may not be the eldest son of a Man of Fortune, the Brother of your particular friend, and belonging to your own County. Think of all this, Fanny. Mr. J. P. has advantages which do not often meet in one person. His only fault, indeed, seems Modesty. If he were less modest, he would be more agreeable, speak louder, and look Impudenter; and is not it a fine Character, of which Modesty is the only defect? I have no doubt that he will get more lively and more like yourselves as he is more with you; he will catch your ways if he belongs to you. Do not be frightened from the connection by your Brothers having most wit. Wisdom is better than Wit, and in the long run will certainly have the laugh on her side; and don't be frightened by the idea of his acting more strictly up to the precepts of the New Testament than others.

And now, my dear Fanny, having written so much on one side of the question, I shall turn round and entreat you not to commit yourself farther, and not to think of accepting him unless you really do like him. Anything is to be preferred or endured rather than marrying without Affection; and if his deficiencies of Manner &c &c strike you more than all his good qualities, if you continue to think strongly of them, give him up at once.

Things are now in such a state, that you must resolve upon one or the other, either to allow him to go on as he has done, or whenever you are together behave with a coldness which may convince him that he has been deceiving himself. I have no doubt of his suffering a good deal for a time, a great deal, when he feels that he must give you up; but it is no creed of mine, as you must be well aware, that such sort of disappointments kill anybody.

1814. 11. 18, To. Fanny Knight

❧ 제인은 안나뿐만 아니라 일찍 어머니를 여읜 조카 패니와도
아주 가까이 지냈다. 두 조카는 종종 고모 제인에게 인생과 사랑과
글쓰기에 관한 조언을 구했다. 이 편지는 패니가 존 플럼트르와의
결혼을 두고 고민할 때, 제인이 사랑에 관한 조언을 담아 쓴 것이다.
당시 패니는 스물한 살이었고, 제인은 서른아홉 살이었다.

사랑하는 패니, 이제 아주 자연스럽게 떠오르는 주제에 관해
이야기해볼까 해. 네가 내 생각을 참고하겠다는 말에 깜짝
놀랐어. 나에 대한 너의 애정은 더없는 기쁨을 안겨주지만,
어떤 일이든 절대 내 의견에 따라 결정해서는 안 돼. 그런
중요한 문제는 네 생각, 오직 너의 생각에 따라 결정해야
하는 거야. 하지만 네 질문에는 기꺼이 답할 수 있어. 네가
당장 결혼한다고 가정할 때, 나는 지금의 네 생각이 그를

행복하게 하기에는 충분할 거라고 확신해. 하지만 그게
지금과는 얼마나 멀고먼 일인지를 생각하고 모든 걸 고려하다
보면, 너에게 감히 "주저 말고 그의 청혼을 받아들이도록
해"라고 말할 순 없을 것 같아. 왜냐하면 너한테 위험 부담이
너무 크기 때문이야. 너의 감정이 그렇게 하도록 채근한다면
모르지만.

어쩌면 나를 괴팍한 사람이라고 생각할 수도 있을 거야.
지난번 편지에서는 어떻게든 그 사람을 옹호하려 들더니,
지금은 그 반대로 이야기하고 있으니 말이야. 하지만 나도
어쩔 수가 없어. 지금 난 무엇보다 그 사람과의 약혼—말로든
마음으로든—으로 인해 네게 닥칠지도 모르는 해악에
대해 더 많이 생각하고 있거든. 지금까지 네가 남자를 얼마
만나지 못했고, 앞으로 네가 진짜로 사랑에 빠질 가능성이
얼마나 많은지(맞아, 난 여전히 네가 얼마든지 그럴 수 있을
거라고 생각해), 향후 6, 7년간 네게 얼마나 많은 유혹이
있을지를(이때가 살면서 가장 강렬한 애착이 형성될 시기이기
때문이야) 생각하면, 네가 지금 아무리 차분하게 생각한다고
하더라도 난 결코 네가 그를 위해 자신을 희생하기를 바랄
순 없어. 물론 모든 면에서 그와 대등한 또 다른 남자가 너를
좋아하지 않을 수도 있어. 하지만 그 또 다른 남자가 네
마음을 더 끌어당긴다면, 네 눈에는 그가 가장 완벽한 남자인
거야.

네가 만약 과거의 감정들을 되살릴 수 있고, 스스로 편견을
갖지 않고 지금까지 해온 것처럼 계속하기로 마음먹는다면
나도 기쁠 거야. 하지만 그런 일이 가능하리라고 기대하진
않아. 그리고 그런 일 없이 네가 누군가에게 구속되기를 바랄
순 없어. 난 네가 그 사람하고 결혼하는 것 자체를 걱정하는

게 아니야. 그는 순수한 가치를 지닌 사람이니까 넌 오래지
않아 두 사람의 행복에 필요한 만큼 충분히 그를 사랑할 수
있을 거야. 하지만 내가 걱정하는 건, 이런 암묵적인 약혼
상태가, 언제 끝이 날지도 모르는 불안 요소를 안은 채 얼마나
오래갈 수 있겠느냐 하는 거야. 그가 독립을 하려면 아직
몇 년이 더 걸릴 수도 있을 거야. 어쩌면 넌 그와 결혼할
만큼 그를 좋아할 수는 있겠지만, 그것을 기다릴 수 있을
만큼 충분히 그를 좋아하는 건 아닐 거야. 물론 변덕스러워
보이는 것은 상당히 불쾌한 일일 수 있어. 네가 만약 지난
환상에 대한 벌을 받길 원한다면, 그게 바로 너의 벌이 될
거야. 이 세상에서 사랑이 없이 누군가에게 얽매이고, 한
사람에게 얽매인 채 다른 사람을 마음에 두는 비참함에 비할
건 아무것도 없어. 그건 네가 결코 받을 이유가 없는 벌이 될
거라고.

Now, my dearest Fanny, I will begin a subject which
comes in very naturally. You frighten me out of my
Wits by your reference. Your affection gives me
the highest pleasure, but indeed you must not let
anything depend on my opinion. Your own feelings
and none but your own, should determine such an
important point. So far, however, as answering your
question, I have no scruple. I am perfectly convinced
that your present feelings, supposing you were to
marry *now*, would be sufficient for his happiness; but
when I think how very, very far it is from a *Now*, and
take everything that *may be* into consideration, I dare

not say, "Determine to accept him." The risk is too great for *you*, unless your own Sentiments prompt it. You will think me perverse perhaps. In my last letter I was urging everything in his favour, and now I am inclining the other way, but I cannot help it; I am at present more impressed with the possible Evil that may arise to *You* from engaging yourself to him—in word or mind—than with anything else. When I consider how few young Men you have yet seen much of; how capable you are (yes, I do still think you *very* capable) of being really in love; and how full of temptation the next six or seven years of your Life will probably be (it is the very period of Life for the *strongest* attachments to be formed), I cannot wish you, with your present very cool feelings, to devote yourself in honour to him. It is very true that you never may attach another Man, his equal altogether, but if that other Man has the power of attaching you *more*, he will be in your eyes the most perfect.

I shall be glad if you *can* revive past feelings, and from your unbiassed self resolve to go on as you have done, but this I do not expect; and without it I cannot wish you to be fettered. I should not be afraid of your *marrying* him; with all his Worth you would soon love him enough for the happiness of both; but I should dread the continuance of this sort of tacit engagement, with such an uncertainty as there is, of

when it may be completed. Years may pass before he is Independent. You like him well enough to marry, but not well enough to wait. The unpleasantness of appearing fickle is certainly great; but if you think you want Punishment for past Illusions, there it is, and nothing can be compared to the misery of being bound *without* Love, bound to one, and preferring another. *That* is a Punishment which you do *not* deserve. 1814. 11. 30, To. Fanny Knight

고마워, 하지만 『맨스필드 파크』의 재판을 찍을지 말지는 아직 결정하지 못했어. 우린 오늘 에거튼을 만날 건데 아마도 그때 결정이 나겠지. 사람들은 책을 사기보다는 빌려 보고 칭찬하는 걸 더 좋아하는 것 같아. 사실 이상한 일도 아니지만. 그런데 나도 다른 사람들처럼 칭찬을 좋아하긴 하지만, 에드워드 오빠가 퓨터라고 부르는 것도 좋아한단 말이지.

Thank you, but it is not settled yet whether I do hazard a second edition. We are to see Egerton To-day, when it will probably be determined. People are more ready to borrow and praise, than to buy— which I cannot wonder at; but though I like praise as well as anybody, I like what Edward calls *Pewter* too.

1814. 11. 30, To. Fanny Knight

🌸 토머스 에거튼은 『맨스필드 파크』의 재판을 찍는 것에 반대했다. 결국 『맨스필드 파크』의 재판은 1816년 2월 출판업자 존 머리에 의해 발간되었다. 퓨터는 '백랍白鑞'이라는 뜻으로 '돈'을 가리키는 속어다. 당시에는 책값이 무척 비싸서 대여도서관이나 순회도서관을 이용하는 경우가 많았다. 제인 오스틴이 죽을 때까지 소설을 써서 번 돈은 모두 합쳐 680파운드가량이었다.

새 요리사가 시작을 아주 잘해서 기분이 너무 좋아. 맛있는 애플파이는 가정에서 누리는 행복의 상당 부분을 차지하거든.

> I am very glad the new cook begins so well. Good apple pies are a considerable part of our domestic happiness. 1815. 10. 17

사랑하는 캐럴라인에게,
네가 초턴에 온다니 정말 기쁘구나. 너와 함께 있을 수 있어서 커샌드라 고모가 아주 좋아할 거야. 그곳에 있는 동안 물론 음악 연습을 해야겠지. 부디 내 악기를 조심해서 다루도록 해. 어떤 식으로든 절대 함부로 사용해선 안 돼. 아주 가벼운 게 아니라면 그 위에 어떤 것도 올려놓아서는 안 돼. 그리고 〈은둔자〉뿐만 아니라 다른 곡조들도 연주할 수 있도록 노력하기를 바라.

> My dear Caroline,
> It gives us great pleasure that you should be at

Chawton. I am sure Cassy must be delighted to have you. You will practise your Music of course, and I trust to you for taking care of my Instrument and not letting it be ill used in any respect. Do not allow anything to be put on it, but what is very light. I hope you will try to make out some other tune besides the Hermit. 1815. 10. 30, To. Caroline Austen

이제 너도 이모가 되었구나. 말하자면 너도 중요한 사람이 된 거야. 이제 네가 뭘 하든 사람들이 각별한 관심을 가질 거란 말이지. 난 언제나 내가 할 수 있는 한 고모로서의 중요한 역할에 최선을 다했어. 그러니 이제 너도 그렇게 할 거라고 믿어.

Now that you are become an Aunt, you are a person of some consequence and must excite great interest whatever you do. I have always maintained the importance of Aunts as much as possible, and I am sure of your doing the same now.
1815. 10. 30, To. Caroline Austen

❧ 1805년생인 캐럴라인 오스틴은 제인의 큰오빠 제임스 오스틴과 그의 두 번째 아내 메리 로이드의 딸로, 안나 오스틴 르프로이의 이복동생이다. 이 편지에서 제인은 10월 20일에 안나 오스틴 르프로이의 첫아이가 태어났음을 이야기하고 있다.

엄마가 편찮으시다니 마음이 안 좋아. 이렇게 기막힌 날씨가
엄마하고 맞기에는 너무 좋은 게 아닌가 걱정돼. 하지만 난
이 날씨를 온몸으로 즐기는 중이야. 머리끝에서 발끝까지,
오른쪽에서 왼쪽으로, 세로로, 수직으로, 사선으로 말이지.
이기적인 생각이지만 난 이런 날씨가 크리스마스까지
이어지기를 바라지 않을 수 없어. 근사하고, 건강에 나쁘고,
계절과 어울리지 않으면서 나른하게 만드는 끈끈하고
후텁지근한 날씨 말이야.

> I am sorry my mother has been suffering, and am
> afraid this exquisite weather is too good to agree with
> her. I enjoy it all over me, from top to toe, from right
> to left, longitudinally, perpendicularly, diagonally;
> and I cannot but selfishly hope we are to have it last
> till Christmas—nice, unwholesome, unseasonable,
> relaxing, close, muggy weather. 1815. 12. 2

친애하는 클라크 경에게,
저의 『에마』 출간이 임박한바, 칼튼 하우스에 한 부를
미리 보내라는 경의 친절한 권고를 잊지 않았음을
확인시켜드려야겠다는 생각이 드는군요. 머리 씨가 책이
세상에 나오기 사흘 전에 왕자님께 드리는 증정본과 당신을
위해 따로 준비한 한 부를 잊지 않고 보낼 것을 약속했답니다.
이 기회를 빌려 저의 다른 소설들에 아낌없는 찬사를
보내주신 데 대해 감사를 드려야 할 것 같군요. 저는 허영심이
강한 사람이라, 경으로 하여금 제 책들을 본래의 가치보다

높게 평가했다고 생각하게 하고 싶진 않답니다.

지금 제가 가장 염려하는 것은, 이 네 번째 작품이 다른 작품들에서 좋았던 것에 행여 흠집을 내지나 않을까 하는 것입니다. 하지만 이런 점에서도 전 충분히 제 역량을 발휘했다고 생각합니다. 그래서 더욱더 이 소설의 성공에 대한 제 바람과는 상관없이, 『오만과 편견』을 선호하는 독자에게는 위트가 부족해 보일 수 있고, 『맨스필드 파크』를 더 좋아하는 독자에게는 양식良識이 부족해 보일지도 모른다는 불안감에 시달리게 되는군요. 그러나 비록 보잘것없는 작품이라 할지라도 저의 증정본을 받아주시면 감사하겠습니다. 머리 씨에게는 경에게 한 부를 보내드리라고 말해둘 것입니다. 그리고 경의 11월 16일 자 편지에서 간략하게 들려주신 성직자 이야기를 제가 소설로 쓸 수 있으리라고 여기신 것은 대단히 영광스럽게 생각합니다. 그러나 분명히 말씀드리지만, 그건 제게는 가능한 일이 아닙니다. 어쩌면 인물의 코믹한 부분은 그릴 수 있을지 모르지요. 하지만 그의 선함과 열정 그리고 문학적인 부분은 저의 영역이 아닙니다. 그런 사람의 대화는 때때로 자연과학 및 철학과 관련된 주제로 이루어질 텐데, 저는 그런 것들에는 문외한이기 때문입니다. 아니면 적어도 인용과 인유引喩를 풍부히 사용하는 경우가 가끔씩 있을 것입니다. 하지만 저처럼 모국어밖에 모르는 데다 그런 책들을 거의 읽지 않은 여성이 그러한 것들을 자유자재로 구사할 수는 없는 노릇이지요. 고전 교육이나, 적어도 고대와 현대를 망라하는 영국 문학에 대한 폭넓은 지식을 갖춘 사람이라야 경이 말하는 성직자를 제대로 그려낼 수 있을 것입니다. 그리고 저는 많이 배우지 못하고 더없이 무지한 여성으로서 감히 여성 작가이기를 꿈꾸었던 사람이라는 것을 온 허영심을 다해 당당하게 말씀드리는 바입니다.

Dear Sir,

My Emma is now so near publication that I feel it right to assure You of my not having forgotten your kind recommendation of an early Copy for Carlton House, and that I have Mr. Murray's promise of its being sent to His Royal Highness, under cover to you, three days previous to the Work being really out. I must make use of this opportunity to thank you, dear Sir, for the very high praise you bestow on my other Novels. I am too vain to wish to convince you that you have praised them beyond their Merits. My greatest anxiety at present is that this fourth work should not disgrace what was good in the others. But on this point I still do myself the justice to declare that, whatever may be my wishes for its success, I am very strongly haunted by the idea that to those Readers who have preferred P&P. it will appear inferior in Wit, and to those who have preferred MP. very inferior in good Sense. Such as it is however, I hope you will do me the favour of accepting a Copy. Mr. Murray will have directions for sending one. I am quite honoured by your thinking me capable of drawing such a Clergyman as you gave the sketch of in your note of Nov. 16th. But I assure you I am *not*.

The comic part of the Character I might be equal to, but not the Good, the Enthusiastic, the Literary. Such a Man's Conversation must at times be on subjects of Science and Philosophy, of which I know nothing; or at least be occasionally abundant in quotations and allusions which a Woman, who like me, knows only her own Mother-tongue, and has read very little in that, would be totally without the power of giving. A Classical Education, or at any rate, a very extensive acquaintance with English literature, Ancient and Modern, appears to me quite Indispensable for the person who would do any justice to your Clergyman. And I think I may boast myself to be, with all possible Vanity, the most unlearned and uninformed Female who ever dared to be an Authoress.

1815. 12. 11, To. James Stanier Clarke

◈ 훗날 영국의 조지 4세 왕이 되는 조지는 섭정 왕자 시절 제인 오스틴의 소설 『오만과 편견』의 열렬한 독자였다. 1815년 11월, 왕자의 초대를 받아 그가 사는 칼튼 하우스를 방문한 제인은 그곳에서 왕자의 전담 사서인 제임스 클라크를 만났다. 제임스 클라크는 제인에게 곧 출간될 다음 작품(『에마』)을 왕자에게 헌정할 것을 강력하게 요구했고, 제인은 이를 받아들여 『에마』를 섭정 왕자 조지에게 헌정했다. 제인은 편지에서 주장하는 것과는 달리 모국어인 영어 외에도 프랑스어와 약간의 이탈리아어를 구사할 줄 알았다.

지금 제게 추천할 만한 글의 종류를 귀띔해주시다니 정말 너무나 친절하시군요. 저 역시 작센-코부르크 왕가를 배경으로 하는 역사 로맨스가 제가 다루는 시골 마을의 가정 생활 묘사보다 더 돈이 되거나 더 인기가 있으리라는 걸 잘 알고 있습니다. 하지만 전 서사시를 쓰지 못하는 것과 마찬가지로 그런 로맨스는 쓸 수 없습니다. 제 목숨이 달린 문제가 아니라면 어떤 이유에서도 진지하게 자리에 앉아 진지한 로맨스를 쓸 수가 없습니다. 만약 그렇게 계속 써야 한다면, 그래서 저 자신이나 다른 사람들을 보며 웃음을 터뜨리는 여유를 누릴 수 없다면, 아마도 전 소설의 1장을 채 끝내기도 전에 목매달아 죽고 말 것입니다. 아니, 그럴 수는 없습니다. 저는 저만의 스타일을 고수하면서 저만의 방식대로 계속 글을 써야 합니다. 비록 그렇게 해서 또다시 성공할 수는 없다고 하더라도, 다른 식으로는 철저히 실패하리라는 것을 확신하기 때문입니다.

You are very, very kind in your hints as to the sort of Composition which might recommend me at present, and I am fully sensible that an Historical Romance, founded on the House of Saxe-Cobourg, might be much more to the purpose of Profit or Popularity, than such pictures of domestic Life in Country Villages as I deal in. But I could no more write a Romance than an Epic Poem. I could not sit seriously down to write a serious Romance under any other motive than to save my Life; and if it were indispensable for me to keep it up and never relax

into laughing at myself or at other people, I am
sure I should be hung before I had finished the first
Chapter. No, I must keep to my own style and go on
in my own Way; and though I may never succeed
again in that, I am convinced that I should totally fail
in any other. 1816. 4. 1, To. James Stanier Clarke

제임스 클라크는 제인 오스틴에게 보낸 편지에서 그녀가 훗날
쓰게 될 소설에 대한 여러 가지 제안을 해왔다. 특별히 그는 위엄 있는
작센-코부르크 왕가를 배경으로 하는 역사 로맨스가 매우 흥미로운
작품이 될 것이라며 소설을 써서 레오폴트 왕자에게 헌정할 것을
권유했다. 하지만 제인은 조목조목 근거를 대가며 이를 무시하는
답장을 보냈다. 이 편지에서도 알 수 있듯이 제인은 터무니없다고
판단한 그의 제안을 매우 정중하게 거절하면서, 지금까지 자신이
해왔던 대로 영국의 지방과 그곳에 사는 사람들에 대한 소설을 계속
쓸 것을 천명하고 있다. 클라크가 제안한 것처럼 도시와 귀족 또는
고귀한 로맨스에 관한 작품을 쓸 의사가 없음을 분명히 못박으면서
왕가의 재정적 후원 가능성을 일축해버린 것이다.

에마의 전임자들이 경험한 대체로 호의적인 평을 다시
기대해도 된다고 생각하니 힘이 납니다. 더불어 난 아직은,
비슷한 이야기를 반복함으로써—거의 모든 팬시 작가들이
오래지 않아 그러는 것처럼—스스로를 망치는 일은 하지
않았다고 믿으면서 용기를 낸답니다.

It encourages me to depend on the same share of

general good opinion which Emma's Predecessors
have experienced, & to believe that I have not yet—
as almost every Writer of Fancy does sooner
or later—overwritten myself.

1815. 12. 31, To. The Countess of Morley

❧ 제인 오스틴은 생전에 익명으로 작품을 발표하여 대중에게는
이름이 알려지지 않았지만, 특히 귀족 사회에서 그 명성이 점차
높아졌다. 제인이 몰리 백작부인(프란시스 파커)과 개인적으로 주고받은
편지들은 당시 제인의 소설들에 대한 독자의 반응을 엿보게 하는
귀중한 자료로 평가받고 있다. 이 편지에서 제인은 『에마』 출간과
관련된 이야기를 하고 있다.

부인의 고귀한 편지와 『에마』에 대한 호의적이고 친절한
평가에 감사의 말씀을 전합니다. 나의 『에마』가 세상에
어떻게 받아들여질지 확신을 갖지 못하고 있는 상태에서는
이토록 일찍 듣게 되는 영부인의 확실한 찬사가 특별히
얼마나 고마운지 모른답니다.

Accept my Thanks for the honour of your note &
for your kind Disposition in favour of Emma. In my
present State of Doubt as to her reception in the
World, it is particularly gratifying to me to receive so
early an assurance of your Ladyship's approbation.

1815. 12. 31, To. The Countess of Morley

친애하는 존 머리 경에게,

감사의 마음을 듬뿍 담아 〈쿼털리 리뷰〉를 돌려드립니다.
『에마』의 저자는 잡지에서의 대우에 불평할 이유가 전혀
없습니다. 『맨스필드 파크』에 관해 한마디도 언급하지
않은 사실만 빼고는 말이죠. 『에마』의 서평가처럼 똑똑한
남자분이 그 작품을 주목할 가치가 없다고 생각한 데
대해 유감을 표하지 않을 수 없군요. 왕자님에게 『에마』의
근사한 증정본을 보내드리고 감사 인사를 받은 것에 머리
경도 기뻐하실 거라 믿어요. 왕자님이 작품의 내 몫을
어떻게 생각하든, 경이 기여한 몫은 아주 옳은 것이었음을
말씀드립니다.

Dear Sir,

I return you the *Quarterly Review* with many Thanks.
The Authoress of *Emma* has no reason I think to
complain of her treatment in it—except in the total
omission of *Mansfield Park*. I cannot but be sorry that
so clever a Man as the Reviewer of *Emma*, should
consider it as unworthy of being noticed. You will
be pleased to hear that I have received the Prince's
Thanks for the *handsome* Copy I sent him of Emma.
Whatever he may think of *my* share of the Work,
Yours seems to have been quite right. 1816. 4. 1, To. John
Murray

❧ 당시 시인이자 역사 소설가로 활동했던 월터 스콧은 존 머리의
요청으로 〈쿼털리 리뷰〉에 무명으로 『에마』의 서평을 발표했다.

그는 제인 오스틴의 작품이 새로운 스타일의 소설을 예시하고
있다는 찬사를 보냈다. "평범한 사람들 사이에서의 일상을 그대로
복제함으로써, 독자에게 상상의 세계에 등장하는 화려한 장면 대신
그의 주변에서 실제로 일어나는 것들의 정확하고 인상적인 묘사를
보여주는 기술"이 그 특징이라고 평가했다. 하지만 그는 『맨스필드
파크』에 대해서는 아무런 언급도 하지 않았다.

난 언니가 어떻게 집안일을 돌보면서 지금 하는 일을 위한
시간을 낼 수 있는지 종종 의아한 생각이 들어. 그리고
그 대단한 웨스트 부인이 어떻게 그렇게 많은 책을 쓸 수
있었는지, 가족을 돌보면서 어떻게 그렇게 어려운 일들을
해올 수 있었는지를 생각하면 더욱더 놀라지 않을 수 없어!
나로서는 양고기 구이와 루바브 용량 같은 것으로 머릿속을
채운 채 글을 쓰기란 불가능에 가까운 일이거든.

I often wonder how *you* can find time for what you
do, in addition to the care of the House. And how
good Mrs. West could have written such Books
and collected so many hard works, with all her
family cares, is still more a matter of astonishment!
Composition seems to me Impossible, with a head full
of Joints of Mutton and doses of rhubarb. 1816. 9. 8

✦ 웨스트 부인은 당시 다양한 소설과 시, 극작품을 발표했던 제인
웨스트(1758~1852)를 가리킨다. 제인 오스틴은 『이성과 감성』을
쓰면서 웨스트 부인이 1796년에 발표한 소설 『어떤 가십 이야기(A

Gossip's Story)』에서 일정 부분을 참고한 것으로 알려져 있다.
보수적인 성향을 지녔던 웨스트 부인은 도덕적이고 교훈적인 목적을
바탕에 두고 글을 썼으며, 자신에게는 작가이기 이전에 아내와
어머니로서의 의무가 더욱 중요하다고 주장한 바 있다.

아, 결혼을 하면 넌 얼마나 많은 걸 잃게 될까!
넌 독신의 삶을 정말로 즐겼는데. 조카로서도 더없이
사랑스러웠고 말이지. 행여 너의 감미로운 정신의 유희가
배우자와 어머니로서의 애정에 묻혀버린다면,
난 널 미워하게 될지도 몰라.

> Oh, what a loss it will be when you are married! You
> are too agreeable in your single state—too agreeable
> as a niece. I shall hate you when your delicious play
> of mind is all settled down in conjugal and maternal
> affections. 1817. 2. 20, To. Fanny Knight

☙ 애석하게도 제인은 자신들이 함께 이야기했던 남자들 가운데
누구하고도 패니가 결혼하는 것을 보지 못한 채 세상을 떠났다.
패니는 제인이 죽고 3년이 지난 뒤(1820년) 준남작인
에드워드 내치불 경과 결혼했다. 그는 패니보다 열두 살이 많고
여섯 명의 자녀를 둔 홀아비였다. 두 사람의 결혼은
공평한 결혼으로 간주되었으며, 패니는 아홉 명의 자녀를 더 낳았다.
레이디 내치불은 장수를 누리면서 충만한 삶을 산 뒤 1882년,
89세의 나이로 세상을 떠났다.

디즈 부인과 그 남편한테 각방을 쓰는 단순한 요법을 권하고
싶어.

I would recommend to her and Mr. D. the simple
regimen of separate rooms. 1817. 2. 20, To. Fanny Knight

◆ 두 사람의 친구인 디즈 부인이 여덟 번째 아이를 가졌다는 말을
듣고 한 말이다.

가엾은 C. 밀스 부인, 그렇게 오래 앓다가 급기야는 좋지
않은 날에 세상을 떠나다니! (…) 부인이 유산을 얼마 남기지
못했다는 네 말에 깜짝 놀랐어. 정말 유감스러운 일이야. 밀스
양이 참 안됐다는 생각이 들어, (…) 그녀의 또 다른 상실에
소득의 물질적인 상실까지 더해지다니. 참으로 안타까운
얘기지만, 독신 여성은 가난해지기 십상이거든. 그래서
결혼을 해야 한다는 당위성이 강조되는 것이고 말이지.
하지만 너한테는 이런 얘기를 되풀이할 필요가 없겠지.

Poor Mrs. C. Milles, that she should die on the wrong
day at last, after being about it so long! (…) I am
sorry and surprised that you speak of her as having
little to leave, and must feel for Miss Milles, (…) if a
material loss of Income is to attend her other loss.
Single Women have a dreadful propensity for being
poor —which is one very strong argument in favour
of Matrimony, but I need not dwell on

such arguments with *you*, pretty Dear.

1817. 3. 13, To. Fanny Knight

너에게 하고 싶은 말은, 전에도 여러 번 말한 것처럼 절대
조급해하지 말라는 거야. 결국엔 네가 바라는 남자가 나타날
테니까. 앞으로 2, 3년 사이에 네가 지금까지 알았던 어떤
남자보다 훌륭하고 전반적으로 나무랄 데 없는 사람을 만나게
될 거야. 너를 더없이 따뜻하게 사랑해주고 온전히 네 마음을
사로잡아서, 네가 지금까지 한번도 사랑에 빠진 적이 없던
것처럼 느끼게 해줄 사람을. 그런 일이 생겼을 때 너무 일찍
엄마가 될 생각만 하지 않는다면, 넌 체격이나 정신, 몸매,
얼굴의 모든 면에서 여전히 젊음을 유지할 수 있을 거야.
윌리엄 해먼드 부인이 출산과 양육 때문에 얼마나 더 나이가
들어 보이는지를 생각해봐.

To you I shall say, as I have often said before, Do not
be in a hurry, the right Man will come at last; you will
in the course of the next two or three years, meet
with somebody more generally unexceptionable
than anyone you have yet known, who will love you
as warmly as ever *He* did, and who will so completely
attach you, that you will feel you never really loved
before. And then, by not beginning the business of
Mothering quite so early in life, you will be young in
Constitution, spirits, figure and countenance, while
Mrs. Wm. Hammond is growing old by confinements

and nursing. 1817. 3. 13, To. Fanny Knight

방금 『이성과 감성』의 2쇄 판매분에 대한 인세로
20파운드가량을 받았어. 덕분에 내 안에서 문학에 대한
뜨거운 열정이 마구 흘러넘치는 것 같아.

I have just received nearly twenty pounds myself on
the second Edition of *S&S* which gives me this fine
flow of Literary Ardour. 1817. 3. 14, To. Caroline Austen

사랑하는 패니, 와일드먼 씨와의 대화를 내게 전해줘서 정말
고마워. 아주 재미있게 읽었어. 그가 나와 전혀 다른 머리를
가졌다고 해서 내가 모욕감을 느끼거나 그 사람을 나쁘게
생각하는 일은 없었으면 좋겠어. 하지만 이 모든 것에 대한
나의 느낌 중에서 가장 강렬했던 것은, 네가 이 일로 그토록
끈질기게 그에게 압박을 가할 수 있었다는 놀라움이야.
그리고 나도 네 아빠하고 생각이 같은데, 그건 옳지 못한
일이었어. 와일드먼 씨가 사실을 알게 되면 분명 기분이 좋지
않을 거야.
넌 정말 이상한 아이야! 어떤 면에서는 아주 예민하게 굴지만,
또 어떤 면에서는 더없이 침착하거든! 냉정하고 당차지만
조금도 미워할 수가 없는 아이지. 부탁인데 그 사람한테
더 이상 읽기를 강요하지 마. 그를 가엾게 여기고, 그에게
사실을 말해줘. 그리고 그 사람한테 사과하도록 해. 물론 그
사람과 난 소설과 여주인공에 대한 생각이 전혀 다르지만.

너도 알다시피, 완벽한 인물들을 그리는 것은 내게 역겨움과
짓궂은 마음이 들게 하거든. 하지만 그의 말에도 훌륭한
분별력이 느껴지는 것이 있어. 특히 모든 젊은 숙녀들을
좋게 생각하고 싶다는 말은 존경스럽기까지 해. 그건 그가
다정하고 섬세한 마음의 소유자라는 것을 보여주기 때문이야.
그 사람은 내 소설들을 더 읽기를 강요당하는 것보다는 나은
대접을 받을 자격이 있어.

I am very much obliged to you, my dearest Fanny,
for sending me Mr. Wildman's conversation; I had
great amusement in reading it, and I *hope* I am not
affronted & do not think the worse of him for having
a Brain so very different from mine; but my strongest
sensation of all is *astonishment* at your being able
to press him on the subject so perseveringly; and I
agree with your Papa, that it was not fair. When he
knows the truth he will be uncomfortable.
You are the oddest Creature! Nervous enough in
some respects, but in others perfectly without
nerves! Quite unrepulsable, hardened & impudent.
Do not oblige him to read any more. Have mercy on
him, tell him the truth, and make him an apology. He
and I should not in the least agree, of course, in our
ideas of Novels and Heroines. Pictures of perfection,
as you know, make me sick and wicked; but there
is some very good sense in what he says, and I
particularly respect him for wishing to think well of

all young Ladies; it shows an amiable and a delicate mind. And he deserves better treatment than to be obliged to read any more of my Works. 1817. 3. 23, To. Fanny Knight

🔹 제인의 조카 패니는 자신의 구혼자 중 한 사람에게 누가 저자인지를 밝히지 않은 채 고모 제인의 책들을 읽게 했다. 그는 소설에 나오는 젊은 숙녀들이 좀 더 올바르게 처신했으면 좋았을 거라고 생각한 듯했다. 그러자 제인은 "너도 알다시피, 완벽한 인물들을 그리는 것은 내게 역겨움과 짓궂은 마음이 들게 하거든"이라고 답하면서, 패니의 구혼자에게 저자가 누구인지 사실대로 밝히고, 자신의 책을 그만 읽게 하라고 이야기했다.

헨리 삼촌이 내게 출간 준비를 마친 또 다른 책이 있다는 걸 알고 있다고 해서 놀라진 마. 그가 내게 물었을 때 "아니"라고 대답할 수가 없었거든. 하지만 그 이상은 아무것도 몰라. 어쩌면 넌 그 소설이 마음에 들지 않을지도 몰라. 그러니까 너무 기다릴 필요 없어. 하지만 *어쩌면* 너도 그 여주인공을 좋아할지도 모르겠어. 나에 비하면 너무 착한 여성이거든.

Do not be surprised at finding Uncle Henry acquainted with my having another ready for publication. I could not say No when he asked me, but he knows nothing more of it. You will not like it, so you need not be impatient. You may *perhaps* like the Heroine, as she is almost too good for me.

1817. 3. 23, To. Fanny Knight

❧ "출간 준비를 마친 또 다른 책"은 제인이 마지막으로 완성한 소설
『설득』을 가리킨다.

내 건강을 다정하게 염려해줘서 정말 고마워. 난 몇 주 동안
몸이 아주 안 좋았어. 일주일 전쯤에는 정말 형편없었지.
시시때때로, 무심한 밤에도 열이 엄청 났었거든. 하지만
이젠 아주 많이 좋아졌고, 안색이 얼마간은 다시 본래대로
돌아왔어. 그동안은 검은색과 흰색을 비롯해 나쁜 색이란
색은 모두 내 얼굴을 거쳐 갈 만큼 상태가 아주 안 좋았거든.
이제 다시는 예전처럼 활짝 피어날 일은 없겠지. 병이란
살면서 내가 누리는 위험한 사치인 것 같아.

Many thanks for your kind care for my health; I
certainly have not been well for many weeks, and
about a week ago I was very poorly, I have had a good
deal of fever at times & indifferent nights, but am
considerably better now, and recovering my Looks a
little, which have been bad enough, black & white &
every wrong colour. I must not depend upon being
ever very blooming again. Sickness is a dangerous
Indulgence at my time of Life. 1817. 3. 23, To. Fanny Knight

안나는 아무래도 집에서 빠져나오지 못할 것 같아.
요전 날 안나 남편이 여기 왔었는데, 안나는 *그런대로 잘
지내지만 그렇게 오래 걸을 정도는 못 된다*고 하더라고. 여기
올 때는 집에 있는 *당나귀 마차를 타고 와야* 한대. 가엾은
동물 같으니라고. 아마 서른 살도 되기 전에 진이 빠져버리고
말 거야. 생각하면 너무 불쌍해. 클레멘트 부인도 다시
임신을 했다고 하더구나. 난 그렇게 많은 아이들을 생각만
해도 피로가 느껴져. 글쎄, 벤 부인은 열세 번째 아이를
가졌다지 뭐야.

> Anna has not a chance of escape; her husband called
> here the other day, and said she was *pretty* well but
> not *equal to so long* a walk; she *must come in* her *Donkey
> Carriage*. Poor Animal, she will be worn out before
> she is thirty. I am very sorry for her. Mrs. Clement
> too is in that way again. I am quite tired of so many
> Children. Mrs. Benn has a 13th.
> 1817. 3. 23, To. Fanny Knight

❧ 안나 오스틴 르프로이는 이미 두 아이를 두었고, 셋째 아이를
임신한 상태였다. 하지만 몸이 안 좋아 유산한 것으로 추측된다.
그녀의 셋째 아이는 1818년까지 태어나지 않았기 때문이다. 제인의
셋째 오빠 에드워드의 아내 엘리자베스는 열한 번째 아이를 낳은 뒤
35세의 나이로 세상을 떠났다. 패니는 이들 부부의 맏딸이다.

사랑하는 에드워드, 너에게 신의 축복이 있기를. 행여 병이

나더라도, 내가 그랬던 것처럼 따뜻한 보살핌을 받고,
불안해하지 않아도 되는 축복을 누릴 수 있기를. 함께
아파해주는 사람들을 네 곁에 둘 수 있고, 감히 바라건대
세상에서 가장 커다란 축복이 너와 함께하기를. 너 스스로
그들의 사랑을 받을 자격이 충분히 있다고 느끼면서 말이지.
난 그렇게 느끼지 못했거든.

God bless you my dear Edward. If ever you are
ill, may you be as tenderly nursed as I have been,
may the same Blessed alleviations of anxious,
sympathizing friends be Yours, & may you
possess—as I dare say you will—the greatest blessing
of all, in the consciousness of not being unworthy of
their Love.—*I could not feel this.*

1817. 5. 27, To. Edward Austen

❧ 에드워드는 제인의 큰오빠 제임스 오스틴의 아들인 제임스
에드워드 오스틴을 가리킨다.

❖ 이 편지는 1817년 7월 18일 일요일, 제인 오스틴이
윈체스터에서 세상을 떠난 직후 커샌드라 오스틴이 조카 패니
나이트에게 쓴 것이다.

사랑하는 패니에게,
이제 넌 내게 우리 곁을 떠난 사랑하는 그녀 몫까지 두 배로
소중한 존재가 되었어. 제인은 너를 진심으로 사랑했고, 나는
그녀의 와병 중에 보여준 너의 사랑의 증거들을 결코 잊지
못할 거야. 넌 언제나 더없이 다정하고 재미있는 편지들을
보내주곤 했어. 마음 같아서는 전혀 다른 식의 편지를 쓰고
싶었을 텐데도. 너의 어진 목적이 응답을 받았음을 알려주는
것이 내가 너에게 해줄 수 있는 유일한 보상인 것 같아.
제인은 네 덕분에 아주 즐거워했단다.
심지어 너의 마지막 편지마저도 그녀를 기쁘게 했어. 난
봉인만 뜯고는 제인에게 편지를 건네주었지. 그녀는 편지를
펼쳐서 죽 읽어보고는 그걸 내게 줘서 읽도록 했어. 그러고는
내게 그 내용을 조금씩 이야기하곤 했지, 여전히 유쾌함을
잃지 않은 채 말이야. 하지만 평소에 그랬던 것처럼 어떤 것에
흥미를 보이는 일은 할 수가 없었어. 이내 나른함이 몰려오곤
했거든.
그녀가 다시 통증을 호소하기 시작한 지난 화요일 저녁부터는
뚜렷한 변화가 있었어. 잠을 더 많이 훨씬 편안하게 자더라고.
사실 마지막 48시간 동안은 깨어 있기보다는 대부분 잠이 든
상태였지. 안색이 변하면서 잠 속으로 빠져들곤 했어.
하지만 눈에 띌 만큼 신체가 약해진 것 같지는 않았어. 사실
난 그녀가 회복되리라는 희망은 없었지만, 그렇게 빨리 우리

곁을 떠날 것이라곤 전혀 생각지 못했어.

나는 그 무엇으로도 보상받을 수 없을 만큼 소중한 보물이고 자매이자 친구를 잃었어. 제인은 내 인생의 태양이었지. 그녀 덕분에 내 모든 즐거움은 금빛으로 반짝였고, 모든 슬픔을 위로받을 수 있었어. 난 제인과 모든 생각을 숨김없이 함께 나눴어. 정말이지 나의 일부가 떨어져나간 것만 같아. 난 제인을 너무나 사랑했지만, 그녀는 그보다 훨씬 더 큰 사랑을 받을 만했어. 하지만 난 제인에 대한 사랑 때문에 때때로 다른 이들에게 불공평했고 소홀했다는 걸 알고 있어. 어쩌면 그래서 보이지 않는 운명의 손이 으레 그러는 것보다 더 가혹하게 내게 이런 벌을 내린 건지도 몰라. (…)

제인은 의식을 잃어 편안해지기 전까지 약 삼십 분간 자신이 죽어간다는 것을 느끼고 있었어. 그 삼십 분 동안 그녀는 자신과 싸워야 했지, 가엾은 영혼! 제인은 자신이 얼마나 고통스러운지 우리에게 설명할 수 없다고 했어. 지속적으로 찾아오는 사소한 통증을 하소연하긴 했지만. 내가 원하는 게 없느냐고 묻자, 그녀는 자신이 바라는 건 죽음뿐이라고 대답했어. 가끔씩 "신이시여, 제게 인내심을 허락해주소서, 저를 위해 기도해주소서, 부디 저를 위해 기도해주소서!"라고 하기도 했지. 그녀의 목소리에는 병색이 완연했지만, 그녀가 말하는 동안에는 충분히 알아들을 수 있었어.

사랑하는 패니, 이런 세세한 이야기들로 네 마음을 아프게 하고 싶진 않아. 난 다만 내 마음을 가라앉히면서 네게 고맙다는 말을 하고 싶었을 뿐이야. 난 어느 누구에게도 이런 편지를 쓸 수 없어. 네 할머니를 빼면 넌 내가 뭐든지 얘기할 수 있는 유일한 사람이야. 금요일에 난 네 삼촌 찰스가 아닌

할머니에게 편지를 썼어.

목요일에는 식사를 마치자마자 네 고모가 걱정하던 심부름을
하러 마을에 갔어. 저녁 여섯 시 십오 분 전쯤에 돌아왔는데
제인의 의식이 돌아와 있더라고. 더 이상 압박감도 느끼지
않고 말이지. 내게 자신의 발작을 상세히 설명할 정도로
상태가 좋았고, 나한테 차분하게 이야기를 하던 중에 시계가
여섯 시를 알렸어.
그리고 그 뒤 얼마가 지나 그녀가 다시 발작을 일으키면서
의식을 잃었는지는 잘 모르겠어. 그녀가 형용할 수 없는
고통에 시달렸다는 것밖에는. 우린 사람을 보내 리퍼드 씨를
불러왔고, 그는 그녀를 편하게 해주는 무언가를 발라주었어.
그리고 제인은 늦어도 일곱 시경부터 평온한 의식불명 상태에
빠졌어. 그때부터 마지막 숨을 멈추던 새벽 네 시 반까지
그녀는 팔다리를 거의 움직이지 않았어. 그래서 우린 신에게
감사하는 마음으로 그녀의 고통이 모두 끝났다고 생각했지.
하지만 마지막 숨을 내보내는 순간까지 숨을 쉴 때마다
그녀의 머리가 조금씩 움직이더라고. 난 무릎에 베개를
올려놓은 채 그녀 옆에 바싹 붙어 앉아서 그녀의 머리를
받쳐주었어. 그렇게 여섯 시간 동안 머리가 침대에서 떨어져
있다시피 했지. 그러다 피로가 몰려오는 바람에 난 두 시간
반 정도 J. A. 부인과 교대를 해야 했어. 그리고 다시 내가 그
자리로 돌아갔고, 그로부터 한 시간쯤 뒤에 그녀는 마지막
숨을 내쉬었어.
난 내 손으로 제인의 눈을 감겨줄 수 있었고, 그녀를 위해
마지막으로 그 일을 할 수 있다는 사실에 진심으로 감사했어.
그녀의 얼굴에는 고통을 짐작하게 하는 경련의 흔적 같은

것은 전혀 없었어. 그 반대로, 머리의 지속적인 움직임만
아니라면 마치 하나의 아름다운 조각상을 보는 것 같았어.
심지어 관 속에 누워 있는 이 순간에도 그녀의 얼굴에는
바라보는 사람을 즐겁게 하는 지극히 사랑스럽고 평온한
기운이 감돌고 있어.

마지막 슬픈 의식은 목요일 아침에 열릴 예정이야. 그녀의
소중한 유해는 윈체스터 성당에 안치될 거야. 그녀가 그토록
찬사를 보내던 건물에서 영면할 수 있어서 기쁘게 생각해.
그녀의 소중한 영혼은 훨씬 더 고귀한 저택에서 영원한
안식을 취하리라 믿지만. 언젠가는 내 영혼이 그녀의 영혼과
다시 하나가 될 수 있기를!

My dearest Fanny,

Doubly dear to me now for her dear sake whom we
have lost. She did love you most sincerely, and never
shall I forget the proofs of love you gave her during
her illness in writing those kind, amusing letters at a
time when I know your feelings would have dictated
so different a style. Take the only reward I can give
you in the assurance that your benevolent purpose
was answered; you did contribute to her enjoyment.
Even your last letter afforded pleasure. I merely cut
the seal and gave it to her; she opened it and read
it herself, afterwards she gave it to me to read, and
then talked to me a little and not uncheerfully of its
contents, but there was then a languor about her
which prevented her taking the same interest in

anything she had been used to do.

Since Tuesday evening, when her complaint returned, there was a visible change, she slept more and much more comfortably; indeed, during the last eight-and-forty hours she was more asleep than awake. Her looks altered and she fell away, but I perceived no material diminution of strength, and, though I was then hopeless of a recovery, I had no suspicion how rapidly my loss was approaching.

I have lost a treasure, such a sister, such a friend as never can have been surpassed. She was the sun of my life, the gilder of every pleasure, the soother of every sorrow; I had not a thought concealed from her, and it is as if I had lost a part of myself. I loved her only too well—not better than she deserved, but I am conscious that my affection for her made me sometimes unjust to and negligent of others; and I can acknowledge, more than as a general principle, the justice of the Hand which has struck this blow. (⋯)

She felt herself to be dying about half-an-hour before she became tranquil and apparently unconscious. During that half-hour was her struggle, poor soul! She said she could not tell us what she suffered, though she complained of little fixed pain. When I asked her if there was anything she wanted, her answer was she wanted nothing but death, and some of her words were: "God grant me patience, pray for me, oh, pray for me!" Her voice was affected, but as long as she spoke she was intelligible.

I hope I do not break your heart, my dearest Fanny, by these particulars; I mean to afford you gratification whilst I am relieving my own feelings. I could not write so to anybody else; indeed you are the only person I have written to at all, excepting your grandmamma—it was to her, not your Uncle Charles, I wrote on Friday.

Immediately after dinner on Thursday I went into the town to do an errand which your dear aunt was anxious about. I returned about a quarter before six and found her recovering from faintness and oppression; she got so well as to be able to give me a minute account of her seizure, and when the clock struck six she was talking quietly to me.

I cannot say how soon afterwards she was seized again with the same faintness, which was followed by the sufferings she could not describe; but Mr. Lyford had been sent for, had applied something to give her ease, and she was in a state of quiet insensibility by seven o'clock at the latest. From that time till half-past four, when she ceased to breathe, she scarcely moved a limb, so that we have every reason to think, with gratitude to the Almighty, that her sufferings were over. A slight motion of the head with every breath remained till almost the last. I sat close to her with a pillow in my lap to assist in supporting her head, which was almost off the bed, for six hours; fatigue made me then resign my place to Mrs. J. A. for two hours and a-half, when I took it again, and in about an hour more she breathed her last.

I was able to close her eyes myself, and it was a great gratification to me to render her those last services. There was nothing convulsed which gave the idea of pain in her look; on the contrary, but for the continual motion of the head she gave one the idea of a beautiful statue, and even now, in her coffin, there is such a sweet, serene air over her countenance as is quite pleasant to contemplate.

The last sad ceremony is to take place on Thursday morning; her dear remains are to be deposited in the cathedral. It is a satisfaction to me to think that they are to lie in a building she admired so much; her precious soul, I presume to hope, reposes in a far superior mansion. May mine one day be re-united to it! 1817. 7. 18, From. Cassandra Austen To. Fanny Knight

우리가 알고 있는 제인 오스틴의 소설 출간 연도는 당연히 작품이 처음 출간된 해를 가리킨다. 하지만 그녀의 몇몇 작품의 출간 연도는 처음 집필을 시작한 해와 많은 차이가 있다. 몇몇 소설의 원제 또한 지금 우리가 아는 제목과는 다르다.

『레이디 수전』은 제인 오스틴이 1794년에 쓴 것으로 보이는 짧은 소설이다. 제인의 작품 중 유일한 서간체 소설로, 그녀의 초기 습작들을 제외하고는 가장 먼저 쓰였으나 세상에는 가장 늦게 공개되었다. 첫 작품이 마지막 작품이 된 셈이다. 제인은 생전에 이 소설을 출간하려는 시도를 한 적이 없고, 1871년 그녀의 조카인 제임스 에드워드 오스틴리가 『제인 오스틴 회상록』재판을 발간할 때 『왓슨 가족』과 『샌디턴』원고 일부와 함께 수록하면서 세상에 알려졌다. 『레이디 수전』은 제인 오스틴이 남긴 세 편의 중편소설 중 유일한 완성본 소설이다.

『레이디 수전』을 끝낸 제인은 1795~1796년 첫 장편소설인 '엘리너와 메리앤(Elinor and Marianne)'을 쓰기 시작했다. 그리고 1797~1798년에 '이성과 감성'으로 제목을 고치고 많은 부분을 다시 손봤다. 1809년에 다시 한 차례 수정을 거친 소설은 1811년 10월에 처음 출간되었다.

제인 오스틴의 대표작 『오만과 편견』의 본래 제목은
'첫인상(First Impressions)'이었다. 제인은 1796년 두 번째
장편소설인 '첫인상'의 집필을 시작했고, 1797년 8월에
초고를 완성했다. 제인은 소설을 쓰는 동안 가족 앞에서
자신이 쓴 것을 읽어주었고, 이는 식구들이 가장 좋아하는
습관으로 자리 잡았다. 이 무렵 제인의 아버지 조지 오스틴은
그녀가 쓴 소설 하나를 출판하려고 시도했다. 1797년 11월
그는 런던의 유명 출판업자인 토머스 카델에게 편지를
보내 '첫인상'의 출판 가능성을 타진했다. 하지만 카델은
원고를 읽어보지도 않고 정중히 거절하는 답장을 보냈다.
제인 자신은 이런 아버지의 노력을 알지 못했을 수도 있다.
1811~1812년 그녀는 소설의 제목을 '오만과 편견'으로
바꾸고 상당 부분을 다시 고쳐 썼다. 소설에 포함된 많은
편지들로 미루어 소설은 애초에 서간체로 쓰였을 것으로
추정된다. 1813년 1월에 처음 출간된 소설은 같은 해 11월에
2쇄를 찍을 만큼 많은 호평을 받았다.

1811년에 집필을 시작한 『맨스필드 파크』는 1814년에 7월에
처음 출간되었고, 1816년 2월에 재판이 발간되었다.

1814년에 쓰기 시작한 『에마』는 1815년 12월에 처음
출간되었다.

제인 사후에 출간된 『노생거 사원』의 처음 제목은 '수전(Susan)'이었다. 처음으로 출간되는 제인 오스틴의 작품이 될 뻔했던 소설은 오랫동안 빛을 보지 못했다. 제인은 1803년에 소설을 완성해 런던의 출판업자인 크로스비에게 10파운드를 받고 팔았다. 그러나 어떤 이유에서인지 그는 오랫동안 책을 출간할 생각을 하지 않은 채 원고를 갖고 있었다. 제인은 여러 차례에 걸쳐 소설을 다시 사들이고자 했으나 그는 응하지 않았고, 1816년이 되어서야 그녀의 오빠인 헨리 오스틴이 똑같은 금액에 다시 사들일 수 있었다. 제인은 소설을 출간할 생각으로 1816~1817년에 주인공 이름을 수전에서 캐서린(소설의 가제였다)으로 바꿔 원고를 다시 손봤다. 그러나 애석하게도 작가의 생전에는 출간되지 못했고, 제인이 죽은 지 6개월 만인 1817년 12월 『설득』과 합본으로 출간되었다.

제인은 1815년 8월~1816년 7월에 『설득』을 썼고, 1816년 8월에 마지막 장을 다시 손봤다. 소설은 1817년 12월 『노생거 사원』과 합본으로 출간되었다. 제인이 애초에 생각한 소설의 제목은 '엘리엇가家(The Elliots)'였다. 『설득』은 제인이 마지막으로 완성한 소설이다.

제인은 1803년에 『왓슨 가족』을 쓰기 시작했으나 1805년 아버지 조지 오스틴의 죽음과 함께 집필을 중단했다.

제인은 1817년 1월 '형제들(The Brothers)'이라고 이름 붙인 새 소설의 집필을 시작했으나 미처 완성하지 못한 채 그해 7월 18일에 세상을 떠났다. 미완성 소설은 1925년 『샌디턴』으로 처음 출간되었다.